Première publication par Simon Pulse, un label de
Simon & Schuster Chilfren's Publishing Division.
Titre original : *The Year We Fell Apart*

Ce livre est une fiction. Toute référence à des événements historiques, des personnages ou des lieux réels serait utilisée de façon fictive. Les autres noms, personnages, lieux et événements sont issus de l'imagination de l'auteur, et toute ressemblance avec des personnages vivants ou ayant existé serait totalement fortuite.

Ouvrage dirigé par Dorothy Aubert
Illustration et design de couverture : Ariane Galateau

Pour la présente édition :

34/36, rue La Pérouse
75116 Paris
www.hugoetcie.fr

ISBN : 9782755623901
Dépôt légal : mai 2016
Imprimé en France par CPI N° : 3015796

EMILY MARTIN

L'ANNÉE OÙ JE T'AI PERDU

Traduit de l'anglais (États-Unis)
par Caroline de Hugo

Hugo Roman
New Way

CHAPITRE UN

Parfois je me dis que le grand chêne blanc devait écouter, cette nuit d'août dernier. Qu'il doit connaître les promesses que nous nous sommes faites l'un à l'autre, dans notre cabane perchée. Qu'il sait que je n'ai pas vraiment tenu la mienne.

En attendant que Cory se ramène, je contourne le tronc, essayant de comprendre ce que signifie cette croix orange vif sur l'écorce bombée. Ce graffiti devrait me soulager : l'arbre va bientôt disparaître, et avec lui le souvenir de cette nuit-là, avec Declan.

– Salut ma poule !

C'est Cory qui tombe à genoux en posant ses mains bien à plat sur ses cuisses.

– Qu'est-ce qui se passe ?

J'effleure l'écorce du bout des doigts.

– Ils vont l'abattre.

– Quoi ? Harper, tu as failli me filer une crise cardiaque. Depuis quand est-ce que tu sautes d'une voiture en marche ?

Sérieux. On ne roulait pas si vite que ça.

– Les arbres qui bordent la route ont tous été marqués, mais je ne savais pas sur quelle profondeur de la forêt. Il fallait que je voie si le nôtre l'avait été, lui aussi.

– Hé, j'ai une idée. Qu'est-ce que tu dirais de m'attendre la prochaine fois, avant de piquer un sprint dans les bois comme une tarée ?

Je ferme les yeux et je guette le bruit d'une bombe de peinture ou de tout autre signe de présence des gens responsables du marquage des arbres, mais tout ce que j'entends, c'est Cory qui halète et le bruissement des feuilles dans les branches.

– Tu ne penses quand même pas que c'est de ta faute, n'est-ce pas ?

Je lève les yeux vers la cabane perchée, ce sanctuaire que Cory, Declan et moi avons construit six étés plus tôt, quand nous avions onze ans.

Nous avions économisé notre argent de poche pendant des mois, nous avions passé le plus clair de notre temps, pendant l'année scolaire, à en dessiner soigneusement les plans, en prenant soin d'utiliser des poutres de soutien pour éviter d'abîmer l'arbre. Le plancher est de guingois et il y avait un trou de la taille d'une pièce de vingt-cinq cents dans le toit de bardeaux. Mais c'était à nous.

Cory me montre les autres X sur les arbres alentour, ils ont tous la même couleur, celle de la poudre de piment.

– Je ne pense pas que ce soit à cause de notre cabane.

Ils dégagent probablement toute la zone pour y construire quelque chose.

– Oh.

Ma main court le long des planches que nous avions clouées sur le tronc pour faire une échelle de fortune. Des échardes de bois s'en détachent sur les bords, je les enlève avec mon ongle. J'essaie de me souvenir de tous les trucs que nous avions laissés en haut, – un jeu de cartes, peut-être les jumelles que Declan avait piquées dans le garage de ses parents. Et une couverture. Une couverture en laine qui grattait, qui venait aussi de chez Declan. Tout ça bien proprement rangé, dans l'attente de notre retour. J'ai soudain envie de monter pour voir si tout est toujours là, mais je me retiens. Je ne peux pas. Je ne suis pas montée depuis l'été dernier.

– Ok, j'ai un peu pété un plomb.

Cory fait plisser son nez en remontant ses lunettes et finit par lever les yeux vers la cabane. Puis il se tourne vers moi, avec un sourire légèrement trop compatissant.

– Il faudrait qu'on y aille. Maman doit m'attendre pour le dîner.

La mienne aussi. Mais après notre repas familial tellement perturbant de la veille, je crois que ne pourrai plus jamais manger.

– Écoute, Harper...

Cory chasse un moustique de la main et trébuche. La couche de feuilles mortes détrempées fait un bruit de ventouse sous ses semelles.

– Je suis vraiment désolé. Tu sais... pour ta mère.

Je me fige. Je ne lui ai pas encore annoncé, mais ça ne m'étonne pas qu'il soit déjà au courant. Nos mères sont amies, et en plus, Bridget est médecin.

J'ai une boule qui grossit dans la gorge. Je déglutis, encore et encore, en fourrant mes poings dans mes poches arrière.

–Merci.

Il remonte ses lunettes.

–Ça va?

Je lève les yeux encore une fois vers la fenêtre, sur un des côtés de notre cabane. Un souvenir refait surface. Nous sommes tous les trois armés de pistolets à eau, fin prêts à défendre notre territoire.

Je le repousse et je me dirige vers la route. Hier, il a plu toute la journée. À chaque pas, mes sandales projettent des giclées de boue sur l'arrière de mes jambes.

–Tu me déposes chez Sadie? je demande.

Il ne me répond pas, jusqu'à ce que sa vieille Honda couleur argent apparaisse à travers les arbres.

–Tu es sûre que c'est une bonne idée?

–Ouais. Merci.

Pendant le trajet de retour, nous ne prononçons pas un mot. La clim de la voiture de Cory n'est plus toute jeune, du coup je penche la tête à la fenêtre et je laisse le courant d'air humide me décoiffer. La lumière du soleil se reflète dans les vitrines des boutiques de la Neuvième Rue et dans les pare-brise des voitures que nous croisons. Je dois me protéger les yeux en mettant ma main en visière pour ne pas pleurer.

Quand nous nous arrêtons devant la maison de Sadie, je lèche mon pouce et je frotte ma cuisse pour enlever la boue. Cory tripote les boutons de la radio et s'arrête finalement sur une station de rock alternatif. Mais il continue à taper des doigts sur son tableau de bord en me lançant des regards en coin.

– Tu veux bien arrêter de me fixer comme ça ?

– Comme quoi ?

– Comme si j'étais un oiseau avec les ailes brisées.

Il ferme les yeux en serrant très fort les paupières.

– Comme ça, c'est mieux ?

Je lui donne un petit coup d'épaule et j'attrape mon sac sur le sol. Au même moment, Sadie ouvre sa porte en grand. Elle s'avance vers nous et se penche à ma portière. En voyant l'état de mes jambes, elle fronce les sourcils.

– Heureusement, on a quelques minutes avant que les mecs arrivent.

J'aurais dû me laver avant de venir. Je devrais être maquillée et porter le haut en dentelle noire que Sadie m'a offert pour mon anniversaire. Et avoir l'air plus gaie, parce que c'est l'été avant la terminale et que c'est censé être la fête.

La voiture fait soudain une embardée et recule de quelques dizaines de centimètres. Sadie fait un bond en arrière et Cory étouffe un sourire.

– Désolé. Mon pied a glissé.

Sadie le fixe froidement et j'ouvre ma portière avant qu'il fasse une autre connerie.

– On se voit plus tard, ok ?

Cory lève vaguement deux doigts de son volant, en guise d'au revoir.

– Tu es toujours partant pour la carrière, demain ? je lui lance derrière mon épaule.

– Ouais, bien sûr.

Je monte sur le trottoir et le regarder s'éloigner.

Sadie me tire à l'intérieur, jusqu'à sa chambre. Elle attrape un paquet de lingettes sur sa coiffeuse et m'en tend une.

– Il a encore demandé de tes nouvelles.

La lingette devient noire au fur et à mesure que je frotte mes mollets.

– Qui ça, il ?

– Kyle Marcell. Il vient ce soir avec Will.

– Kyle...

J'essaie de me concentrer sur ce nouveau prénom, mais mes pensées voyagent à travers tout Carson. La table de notre salle à manger, autour de laquelle ma famille s'est installée sans moi. Le coin à la carrière, où je peux hurler sans que personne ne m'entende. Et surtout la cabane au milieu de la forêt, où je peux encore sentir le fantôme de la fille que j'étais.

Soudain, le téléphone de Sadie se met à vibrer sur sa coiffeuse. Elle lit le message, un sourire apparaît sur ses lèvres.

Elle ne remarque pas que moi, je ne souris pas.

~

Une Ford Mustang toute cabossée s'arrête au bord du trottoir. C'est celle de Will. Kyle en sort et repousse le siège passager. Son visage anguleux est à moitié dissimulé derrière de grosses et luxueuses lunettes de soleil, et un sourire satisfait fend ses lèvres minces.

Je jette un rapide coup d'œil à Sadie avant de m'engouffrer sur la banquette arrière. Kyle s'y glisse derrière moi.

Il est arrivé à Carson il y a un an, et bien que nous ayons suivi deux cours ensemble ce dernier semestre, nous n'avons pas échangé plus de deux ou trois mots. Une fois, il m'a emprunté un stylo qu'il ne m'a jamais rendu. Et il joue au lacrosse[1]. Voilà à peu près tout ce que je sais sur Kyle Marcell.

Il porte un t-shirt avec une carte du Michigan, sur laquelle est écrit « Amérique, tape-m'en cinq ».

Je montre le logo du doigt.

– Tu es né dans le Michigan ?

Kyle tire sur son t-shirt et baisse les yeux, comme s'il ne voyait pas de quoi je parle.

– Oh. Non.

La conversation s'arrête là. Pendant ce temps, Sadie claque sa portière, et une odeur de beuh mêlée au parfum acidulé de l'eau de Cologne de Kyle remplit l'habitacle. Et par-dessus une odeur écœurante – celle du désodorisant au pamplemousse qui pendouille au rétroviseur. Je sens la migraine monter, je me mets à respirer par la bouche.

Kyle enlève ses lunettes de soleil et se penche vers moi. Ses yeux sont injectés de sang et il semble avoir du mal à les ouvrir en grand. Son genou glisse sur le côté et vient heurter le mien.

Will démarre.

– Alors, qu'est-ce que vous avez envie de faire ce soir, les filles ?

Finalement, je me sens aussi piégée qu'à la maison. Mais la liberté a toujours un prix. Alors, quand Kyle passe son bras autour de mes épaules nues, je ne le repousse pas. Je reste parfaitement immobile en continuant de fixer la fenêtre.

– N'importe quoi, lance Sadie avec ce ton nonchalant qui fait toujours craquer les garçons. (Elle se tourne vers Will.) On est partantes pour tout !

1. Sport canadien qui ressemble au hockey. (NdT, ainsi que pour toutes les notes suivantes.)

Coup de bol, les parents de Will sont absents jusqu'à mardi prochain. Nous allons donc chez lui. Il pique une bouteille de vodka dans la cave à liqueur de son père, et Sadie sort deux cannettes de Boomerang, une boisson énergisante.

Pour info, le Boomerang a un vague goût de liquide vaisselle mélangé à du parfum. Mais Sadie est complètement accro à ce truc, et moi, en ce moment, je ne suis pas trop difficile.

Je m'envoie un grand shot accompagné d'une toute petite gorgée de Boomerang. Sadie glisse vers moi et se sert de mon téléphone comme miroir pour se remettre un peu de rouge à lèvres. Puis elle se penche et presse ses lèvres contre les miennes. Et ça, ça suffit à exciter les garçons.

Ce semblant de flirt devient une habitude avec Sadie, même si je trouve ça complètement naze.

Sadie et moi sommes très différentes : elle est glamour, sans gêne et blonde. Ajoutez à tout ça la taille de sa poitrine, bonnet C, et vous comprendrez qu'elle fasse autant d'effet aux garçons.

Moins de quatre-vingt-dix secondes plus tard, Will attrape la main de Sadie et ils disparaissent tous les deux dans la chambre à coucher. Je m'enfile un autre shot. La cuisine de Will est moderne, en alu brossé. Un indicateur des marées est accroché au mur, au-dessus du téléphone. Maman a le même. Je me sers un troisième verre avant de m'en approcher. Je tourne la page, je passe de mai à juin. Et je commence ma visite perso de la maison. Je découvre un petit cagibi à peine éclairé situé de l'autre côté de la cuisine. Appuyée contre le chambranle de la porte, je vide mon verre, je le serre entre mes doigts et reviens vers la cuisine. Kyle est installé au comptoir, perché sur un tabouret. Il me reluque, mais semble ne pas vouloir bouger pour autant. Probablement parce qu'après ma petite enquête sur son passé je n'ai plus prononcé un mot, depuis que les garçons nous ont embarquées une heure plus tôt.

– Approche, je lui dis, sans même tenter de prendre un air aguicheur comme Sadie.

Il prend son temps, comme s'il faisait la liste de tous les endroits où, tout compte fait, il préférerait se trouver.

Kyle s'arrête, hausse les épaules. On fait presque la même taille, à quelques centimètres près. Je ne me rappelle pas s'il affiche en permanence ce regard éteint ou s'il est juste défoncé.

Je lui montre le canapé.

– Assieds-toi.

– T'aimes bien donner des ordres, hein ?

Il hésite un moment, avant de se glisser devant moi pour s'asseoir dans le canapé en cuir noir. Il hausse ses sourcils, comme s'il attendait l'ordre suivant.

Je pose mon verre vide sur la table basse et m'approche. Kyle est pas mal, dans le genre « sportif frimeur à tendance hipster ». Même si ses jeans sont un peu trop moulants à mon goût.

L'intérêt soudain que me porte Kyle n'est sans doute pas dû au fait que je lui ai prêté un stylo. Il a probablement entendu parler de l'incident de la piscine l'été dernier. Pourtant, j'ai tout fait pour rester discrète et ne pas donner à mes camarades de classe le bâton pour me faire battre. Le problème, c'est que ce soir, je m'en fous royalement.

Ce soir, j'ai besoin de me distraire. Donc, sans dire un mot, je me glisse sur le canapé. Kyle abandonne bien vite son air nonchalant. Nous nous rejoignons au milieu du sofa. Ses lèvres caressent lentement les miennes, puis dans un élan soudain, il m'agrippe les cheveux d'une main.

En soi, Kyle n'embrasse pas si mal. Mais ce n'est pas mon style favori. Post-scriptum : qu'est-ce qu'il fabrique avec sa langue ? Peut-être qu'il s'essaie à la machine à laver mode essorage ?

Il écrase ma hanche droite et se tourne de façon à se retrouver à moitié sur moi. Je suis essoufflée. Kyle semble penser que c'est bon signe. Ses jambes se collent aux miennes et sa main se fait baladeuse.

L'air conditionné se met en marche. Je me concentre sur le courant d'air qui sort de la bouche d'aération. Dehors, un chien se met à aboyer. J'ai toujours voulu avoir un chien, mais mon père est allergique. Et maman n'a jamais supporté le moindre désordre. En plus, les animaux domestiques vieillissent, eux aussi, et finissent toujours par mourir.

Sans doute du cancer.

Il n'y a pas d'horloge dans cette pièce. Je me relève un peu et j'ôte la main de Kyle de ma poche arrière, pour pouvoir en sortir mon téléphone et regarder l'heure. Il prend ça pour une invite à m'embrasser dans le cou. Au final, ça me déplaît moins.

Il est plus tard que ce que je pensais. J'avais promis de rentrer pour le dîner, mais l'heure est passée depuis longtemps. Je me décide donc à aller récupérer Sadie.

– Je dois y aller.

Je me lève. Kyle se fige, une main posée là où était ma hanche.

– T'es sérieuse ?

Je vais frapper à la porte de la chambre de Will pour prévenir Sadie qu'il est temps de partir, puis je retourne l'attendre à la cuisine. Kyle est appuyé au comptoir et me regarde d'un air beaucoup moins enthousiaste.

– Pourquoi t'es si pressée ?

– C'est l'heure de mon couvre-feu.

Il jette un coup d'œil en direction de la fenêtre de la cuisine. La nuit commence à peine à tomber. Il se rapproche et passe un doigt dans la boucle de ma ceinture.

– Allez, il est encore tôt. Je peux te ramener chez toi un peu plus tard.

Je lui glisse entre les doigts et j'appelle Sadie, une deuxième fois. Kyle croise les bras et recule contre la porte du réfrigérateur.

Sadie arrive en un temps record, en tentant de se recoiffer. Will surgit derrière elle et l'attrape par la taille. Elle se met à glousser et à gémir, ce qui semble être exactement ce que Will veut entendre.

– On peut y aller ? je demande.

Will me lance un regard noir et repousse d'une main sa mèche de cheveux blonds. Sa tignasse ne bouge pas d'un poil, et j'imagine que ses doigts en ressortent tout gras. Sadie lui fait les yeux doux, mais elle me suit quand même à la porte du garage.

C'est Kyle qui conduit pour le retour, alors je m'installe à l'avant pendant que Sadie s'occupe de Will à l'arrière. Mon pied bat la mesure du temps qui passe, pendant que nous nous frayons un chemin à travers la ville. Il me reste dix minutes. Cinq. Puis plus du tout, et nous sommes encore à quatre pâtés de maisons de chez moi.

Quand la voiture tourne dans mon allée, je jette un coup d'œil vers l'arrière. Erreur. Je me dépêche de me retourner car que je n'ai aucune envie de voir ce qui se passe sur cette banquette. J'ouvre ma portière.

– Hé !

Kyle m'attrape par le bras et ses lèvres fines m'embrassent une dernière fois sur la bouche. Je ne ferme même pas les yeux. Il me libère avec un sourire suffisant.

– C'était cool ce soir.

Refrain classique des mecs qui veulent garder la possibilité de remettre ça.

Je glisse mes cheveux derrière mes oreilles et m'extirpe de mon siège.

– Ouais. C'était sympa.

Je sors de la voiture et je me penche.

– Sadie, tu viens ?

Elle s'écarte du visage de Will et sourit.

– Non, je m'éclate. Bonne nuit, ma poule.

Je reste un moment immobile. J'aimerais mieux qu'elle rentre avec moi.

– D'accord. Bonne soirée.

Alors que je me dirige vers le porche, le cliquetis d'un trousseau de clés, à quelques maisons de la mienne sur ma droite, attire mon attention. Je plisse les paupières en tentant de discerner à qui elles appartiennent.

Je m'arrête net.

Il descend l'allée de Cory et fait tourner son trousseau autour de son index. *Il* a l'air plus grand. Je veux dire, il a toujours été grand, mais maintenant, je crois bien qu'il fait au moins un mètre quatre-vingt-trois.

Il est plus musclé, aussi. Avant, il était assez dégingandé. Maintenant, ses larges épaules couronnent des bras musclés et ses cheveux sont bien plus longs. Ils atteignent le milieu de son cou. Tout semble différent chez lui. Et pourtant, c'est bien *lui*.

Mon cœur bat très fort, je le sens qui pompe le sang dans mes veines. Je reste figée sur place, à contempler celui qui fut mon amour d'enfance.

Il soutient mon regard pendant que nous nous croisons. Ou plutôt pendant que *lui* passe devant moi, toujours statufiée, qui le dévisage comme une tarée.

– Bonsoir, Harper.

Sa voix est douce, en complète contradiction avec son air sérieux.

Will est encore en train de reculer dans l'allée. Je regarde la voiture derrière moi et je me rends compte que même dans l'obscurité, on a une vue parfaite sur ce qui se passe sur les sièges avant.

Je me demande ce que Declan a bien pu voir.

Quand je me retourne vers lui, il a le regard fixé au sol. Il avance jusqu'à sa propre voiture qui est garée un peu plus loin.

– Bonne nuit, je lui lance, en me forçant à remuer mes membres tout engourdis.

Je jette un dernier coup d'œil derrière moi avant d'entrer. La voiture de Declan s'éloigne déjà.

CHAPITRE DEUX

Dès que je passe le seuil, j'entends mes parents qui m'appellent. Ils sont dans le canapé du salon, serrés l'un contre l'autre et enveloppés dans une couverture. Sur la table, devant eux, il y a des verres à vin vides et un carnet couvert de notes manuscrites.

Je me déhanche pour m'appuyer contre l'étagère et j'attends que papa me rappelle l'heure à laquelle j'étais censée rentrer. Bien que ce nouveau couvre-feu soit franchement ridicule et que je n'aie que quelques minutes de retard.

– Tu vas bien ? me demande-t-il de façon tout à fait inattendue.

Maman a meilleure mine qu'hier, quand elle nous a fait nous asseoir, mon frère et moi, pour nous annoncer la nouvelle. Elle a repris un peu de couleurs, même si c'est sans doute à cause du vin. Elle se penche en avant pour me regarder, et moi, je baisse les yeux. Je peux le lire dans son regard, même si elle le cache. Elle a peur.

Et même si elle a fait semblant pendant tout le dîner, hier soir, en nous expliquant qu'ils s'en étaient aperçus à temps – elle a juste deux petits nodules – et que tout allait bien se passer. Sauf que comment peut-elle en être sûre ?

Elle veut y croire. Je me rends bien compte qu'elle veut y croire de toutes ses forces. Mais ça ne signifie pas qu'elle ait raison.

Parce que la vérité, c'est que personne ne peut savoir si ça va bien se passer et que plus elle parle de tumeurs et de protocoles thérapeutiques, moins on arrive à y croire.

Je ne vais pas bien. Aucun de nous ne va bien. Mais je regarde papa et je hoche la tête.

– Tu t'es bien amusée ce soir ? demande maman.

Autre hochement de tête.

Ils ne semblent pas avoir grand-chose à ajouter, et moi non plus, alors après un laps de temps raisonnable, j'annonce que je vais me coucher.

– Très bien, ma chérie.

– Harper.

Je me retourne pour faire face à mon père. Il me sourit doucement, comme dans le temps. Il ressemble de nouveau au père qu'il était, du temps où j'étais encore sa petite fille.

– On t'aime.

Je courbe l'échine.

– Moi aussi.

Une fois en haut, je me déshabille en grimaçant à cause de l'odeur de l'eau de Cologne de Kyle qui imprègne ma chemise. Je m'assieds sur mon lit et je contemple ma chambre. Mes médailles de natation et les photos de mon équipe semblent toutes appartenir à un monde révolu.

Je passe mes bras autour de mes jambes nues et je serre mon téléphone. Je fais le tour de mes contacts, jusqu'à ce que je tombe sur son nom. Mon pouce frôle le bouton d'appel. Je m'imagine en train de l'appeler. Je réfléchis à ce que je pourrais lui dire. Mes doigts se crispent tellement que mes articulations me font mal.

Je rouvre les yeux et je desserre mes doigts. Je fais défiler mes contacts par ordre alphabétique, jusqu'à la lettre C. Cory répond au bout de trois sonneries.

– Tu savais qu'il était revenu ?

– Bonsoir à toi aussi.

– Putain, Cory. Tu aurais pu me prévenir, quand même.

– Ça aurait changé quelque chose ?

Je lui raccroche au nez en grimaçant et je m'effondre sur mon lit. Je voudrais juste que cette journée soit terminée, mais je sais que je vais mettre des heures à m'endormir.

Finalement, je m'installe sur le bord du toit, à l'extérieur de ma fenêtre, pour écouter le chant des cigales. Ce soir, le ciel est plus bleu que noir et les étoiles scintillent. Ce serait le moment idéal pour faire un vœu si seulement j'y croyais encore. Une brise légère me caresse le visage et m'apaise un peu. En tâtant le pendentif « Infini » de mon collier, je me demande où se trouve la ligne invisible. Celle qui délimite les parties de notre passé encore assez proches pour qu'on puisse y revenir, et les choses auxquelles nous ne pouvons plus rien changer, juste apprendre à vivre avec.

~

J'entends ma mère qui siffle. Comment est-ce qu'elle peut s'agiter comme ça, à s'occuper de ses fleurs en sifflotant ? Elle commence sa chimiothérapie dans trois jours. Elle continue à faire semblant, comme si elle n'était pas paniquée.

Je me traîne jusqu'à la cuisine.

–'Jour !

–Ah, la voilà ! lance papa.

Maman sourit et me tend un verre de jus d'oranges fraîchement pressées. Je ne le prends pas. Je me dirige directement vers la cafetière et je me sers une tasse de ce breuvage détonnant auquel carburent mes parents.

Il est à peine dix heures et le thermomètre à l'extérieur de la fenêtre de la cuisine dépasse déjà les trente-deux degrés.

Je me hausse pour m'asseoir sur le comptoir de granit qui reste frais et tapote sur mon mug. Personne ne dit mot à propos de cette bête énorme et malveillante qui s'est installée chez nous.

Je songe un instant à hurler « CANCER DU SEIN !!! ». Juste pour voir leur réaction. Mais j'ai déjà assez exagéré cette année. La moindre des choses que je puisse faire, c'est de continuer à jouer le jeu.

–Comment tu te sens aujourd'hui, maman ?

Elle arrête ce qu'elle était en train de faire et regarde le jardin, comme si elle réfléchissait.

– Je me sens super-bien. Je crois que nous allons avoir une très belle journée.

Puis elle me tape sur la cuisse pour me chasser du comptoir. Je saute en bas et je reste debout, tout contre elle, pour boire mon café à petites gorgées. Elle pose sa main sur ma tête en soupirant. Maman aime bien faire croire qu'elle est toujours plus grande que moi, même si ce bobard a fait long feu. Mon frère et moi sommes grands tous les deux, mais je dois reconnaître que c'est de maman que je tiens ma peau pâle, limite translucide, et ma chevelure auburn.

– Graham dort encore ?

– Non, il est allé faire une partie de golf, répond mon père.

– Qu'est-ce que tu as prévu pour aujourd'hui ?

Même si je ne songe pas à gagner le titre de « petite fille modèle », je suis surprise que mon frère aîné fuie ainsi. Et un peu soulagée. S'il n'est pas là lui non plus, je n'ai pas à me sentir coupable des projets que j'ai avec Cory. En plus, dans des moments comme celui-là, Cory est à peu près la seule personne qui puisse me calmer.

– Je vais à côté un moment.

Mon père baisse son journal.

– Habillée comme ça ?

Je jette un coup d'œil au short et à la brassière de sport que j'ai enfilés et je fais la grimace. La remarque de mes parents n'est pas complètement délirante... Chez moi, l'impudeur est une constante, elle fait partie intégrante de ma personnalité au même titre que mon nez recouvert de taches de rousseur. Mais franchement, une brassière de sport ? Tu devrais mieux choisir tes combats, papa.

– C'est juste Cory.

– Oui, mais Cory est un jeune homme de dix-sept ans, à présent. Enfile des vêtements convenables.

– Tu as raison. De toute façon, on va aller nager. Dès que j'ai fini mon café, j'irai enfiler mon maillot de bain.

Il grogne en se replongeant dans son journal. Il grimace et soulève légèrement l'extrémité de sa moustache. Je m'assieds à table, en face de lui, à portée du panier de bagels.

– Alors comme ça, vous allez vous entraîner ce matin ? me demande maman, occupée à couper un pamplemousse en deux.

Je plonge les yeux dans mon café et j'avale une petite gorgée avant de répondre.

– On va juste faire un tour à la carrière.

– Ah, d'accord. Ce serait quand même bien que tu retournes à la piscine, tu ne penses pas ?

J'attrape un bagel salé et je mords dedans.

Ma mère se précipite pour me sortir une assiette du placard. Elle ne supporte pas les miettes.

– Je n'en vois pas l'intérêt, je lui réponds.

– Tu sais bien que tu vas devoir passer de nouveaux tests à l'automne. Et tu ne peux pas leur demander de réintégrer l'équipe si tu ne fais pas le moindre effort.

Maman adore raconter partout que je nageais déjà avant de savoir ramper. Je nage depuis aussi longtemps que je m'en souvienne et, plus récemment, j'étais capitaine de l'équipe féminine de Carson High. Juste avant d'être virée.

Je ne sais pas ce qui a été le pire pour mes parents. Qu'on m'ait retrouvée ivre morte et à moitié nue dans la piscine avec un garçon qu'ils ne connaissaient pas pendant les vacances de printemps, ou que tout Carson soit au courant.

De toute façon, elle a la ferme intention de me voir récupérer mon poste, comme si c'était la dernière pièce manquante d'un puzzle qui me permettrait de me reconstruire.

Dommage pour elle, je n'en ai pas la moindre intention.

Maman attrape une cuillère et se met à détacher les quartiers de son pamplemousse.

– Et j'aimerais que tu arrêtes de boire autant de café.

C'est à moi qu'elle parle, mais elle regarde papa qui a été l'élément déclencheur de mon addiction, il y quelques années. Contrairement à Cory, mon horloge interne n'est pas programmée pour un réveil aux aurores. Quand nous avons commencé à nous entraîner avec l'équipe du lycée, j'ai ressenti le besoin de me booster lors de mes entraînements matinaux. Papa me lance un clin d'œil et relève un peu plus son journal.

– Il existe des choses bien pires que ça, répond-il derrière son journal. Visiblement, ça n'a pas retardé sa croissance...

– Et en plus, je vais en avoir besoin demain, dis-je.

Comme punition pour mes incartades du printemps, mes parents m'ont inscrite à des cours pendant toutes les vacances d'été qui commencent à des heures pas possibles. C'était ça ou prendre un petit boulot. Je ne risque pas de me faire de l'argent en suivant ces cours, mais au moins, ça ne me prendra que deux jours par semaine.

La cuillère de maman tinte sur le comptoir et elle se tourne vers moi.

–À ta place, je passerais moins de temps à me lamenter sur moi-même et je prendrais le temps d'apprécier un peu mieux la vie formidable que j'ai.

Mon estomac se noue. Je fixe mon café. Je dis toujours ce qu'il ne faut pas dire.

Les bruissements du journal de papa rompent le silence.

Je repose mon mug sur la table et glisse mes mains sous mes fesses. Je me force à la regarder droit dans les yeux.

–Je suis désolée, lui dis-je pour la millionième fois depuis mes frasques de mars.

Maman se relève et s'avance vers moi. Elle me serre dans ses bras, dans une étreinte impossible à esquiver.

–Je sais, mon chou. Moi aussi.

Elle recule et me relève la tête entre ses mains. Ses yeux cherchent les miens, comme pour donner plus de poids à ses excuses. J'incline ma tête et elle me tapote la joue avant de laisser retomber ses mains.

–Il fait tellement beau aujourd'hui. Amuse-toi bien avec Cory.

~

Je repousse une pile de vêtements et je m'écroule sur un des lits jumeaux de Cory. Il met son jeu vidéo en pause et fait pivoter sa chaise de bureau en remontant ses lunettes.

–Tu as eu une nuit difficile ?

Pour toute réponse, je lance un coup de pied dans sa direction. Seul un rai de lumière réussit à passer à travers ses rideaux occultants. Des monceaux de cahiers scolaires non recyclés jonchent le sol et une pile de linge sale encore plus imposante déborde de son placard. Cory appelle ça un chaos organisé, et je dois reconnaître que j'aime bien sa notion du désordre.

Maman me tuerait si je laissais ma chambre dans cet état. Il suffit que j'oublie un verre d'eau sur ma table de nuit pour qu'elle me gratifie d'un regard assassin.

Ta chambre commence à être un peu trop habitée, a-t-elle l'habitude de dire.

Mais j'étais là quand Cory a gagné tous les trophées de natation qui peuplent son bureau, et j'ai lu pratiquement tous ses livres, empilés de façon précaire sur l'étagère derrière lui. Je me sens chez moi dans cette pièce.

Je me redresse et serre son oreiller entre mes bras.

–Tu es prêt à y aller ?

–À y aller... ?

Cory plisse le front un moment puis ferme les yeux.

–Merde, la carrière.

–Tu avais oublié ?

–Ouais... et j'ai promis à Declan de lui filer un coup de main pour repeindre la maison de son père. Mais je peux remettre à plus tard.

Je serre l'oreiller un peu plus fort.

–Non, c'est pas grave. Je suis complètement crevée.

Il rajuste encore ses lunettes.

–Et pourquoi tu ne viendrais pas avec moi ?

–Non merci.

–Tu sais, tu fais une grosse erreur. On va s'amuser comme des fous. Bien plus que si on allait à la carrière. On pourrait même manger une pizza...

Je tire un fil de sa taie d'oreiller.

– Alors, il est là pour combien de temps cette fois-ci ?

– J'en sais rien. Vous ne vous parlez toujours pas ? demande-t-il. (Je lui lance un regard qui le fait soupirer.) Tu sais, les chances de vous rabibocher augmenteraient si tu arrêtais de l'éviter.

– Je ne l'évite pas.

Cory me lance un regard insistant. Ok, j'ai peut-être vraiment snobé Declan quand il est rentré de son pensionnat à Noël. Mais c'était compliqué. Et maintenant, juste deux jours après avoir appris la nouvelle pour maman, ça me paraît trop difficile de l'éviter pendant tout l'été. De toute façon, je n'ai aucune raison d'espérer qu'il accepte de me voir. Plus maintenant.

– Amusez-vous bien tous les deux avec votre peinture. Peut-être qu'on peut aller à la carrière mardi ?

– J'ai entraînement de natation.

– Ah... oui, bien sûr.

Il est super-épais, ce silence qui s'installe alors entre nous. Il est plombé par tout ce qui, dans le temps, a fait de nous des amis.

Cory se lève en se grattant le bras. Le chlore vous dessèche systématiquement la peau. Franchement, ça, ça ne me manque pas.

– Demain ?

– J'ai mon cours.

Il ramasse son portefeuille sur son bureau.

– Lequel tu as choisi, déjà ?

– Photographie.

– Ah oui, c'est vrai. Eh bien, ça peut être sympa ! Tu vas peut-être rencontrer des gens cool.

– Ouais, je suis sûre que c'est *the place to be !* je rétorque.

Nous descendons les escaliers et sortons par la porte de devant avant de nous séparer sur sa pelouse. C'est peut-être aussi bien qu'il ait des trucs à faire. Parce que ce dont j'ai le plus envie, pour l'instant, c'est de me plonger dans mon lit et ne plus jamais, jamais en sortir.

CHAPITRE TROIS

Mon plan consistant à rester cachée entre mes draps ne dure pas bien longtemps. Le lendemain matin, maman fait irruption dans ma chambre à sept heures et demie, un grand mug de café à la main.

– Debout.

– J'ai pas envie, je marmonne.

Elle m'arrache mes couvertures.

– Debout ou je vais chercher le pistolet à eau.

Elle est tout à fait capable le faire.

Ça y est, c'est reparti. Pénétrer dans l'école d'art municipale de Carson, c'est un peu comme retourner en primaire. Les murs en parpaings blanchis sont recouverts de portraits au pastel et de dessins tout simples, visiblement réalisés aux crayons de couleur par des enfants plus jeunes. Une odeur de peinture fraîche imbibe la pièce. Et comme chaque premier jour dans une nouvelle école, je ne connais personne. C'est pourtant étonnant dans un bled comme Carson, et apparemment, je suis la seule dans ce cas. Au fond de la pièce, des groupes d'élèves se sont regroupés autour des chevalets, très occupés à se raconter les premiers jours de leur été. Je devrais peut-être les rejoindre, faire quelques efforts de sociabilité.

Je me glisse sur la chaise la plus proche. Je sors un bloc et un crayon de mon sac. Et je me mets à griffonner en prenant un air hyperconcentré, tout en écoutant les conversations autour de moi. Quelques minutes plus tard, deux filles s'installent à ma gauche.

– ... On se fait une salade, après, ou un gyro[2] ? dit une jolie blonde.

On dirait une poupée, son corps parfait me fait penser à Barbie.

– Ou peut-être une pizza.

– Du moment qu'elle ne vient pas de cet endroit, sur la Neuvième. Ils mettent un fromage dégueulasse dedans, lui répond sa copine.

Ses cheveux noirs sont relevés sur le sommet de son crâne par un élastique. Ses yeux sombres sont soulignés d'un trait de khôl noir et ses lèvres sont maquillées de pourpre. Quand elle me surprend en train de l'observer, je baisse la tête vers la feuille de papier devant moi.

– C'est vrai. Je crois qu'ils sont végétariens, poursuit la blonde.

2. Sorte de sandwich grec à base de mouton, d'ail et de concombre.

Je garde la tête baissée, mais la brune flippante continue de m'observer. Je le sens.

– Hé, dit-elle en se penchant vers moi. Je m'appelle Gwen. T'aurais pas un chewing-gum ?

– Oh, euh... oui.

Je plonge la main dans mon sac et je lui tends un paquet.

– Argh, du bubble-gum !

Elle se sert quand même.

La blonde secoue la tête, le mouvement fait onduler ses cheveux. Elle est habillée vintage de la tête aux pieds. Même sa queue-de-cheval arbore la même barrette que Barbie. L'arc parfait de sa petite bouche, digne de Cupidon, s'étire en un grand sourire.

– Je m'appelle Mackenzie.

– Harper.

Elles échangent un regard.

– Tu es à Carson High ? demande Mackenzie.

Je déglutis en hochant la tête. Ces filles ne fréquentent pas mon lycée. J'espérais être incognito. Mackenzie fait mine de me poser la question suivante, mais Gwen lui coupe la parole.

– Merci pour le chewing-gum. Excuse si j'ai été grossière, c'est que j'ai un mal de chien à m'empêcher de faire des bulles quand j'ai un bubble-gum dans la bouche.

Je hoche la tête, comme si je comprenais parfaitement qu'il est impossible de se retenir de faire des bulles.

– Tu fais de la photo depuis longtemps ? me demande Mackenzie.

– En fait, c'est mon premier cours.

– Moi aussi ! J'avais peur que tout le monde soit superexpérimenté, comme Gwen.

– Pour la cent millième fois, la photo, ce n'est pas génétique ! Ma mère est photographe free-lance, m'explique ensuite Gwen en levant au ciel ses yeux sombres.

– Waouh ! C'est super-cool !

Gwen ne réagit pas, mais j'ai soudain l'impression que la plupart des étudiants de ce cours y assistent parce qu'ils en ont vraiment envie.

L'intervenant, Monsieur Harrison, entre dans la classe et demande à chacun de regagner sa place. Je change la mienne de façon à me retrouver face à lui, quand Mackenzie se penche vers moi à travers la table en faisant tourner une mèche de ses cheveux couleur miel autour de son doigt.

– Tu connais un type qui s'appelle...

– Declan !

Je me retourne et je suis le regard de Gwen. C'est Declan qui s'installe à côté de moi. Mon Declan.

Il rapproche sa chaise de la mienne. Tellement près que si je me penche pour prendre un truc dans mon sac, ma tête va heurter son épaule.

Je retourne à mon bloc. J'essaie d'inscrire la date en haut à gauche, mais la mine de mon Critérium casse. J'appuie deux fois de suite sur la gomme pour faire ressortir la mine.

Declan ne dit rien. Il reste là, à me regarder. Le cours a déjà commencé quand je réussis enfin à aligner quelques mots.

– Qu'est-ce que tu fais là ?

Declan m'ignore. Il fait un signe de tête à Mackenzie et Gwen.

Outre la gêne que j'éprouve en me demandant ce que ces filles peuvent bien savoir sur moi, le truc le plus déconcertant est que Declan n'a pas franchement l'air étonné de me voir.

Je détourne mon attention de lui pour m'intéresser à l'animateur.

Comme il s'agit d'une séance d'introduction, je n'ai plus l'occasion de parler à Declan jusqu'à la fin du cours.

– La semaine prochaine, nous ferons une sortie au Land Conservancy[3]. N'oubliez pas de charger les batteries de vos appareils, précise monsieur Harrison pendant que tout le monde ramasse ses affaires.

Je range les miennes lentement, en essayant de trouver le courage de dire quelque chose à Declan, mais quand je lève la tête, il est déjà debout.

Avec Mackenzie dans ses bras.

– Declan ! Je ne savais pas que tu suivais ce cours.

Elle le serre un peu plus avant de le relâcher.

– C'est en quelque sorte une décision de dernière minute. Quelqu'un s'est désisté, du coup ils m'ont pris.

Je plisse les yeux. Cory savait que nous serions ensemble dans ce cours. Il a dû en avoir marre de jouer les intermédiaires, mais il va quand même me le payer.

Tous les trois se mettent à discuter d'un groupe de jazz dont je n'ai jamais entendu parler. J'enfile mon sac sur mon épaule et je me dirige vers la sortie.

Declan me suit. Je l'entends qui lance derrière moi :

– Je vous rejoins plus tard, les filles, ok ?

– Super, répond Mackenzie. Contente de t'avoir rencontrée, Harper.

– Moi aussi.

---

3. Conservatoire régional des espaces naturels.

Et en essayant de marcher à reculons, je me prends le chambranle. Je me retourne en faisant la grimace et en serrant mon sac contre moi.

Je traverse le hall d'entrée en évitant soigneusement les portes vitrées, je me retrouve sur le parking avec Declan derrière moi.

Je parcours des yeux les rangées de voitures. Je n'arrive plus à me rappeler où j'ai garé la mienne. La seule chose à laquelle je pense, c'est de lui dire que notre arbre va être abattu, mais ça n'est pas la meilleure entrée en matière, surtout après ce qui s'est passé entre nous la dernière fois que nous étions là-bas.

– Bon, ben... le cours était intéressant, non ? Enfin, moins chiant que ce que je craignais.

Je finis par retrouver ma voiture. Je respire.

– Qu'est-ce que tu en penses ?

Il se tourne vers moi, l'air serein. On ne dirait pas que nous avons passé neuf mois sans nous adresser la parole. C'est comme si je ne lui avais pas manqué.

– C'était pas mal.

Je me mords l'intérieur de la joue.

– Comment tu connais Mackenzie et Gwen ?

– On a suivi un cours de dessin ensemble, dit-il en se grattant le cou sous le col de sa chemise. Pendant les vacances de Noël.

Nous arrivons devant ma voiture et je m'appuie contre la portière du conducteur. Elle est chaude et recouverte d'une couche de pollen jaune qui colle partout à cette période de l'année.

– Je savais pas que tu étais à ce point branché art.

– Tu m'as jamais posé la question. Que tu le croies ou non, il y a certains trucs que tu ignores sur moi.

Je me retourne brusquement et j'ouvre la porte de ma voiture. Un épais courant d'air chaud me saisit. Je le regarde aussi posément que possible et lui lance un:

– Oui, sans doute.

Il agite son carnet de notes et fait un pas en arrière.

– Declan, attends.

Et merde!

C'est sorti tout seul, et maintenant, j'ai un semblant d'espoir. Le genre d'espoir dont je ne sais pas vraiment quoi faire. Je devrais ajouter quelque chose de profond, quelque chose qui gomme la distance qui s'est installée entre nous. À la façon dont ses yeux noisette me regardent, on pourrait penser qu'il va attendre indéfiniment que je lui dise ce qui convient.

– Bienvenue à la maison.

S'il est déçu, il parvient à ne pas le montrer. Mais quelque chose, peut-être de la curiosité, lui tord la bouche. Et pendant un quart de seconde, c'est à nouveau Declan et moi. Le garçon avec qui j'ai grandi. Mon meilleur ami. Mais cet instant s'écoule trop vite, et il s'en va.

Je reste seule, avec un grand vide douloureux à la place des scénarios de nos retrouvailles que j'ai soigneusement imaginés pendant ces neuf derniers mois.

CHAPITRE QUATRE

Nous avions quinze ans quand la mère de Declan est morte. Cory, Declan et moi nous étions en seconde et suivions les mêmes cours de biologie. En ce jour d'hiver, nous venions de passer une heure à faire brûler des cacahuètes et à faire des calculs de calories. J'étais tellement fascinée par l'ambiance de ce laboratoire que je n'ai pas vraiment remarqué quand le proviseur est venu chercher Declan. Mais quand ensuite il n'a pas déjeuné à la cantine et qu'il n'est pas rentré en bus avec nous, j'ai commencé à m'inquiéter. Cory m'a dit que j'étais parano, que Declan devait sans doute avoir un rendez-vous médical.

Mais nous avons tout de suite compris que nous nous trompions quand nous sommes descendus du bus. Maman et Bridget nous attendaient. Cory et moi nous nous sommes assis côte à côte sur le canapé, et Bridget nous a tout raconté : que l'autre conducteur était ivre, que la chaussée était recouverte de verglas et que la voiture de Nathalie avait fait un, deux, trois tonneaux, jusqu'à ce que la barrière du passage à niveau l'arrête. Je suivais des yeux les motifs en losanges des chaussettes de Cory. J'observais comment il avait rentré ses pieds et s'était renfoncé dans le coussin du dossier. Alors je me suis levée, je me suis dit que si seulement je pouvais parler à Declan, il allait m'expliquer qu'elles s'étaient trompées. C'était impossible que Nathalie soit morte.

J'ai fait un pas en titubant vers la porte d'entrée et maman m'a prise dans ses bras. Elle m'a serrée très fort contre elle, et nous nous sommes mises à sangloter. Je me suis caché la bouche avec ma manche, mon cerveau était bombardé de pensées. Declan-Nathalie-Declan-Nathalie. Mon corps continuait à respirer malgré moi, alors que Nathalie en était incapable désormais, et à chaque inspiration, l'odeur de cacahuètes grillées qui imprégnait mon pull-over me donnait la nausée

Nous n'avons revu Declan qu'à l'enterrement.

Je ne l'ai pas quitté des yeux une seconde, de là où je me trouvais, à côté de Cory et de nos parents. C'était le pire matin grisâtre qui soit. Un gris qui vous fait froid au plus profond de vos os et qui fait trembler votre cœur. Je tenais mon manteau d'hiver bien serré contre ma poitrine et j'écoutais les différents orateurs qui tentaient de rasséréner les autres en racontant des anecdotes sur la gentillesse de Nathalie Scott, son humour et l'influence qu'elle avait eue sur nos vies. Declan est resté de marbre jusqu'à ce que Bridget prenne la parole.

Là, ses épaules se sont mises à trembler et j'ai vécu le moment le plus douloureux de ma vie, paralysée, en voyant mon meilleur ami s'effondrer devant mes yeux et en comprenant que, pour la première fois, Cory et moi n'arriverions pas à le consoler.

Quand ça a été terminé, je l'ai serré dans mes bras le plus fort que j'ai pu. Je lui ai murmuré à l'oreille que ça irait, qu'on s'en sortirait. Il a saisi ma main et ne l'a plus lâchée des heures durant.

La mort de Nathalie, la tristesse de Declan à son enterrement, voilà à quoi je pense quand maman part pour sa première séance de chimio. Parce que Declan sait parfaitement à quelle vitesse le monde peut s'écrouler autour de nous. Comme si tout ce qui faisait partie de nous pouvait être anéanti. Il sait qu'on peut très facilement perdre quelqu'un qu'on aime.

Je ne suis pas sortie de ma chambre de toute la matinée. Mais j'ai besoin d'air frais, alors je grimpe sur le bord du toit et je m'installe dessus, à l'arrière de la maison. Graham est en bas. Je me dis que je devrais peut-être lui parler de maman, mais par ici, les gens aiment à penser que tout ce qui nous arrive se fait par la volonté de Dieu. De mon côté, je trouve que la mort prématurée reste incompréhensible. Je n'arrive pas à comprendre pourquoi ça arrive à ma mère. Elle qui se passe du fil dentaire tous les soirs ! C'est juste incompréhensible.

Malheureusement, je ne peux pas en parler à Declan non plus. Outre le fait que nous n'avons pas réellement discuté plus de cinq minutes depuis près d'un an, comment est-ce que je pourrais mettre ce sujet sur le tapis ? Je ne peux quand même pas le choper à la fin d'un cours et lui dire : Hé, Declan, tu te souviens, quand ta mère est morte ? Eh bien, je vais bientôt faire partie du club !

Seigneur, rien que d'y penser, je vais brûler en enfer. Quelqu'un toque à la porte de ma chambre. Avant que je puisse rentrer par la fenêtre, Sadie passe sa tête.

– Graham m'a ouvert.

Elle referme la porte derrière elle et enjambe la fenêtre pour me rejoindre. Nous nous allongeons sur les tuiles.

Je ramasse une épine de pin dans la gouttière et je la casse en petits morceaux, en jetant chaque fragment sur le toit. Aujourd'hui, les ombres des arbres devant ma chambre n'arrivent pas à filtrer l'air étouffant. La chaleur nous atteint de partout. Apportée par le vent, elle irradie depuis les bardeaux sombres. Elle reste prisonnière sous mes genoux et sous ma voûte plantaire, des endroits que je n'imaginais pas pouvoir transpirer autant. Sadie m'observe ramasser une autre épine et elle s'assied.

– Tu veux aller quelque part ? demande-t-elle. Pour te changer les idées ?

Sadie n'est pas très douée pour les câlins. Ce qui tombe bien, puisqu'elle a zéro gramme de graisse dans tout le corps et que son étreinte n'est qu'un sac d'os pointus. Mais elle excelle dans l'art de faire diversion. Nous sommes amies depuis le collège, mais c'est seulement après la mort de Nathalie que ce don particulier a vraiment prouvé toute son utilité. Sadie a été là pour moi, d'une façon différente que Declan. Elle était là, quand j'avais besoin d'être quelqu'un d'autre, un petit moment.

– Où ça ?

Elle sourit et se met à ramper jusqu'à la fenêtre de ma chambre, en me disant de la suivre. Alors je la suis. Comme toujours.

~

Deux heures plus tard, en sortant de chez Will, j'appelle Cory. Je n'arrive pas à croire que Sadie m'ait fait ça. Pas encore. Chaque vendredi, c'est la même histoire. Nous sortons ensemble et elle disparaît avec un mec en m'abandonnant par la même occasion dans les bras d'un autre. Mais la différence, c'est qu'aujourd'hui, j'en ai marre.

– Hé, répond Cory en décrochant.

– Tu peux venir me chercher ?

Il soupire.

– À quelle adresse ?

– 784 Berverly Drive.

– Tu charries !

La porte s'ouvre derrière moi et Kyle sort en traînant les pieds. Il s'allume une cigarette et me tend le paquet. J'en prends une, parce que j'ai besoin de m'occuper les mains en attendant Cory.

Il tient son briquet à mi-chemin entre nous deux. Je me penche en avant pour allumer ma clope et je suis cueillie par une bouffée de son horrible eau de Cologne.

J'avance dans l'allée et m'appuie contre la porte du garage, tout en remplissant à fond mes poumons de substances cancérigènes. Je parie que ma mère n'a jamais fumé. Elle n'a jamais fait réchauffer nos repas aux micro-ondes dans des récipients en plastique, non plus. Elle ne boit quasiment jamais plus d'un verre de vin. Mais dans ce monde, il arrive souvent que des gens merveilleux tombent de mort atroce. Ce même monde a transformé, un jour de janvier, une course rapide à la supérette en un tas de verre brisé et d'acier écrabouillé, et a fait un nouvel orphelin. Ce même monde qui a enlevé Nathalie à la famille qui l'aimait.

Je tire une autre bouffée. Ça me brûle la poitrine, mais je retiens mon souffle, je laisse à mes poumons le temps de se remplir et je commence à calculer mentalement le temps qu'il faudra à Cory pour arriver jusqu'ici. Douze minutes, je pense, et à peine trois avant d'avoir à redire à Kyle que ce n'est pas la peine d'insister, que c'est toujours non.

Ça n'en prend que deux et demi. Kyle s'approche de moi en se penchant en avant, dans la position du type qui a l'habitude d'obtenir tout ce qu'il veut. Il a vraiment des problèmes à intégrer le concept du rejet. Mais soyons honnête, ces derniers temps, je n'ai pas vraiment refusé quoi que ce soit venant de lui.

Il tapote la cendre de sa cigarette tout en reluquant mes jambes.

– J'aime bien quand tu mets cette jupe. Même si bien sûr, je préférerais que tu l'enlèves !

Ses doigts remontent le long de ma cuisse.

– Va te faire foutre, Kyle.

– Putain, tu ne peux pas recevoir un compliment sans tout de suite être sur la défensive ?

– J'adore ! Parce que je suis censée prendre ça comme un compliment ?

Je croise les jambes. Il me regarde un moment sans rien dire. Une voiture tourne dans la rue, mais l'espoir s'évanouit quand elle nous dépasse.

–Moi je prendrais ça comme un compliment si tu me demandais de me désaper, explique-t-il.

J'avale une longue bouffée et je lui souffle la fumée au visage.

–J'en suis certaine.

Kyle me regarde en coin et sourit de plus en plus.

–Tu es d'humeur tellement changeante.

–Je suppose.

–Ça aussi, j'aime bien.

Je ferme les yeux et j'appuie ma tête contre la porte du garage.

–Dis donc, est-ce que ça va ? demande-t-il.

Je rouvre les yeux pour chercher à comprendre s'il me montre un semblant de réel intérêt.

–Parce que tu en as quelque chose à foutre ?

–Hé, je trouve juste que tu as l'air préoccupée. Alors peut-être que je pourrais t'aider à te détendre.

–Tu ne peux pas. Mais... merci.

Il hausse les épaules et je me redresse en voyant non pas la voiture de Cory mais celle de Declan, qui arrive et s'arrête devant nous.

–Merde.

Je jette ma cigarette et je tire d'un coup sec sur l'ourlet de ma jupe.

Cory saute du siège avant et me fait signe de monter.

–Tu n'étais pas obligé de me laisser ta place.

–Pourtant je le fais, lance-t-il en baissant la tête pour lancer un regard à Declan.

J'accroche ma ceinture et Cory fait claquer ma portière avant d'aller bouder à l'arrière.

–Merci d'être passé me prendre, dis-je à Declan en lui jetant un regard en coin.

– Aucun problème.

À travers ma fenêtre, il observe le haut de l'allée et Kyle. Puis il tourne la tête et regarde droit devant lui, non sans avoir remarqué au passage la façon dont je suis habillée.

Pourquoi ai-je laissé Sadie me convaincre de porter une jupe si courte ? Je dois avoir l'air complètement ridicule. Je tire sur le tissu léger de coton pour le faire descendre un peu sur mes cuisses et je croise les bras.

– Alors, Harper, c'est qui ton copain ?

Cory s'avance pour regarder à travers ma vitre.

– Oh, mais c'est Kyle Marcell ! Bon choix.

Je m'écroule contre la portière en me massant la tempe.

– La ferme, Cory !

– Pourquoi est-ce que tu ne la lâches pas un peu ce soir ? demande Declan tout en passant une vitesse.

Cory surgit à nouveau entre nous.

– Reste un peu plus longtemps par ici, Declan, et toi aussi, tu en auras marre de jouer les chauffeurs et de la trimballer bourrée à travers toute la ville.

Voilà qui me fait à peu près le même effet que de perdre mon pantalon au beau milieu d'une cafétéria bondée. Pourtant, ça ne me surprend pas vraiment, vu ce que pense Cory de tout ce que j'ai caché à Declan. De tous mes secrets qu'il a dû garder pour lui. Mais je n'aime pas être humiliée publiquement et je refuse absolument de montrer à Cory à quel point il m'a blessée. Alors j'enfile mes gants de boxe et je rends coup pour coup.

– Je ne suis même pas bourrée, alors je te le répète, ta gueule !

–À propos de Kyle, poursuit-il, l'année dernière, j'étais derrière lui dans la queue à la cantine et il s'est demandé à voix haute quel goût pouvait bien avoir un pickle[4] sans sauce pickle. J'ai essayé de lui expliquer que ça devait avoir un goût assez proche du cornichon, mais il m'a répondu qu'il ne comprenait pas pourquoi.

Un semblant de sourire apparaît sur mes lèvres. Il me semble que Declan remarque mon changement d'attitude.

–Alors comme ça, tu insinues que les standards de Harper sont montés en flèche depuis que j'ai quitté la ville ?

Ma poitrine se serre. Declan fronce le nez et me lance un sourire contrit, comme s'il craignait d'être allé trop loin. Je m'efforce de continuer à sourire, mais le cœur n'y est plus.

–Vous êtes des vrais connards, tous les deux. Je ne vous demanderai plus jamais de me conduire quelque part.

–C'est toi l'imbécile, rétorque Cory. Et tu as intérêt à m'appeler chaque fois que tu as besoin qu'on t'emmène quelque part.

Declan tourne à droite et me jette un regard.

–Tu sais ce qu'il nous faut ?

Je garde les yeux rivés sur mes cuticules.

–Foutre le camp de Carson ?

–... Ou alors une glace.

–De chez Ray.

Cory et moi avons répondu d'une même voix.

Declan me tend son téléphone.

---

4. Cornichon en saumure.

– Tu veux bien envoyer un texto à Mackenzie pour l'inviter ?

– Oh. Ouais, bien sûr.

Je baisse les yeux sur le téléphone. Et je me mets à rougir.

J'aurais dû m'en rendre compte. C'est évident, Declan s'intéresse à cette fille : blonde, mignonne pétillante...

Nous nous garons le long du trottoir et nous retrouvons Mackenzie et Gwen au bout de la file d'attente qui continue jusqu'à la porte d'entrée. Mais pour Ray, ça en vaut la peine. Les gens viennent de kilomètres à la ronde pour déguster ses parfums uniques. Cardamome, éclats de praline, crumble à la pêche. À Carson, Ray est une véritable institution. En plus, c'est le seul endroit, avec le snack de Franck, encore ouvert après vingt et une heures.

– Tu sais combien de parfums ils ont ? demande Gwen lorsque nous arrivons.

– Commence à réfléchir à ce que tu voudrais, sinon on y sera encore à l'aube.

Dès qu'elle aperçoit Declan, Mackenzie ne l'écoute plus.

– Hé ! Merci de nous avoir invitées. C'est une nuit idéale pour manger une glace. Super-idée !

Puis elle se retourne vers Gwen.

– Je crois que je vais prendre un truc avec du chocolat.

– Ce qui restreint ton choix à une vingtaine de parfums environ, répond Gwen.

Declan nous présente, Cory et moi. J'en profite pour rester sur le côté. J'examine de loin le tableau noir où est inscrit un nombre impressionnant de parfums et je ne baisse plus le regard. Cory est déjà en train de commander et Declan est juste devant moi. Il fait un pas sur le côté pour passer sa commande à quelqu'un d'autre, et là, derrière le comptoir, je vois apparaître ma terrible erreur, mon « non-mais-ça-va-pas-la-tête » de la piscine au printemps dernier. Jake Thornton.

Jake a le dos tourné, mais la foule entre nous diminue quand toute une famille se fraye un chemin vers l'extérieur. Nous ne sommes plus qu'à quelques dizaines de centimètres l'un de l'autre.

– Oh non ! fait Mackenzie.

– Ne me dis pas qu'ils n'ont pas ton parfum.

Gwen suit le regard fixe de Mackenzie sur la carte, concentrée sur les quelques parfums qui ont été barrés. Elle lève la main quand Mackenzie se tourne vers elle, la lèvre pendante.

– S'il te plaît, non.

– Mais qu'est-ce que c'est que cet endroit où il n'y a même plus de menthe aux pépites de chocolat ? C'est pourtant la meilleure...

Jake ne s'est pas encore retourné. Je peux encore m'enfuir. Je commence à reculer et à sortir de la queue.

– En fait, rien ne me fait envie. De toute façon, je suis allergique au lactose.

Declan cligne des yeux.

– Non, tu ne l'es pas.

Non... je ne le suis pas.

Je me lisse les cheveux et mon regard se pose sur Jake, au moment précis où il se retourne.

– Hé, Lèvres en feu ! (Jake me lance un regard un peu hésitant, et moi je croise les bras.) Ça fait longtemps.

Je risque un regard vers Declan. Il observe Jake, sourcils froncés.

– Qu'est-ce que ça sera ?

– Une boule de Délice de Java. Dans une coupe, s'il te plaît.

Un type qui porte un tablier tout taché de chocolat prend la commande de Declan.

– Et un milk-shake à la fraise !

Il me jette encore un coup d'œil avant de s'avancer pour récupérer sa glace, en me laissant sans personne derrière qui me cacher. Je m'avance vers Jake qui me tend ma glace.

– Combien je te dois ? je lui demande.

– C'est pour moi.

– Oh. Merci.

Il prend une cuillère dans une boîte à côté de lui et me la tend.

– Je suis sûr que tu pourrais trouver une façon de me rembourser.

Soudain, mes épaules se remettent à peser une tonne. Une brûlure naît dans ma poitrine et remonte jusque dans mon cou. Je fixe la cuillère.

Peut-être qu'à un autre moment je n'aurais pas relevé, si ce n'était pas la goutte d'eau qui fait déborder le vase après une des semaines les plus atroces de ma vie et si ça ne se passait pas juste devant Declan qui, à présent, pense sans doute que je suis une vraie traînée.

Au lieu de ça, je contourne Sadie. Je tourne la cuillère dans ma glace et je lui lance un regard aguicheur. Puis, tout en continuant de le fixer, je la pose sur ma langue dans ma bouche avant de la ressortir lentement, d'un air émoustillé.

– Tu aimerais ça, n'est-ce pas ? je murmure.

Il jette un coup d'œil derrière son épaule, pour être bien sûr que personne ne peut entendre, puis il se penche en s'appuyant sur ses coudes.

– Eh bien, je trouve qu'on devrait terminer ce qu'on a commencé dans cette piscine, dit-il à voix basse.

– D'accord. (Je renfonce la cuillère dans ma glace et j'attrape un billet de cinq dollars dans mon sac.) Mais tu sais quoi, Jake ? Je ne te dois absolument rien.

Et je lui balance mon billet à travers le comptoir avant de bousculer Mackenzie qui est toujours en train d'hésiter sur son parfum. Gwen, vu son sourire sidéré, a été témoin de toute la scène. Declan, lui, me tient la porte ouverte et me regarde fixement.

– Tout va bien ?

Je réponds sans me retourner.

– Ouaip. Tout va bien.

Après encore quelques hésitations, Mackenzie opte finalement pour du beurre de cacahuètes et nous rejoint à la table de pique-nique où nous nous sommes installés.

– C'est très bon. (Elle se glisse sur le banc, à côté de moi.) Mais pas autant que la menthe aux éclats de chocolat.

– Tu en prendras la prochaine fois, lui répond Gwen.

Mackenzie prend une autre cuillerée et se penche vers Declan, à travers la table.

– Tu as pris quoi ?

Elle s'appuie sur ses avant-bras et offre à Declan une vue plongeante sur son décolleté. Sa chemise n'est pourtant pas très échancrée. Avec son look vintage très doux, ce n'est pas étonnant qu'elle plaise à Declan.

Il lui tend son gobelet en plastique et elle en suce une petite gorgée. Avec sa paille.

Je laisse retomber ma cuillère dans ma glace qui est en train de fondre.

– Hum, pas mal. (Elle lui montre sa coupe.) Tu veux goûter la mienne ?

Ok. Ne me dites pas, par pitié, qu'elle va lui donner la becquée.

– Non merci, répond Declan.

Mais il lui adresse un grand sourire, comme si elle venait de lui offrir le truc le plus cool qui soit.

Cory aussi la regarde. Sa glace coule le long de son cornet, jusque sur sa main, sans qu'il réagisse. J'attrape une serviette et la lui envoie sur la poitrine. Il plisse le front.

– De rien, je dis gentiment.

Mackenzie fait la moue en regardant ma glace.

– Tu n'aimes pas la tienne ?

– Si, si, elle est bonne. C'est juste que je n'ai pas beaucoup d'appétit ce soir.

– J'comprends. Hé, on devrait remettre ça de temps en temps. Après notre cours, par exemple. Avec toi aussi, Cory.

Cory est aux anges.

– Ouais, carrément.

– Cool. La prochaine, c'est moi qui vous invite.

Elle sourit et se rassied enfin sur le banc pour terminer sa glace.

Putain, mais pourquoi est-elle si sympa ? Ça devient franchement difficile de la détester.

La paille de Declan se met à gargouiller, signalant qu'il a fini. Il repose son gobelet vide. Gwen a terminé, elle aussi. Nous attendons Mackenzie – elle mange vraiment super lentement – pour jeter nos tasses dans la poubelle. Mackenzie enlace Declan, puis soudain, c'est à mon tour.

– On se voit en cours !

Je lui donne une tape dans le dos.

– Ouais. À bientôt.

Elle bondit vers Gwen, et après un dernier signe d'adieu de la main, les filles s'éloignent en direction d'une voiture vintage rouge. Cory donne un coup de coude à Declan.

– Waouh ! Elle conduit une Datsun ?

– Ouais, une 240Z. De 1971, je crois. Elle l'a entièrement retapée.

À part changer une roue, moi, je n'y connais rien du tout.

Mackenzie démarre et s'en va. Les garçons attendent qu'on ne puisse plus entendre le ronronnement du moteur avant de rejoindre la Focus de Declan.

Dix minutes plus tard, nous sommes garés devant chez moi. Depuis la banquette arrière, Cory m'ébouriffe les cheveux. Il sait que je déteste ça. Quand je me retourne pour lui filer une baffe, il me lance un sourire narquois.

– Bonne nuit, les amis.

Son sourire s'élargit encore, comme si j'avais manqué quelque chose.

Il sort et se dirige vers son jardin. Et nous voilà seuls, tous les deux.

Et je n'ai aucune idée de comment faire pour parler à Declan.

– Bon...

– Bon...

Je tire sur ma ceinture de sécurité et je me tourne vers lui.

– Dimanche, mes parents donnent une fête pour le 4-Juillet.

– Ah ouais ?

– Je suis sûre que ça leur ferait très plaisir de te voir, dis-je en m'efforçant de prendre l'air détaché. Tu devrais passer. Si tu n'as rien d'autre à faire.

– Ok.

Je prends ça pour une sorte de oui.

J'ouvre ma ceinture, j'attrape mon sac, mais je reste là, à fixer le volant au lieu de sortir. Il ne m'a pas posé la moindre question sur Kyle, ni sur Jake, ni sur la remarque de cet enfoiré de Cory à propos de mes habitudes de pochtronne. Ce qui signifie sans doute qu'il s'en fiche royalement.

Bon. De toute façon, ça ne le regarde pas. C'est ce que je voulais.

N'est-ce pas ?

– Écoute, dis-je en secouant la tête négligemment, comme s'il s'agissait d'un jeu. Je sais ce que tu dois penser, après ce qui s'est passé tout à l'heure. Mais ce n'est pas... je veux dire... les gens disent des trucs qui ne sont pas...

Mais la suite ne sort pas.

Declan effleure ma clavicule du bout des doigts et attrape ma chaîne. Il la sort de sous ma chemise et glisse sa main jusqu'à mon pendentif « Infini », avant de le relâcher.

– Je sais parfaitement qui tu es.

CHAPITRE CINQ

Chlac ! Un morceau de carotte vole à travers le comptoir.

– Doucement !

Maman m'arrache le couteau des mains et me tend un bol plein d'avocats.

– Je vais finir de couper les légumes. Tu peux préparer le guacamole ?

Elle me regarde d'un air suspicieux, elle ne me fait pas confiance, même avec une simple fourchette... Aujourd'hui elle joue son rôle à fond, parce que cette année, la fête qu'elle organise est également une sorte de chant du cygne pour elle, avant que la chimio ne devienne vraiment trop dure.

Autrement dit, nous jouons à composer le portrait d'une famille parfaite, alors que nos vies partent en vrille.

Je me remets au travail, mais écraser des avocats ne me soulage pas autant que de taillader des légumes.

– C'était un soupir d'ennui ou de soulagement ? me demande maman.

– Aucun des deux. Je suis juste... C'est compliqué.

Tout était tellement plus simple quand nous étions enfants. Quand j'étais encore un membre de la bande, comme un autre. Avant que la mère de Declan ait cet accident et que tout soit bouleversé.

Chacun de nous y a réagi différemment. Le père de Declan s'est renfermé sur lui-même, il s'est éloigné de son fils alors qu'il aurait dû être plus présent que jamais. Declan en a ressenti une immense colère – il contenait mal sa tristesse qui transparaissait chaque fois que nous parlions de son père.

Et moi, le chagrin m'a rendue trouillarde. J'ai peur de l'inconnu, ou du destin, si c'est comme ça que vous l'appelez. J'ai peur de perdre les gens que j'aime. J'ai passé tout l'hiver qui a suivi à essayer de ne surtout pas tomber amoureuse de Declan.

Mais je n'ai pas réussi, malgré tous mes efforts. Parce qu'en réalité, j'étais déjà amoureuse de lui depuis des années.

Il ne va sûrement pas venir ce soir. Je ferais mieux de m'en foutre. Je rajoute d'autres tranches d'avocat dans ma purée. Maman me surveille par-dessus mon épaule. Elle est douée pour piger certains trucs, elle a de véritables pouvoirs psychiques, et je commence à me sentir toute nue sous son regard.

– Tu es sortie avec Declan hier soir ?

Vous voyez...

– Et Cory. Et avec des filles de mon cours de photo.

– Tu t'es bien amusée ?

Je hoche la tête tout en me concentrant sur mon travail.

Elle s'essuie les mains sur un torchon.

– Bridget m'a dit qu'il était devenu très beau garçon.

C'est dingue, maman et madame Kingston sont de vraies commères, encore pires que les filles de mon école. Et voilà qu'elle guette ma réaction, avec son regard perçant d'aigle impérial.

– Hum... J'ai pas vraiment remarqué.

– Alors tu n'as plus le béguin pour lui ?

– Oh pitié, maman !

– Je trouve juste que vous étiez vraiment mignons ensemble, c'est tout.

Elle s'interrompt un moment dans la présentation du plateau de légumes et me lance un regard inquisiteur par-dessus ses lunettes.

– Ce garçon du printemps dernier ne t'attire plus, n'est-ce pas ?

– Non, je te l'ai déjà dit, je ne lui adresse plus la parole.

À part hier soir. Mais ça ne compte pas.

Papa entre par la porte de derrière et vient embrasser longuement maman. Ce truc a le chic pour me faire grimacer.

– Tu sais où se trouve le grand seau à glace ? lui demande-t-il.

– Dans le garage.

– Ah. Ta mère a toujours réponse à tout, non ? dit-il en se tournant vers moi.

Dans un grand effort, je parviens à lui faire un petit sourire. Maman s'interrompt, avant de reprendre son enquête dès que papa a quitté les lieux.

– Et est-ce que quelqu'un d'autre te plaît ?

Le souvenir des lèvres de Kyle sur les miennes surgit à mon esprit. Sa bouche avait un goût de tabac froid et de relents de fromage. Moyen.

– Non, je finis par dire, parce que je sais qu'elle ne me lâchera pas tant que je n'aurai pas fait mine de lui répondre.

– Mais tu me le dirais si ça devenait sérieux avec quelqu'un ou si tu songeais à faire l'amour, n'est-ce pas ?

Mon Dieu, faites que cette conversation s'arrête.

– Ouais, je lance rapidement, tu seras la première au courant.

Après avoir rempli un plateau de bâtonnets de légumes et de sauce à la vitesse de la lumière, je prends mes cliques et mes claques pour rejoindre mon frère sur la balancelle du perron.

– On devrait aller se préparer, fait-il quand je me laisse tomber de tout mon poids à côté de lui.

– Ça va être rapide. Maman a déjà fait une présélection des robes qu'elle m'autorise à mettre.

– Elle fait encore ça ? Je suis bien content d'être enfin arrivé à un stade où elle me laisse m'habiller tout seul.

– Ça doit être cool.

– Ouais, mais il faut mériter sa confiance, Harper.

– Arrête !

– Pouvoir choisir ses fringues, c'est un privilège, pas un droit.

– Crétin.

Il me fait un grand sourire.

– Hé, je te fais marcher, c'est tout. Je sais bien que tu en as pris plein la tronche. Mais les choses semblent revenir à la normale en ce moment.

Je penche la tête en arrière et regarde le ciel au-dessus de moi. Je fixe un nuage en forme d'écureuil, j'observe comment le vent le déforme peu à peu.

– À la normale, non, je ne dirais pas ça. Papa et maman ne ratent pas une occasion de remettre ça sur la piscine.

– Ça leur passera.

– Bien sûr. Peut-être même avant mon trentième anniversaire !

J'ôte un bourgeon de peuplier de Virginie qui s'était accroché à ma chemise et j'écoute les hurlements d'une bande de mômes en pleine partie de chat perché, plus bas dans la rue.

Le truc le plus grave qu'ait jamais fait Graham, ce fut de récolter un 8/20 en trigonométrie. Mais il a réussi à faire remonter sa moyenne générale à 14 en fin d'année. Il n'est tout simplement pas aussi doué que moi quand il s'agit de foutre la honte à notre famille.

– De toute façon, ça a été assez tendu ces derniers temps. Et maintenant, toute cette histoire avec maman...

Il se gratte la joue.

– Ouais, je sais. Hé, si ça devient trop... enfin, je veux dire, quand je suis rentré à la maison à Noël, ça n'allait pas fort. Alors, si tu as besoin de parler à quelqu'un...

– Merci. Mais ça va mieux maintenant. Vraiment.

Et nous restons là, dans un silence paisible tout juste ponctué de rires d'enfants et du pépiement strident d'un cardinal. J'aperçois ses plumes rouges dans le pin à côté du porche d'entrée quand maman vient me demander de me changer.

– Hé, Graham, pourquoi ne mets-tu pas ta belle chemise ? ajoute-t-elle avant de rentrer.

Je serre fort mes lèvres pour ne pas éclater de rire, mais Graham se tourne lentement vers moi.

– Ta gueule !

– J'ai rien dit.

~

Parmi les trois robes que maman a choisies pour moi, une seule est à peu près portable. Une robe bain-de-soleil verte à emmanchures américaines. Je l'enfile et passe à la salle de bains pour tenter d'apprivoiser mes boucles. Après avoir passé dessus un fer à lisser au résultat très décevant, je décide de vérifier du bout de mon doigt si la plaque de céramique est assez chaude.

– Oh putain !

Je balance le fer dans le lavabo. Je débranche la prise et pose le fer sur la table de toilette pour pouvoir passer mon index sous l'eau froide.

Des voix montent de notre perron. Je jette un coup d'œil à travers les rideaux. J'aperçois Cory, mais je distingue parfaitement la voix de Declan.

Je jette un coup d'œil dans le miroir. De façon incompréhensible, en quelques minutes, la masse de mes cheveux a regonflé. C'est clair, je peux oublier le look cheveux lisses. De toute façon, ça craint de jouer aux apprentis sorciers avec un fer brûlant.

En m'aspergeant le visage, j'essaie de calmer le feu de mes joues. Puis je coiffe mes cheveux en queue-de-cheval, un peu de traviole, mais ça fera l'affaire, parce que maintenant je les entends à l'intérieur de la maison. Maman va m'appeler d'une seconde à l'autre.

Après un dernier coup d'œil, je me mets un peu de parfum à l'intérieur des poignets et je les frotte le long de mon cou.

Les garçons sont debout dans l'entrée, chacun un sac de glace à la main. Ils écoutent Graham qui leur raconte ses exploits de première année de fac. À mi-chemin dans les escaliers, je croise le regard de Declan. Il dérive sur ma robe. Il hausse un sourcil, et je suis subitement glacée. Je baisse les yeux. Ça fait un an que cette robe traîne au fond de mon placard. Je l'avais complètement oubliée. Mais pas Declan, apparemment. Et soudain, je me souviens. Je la portais la nuit précédant son départ en pension, l'été dernier. Ce serait ridicule d'aller me changer maintenant. Donc je serre la rampe et je descends les dernières marches.

Graham passe son bras autour des épaules de Declan et se penche vers lui, du genre « dis donc, mon pote, j'ai un truc à te demander ».

— Alors, les mecs, vous courez tous les deux après ma sœurette ?

Je lui balance un bon coup de poing dans l'épaule. Et puis, pendant un quart de seconde, mes yeux croisent encore ceux de Declan.

Graham se frotte le bras avec un sourire narquois, il n'a pas l'air du tout désolé.

–Tu m'as fait mal !

–Donne-moi ça.

Je prends le sac de glace des mains de Declan et fonce vers la porte de derrière. Cory me suit à l'extérieur avec le deuxième sac et le range dans la glacière à côté du mien. Il l'ouvre en le déchirant et j'attrape un glaçon pour apaiser ma brûlure.

– Graham est un vrai emmerdeur.

– Il se comporte simplement en frère aîné, tu sais.

– J'imagine. Mais pourtant, il n'a pas en s'en faire avec vous, les gars.

Cory reste muet. Il tire sur le col de son t-shirt, qui le serre au niveau du cou et des épaules et s'évase autour de sa taille mince.

– T'en es vraiment sûre ?

La glace commence à fondre, l'eau coule le long de mon bras. Subitement je suis transportée à l'été dernier, à l'époque où Declan et moi étions inséparables.

Pendant des mois, j'avais tenté de ne pas m'emballer quand Declan me prenait la main. J'avais essayé de ne pas être malheureuse quand, en présence de Cory, il mettait un peu plus de distance entre nous deux. Declan souffrait toujours et sa guérison était ce qui comptait le plus pour moi. Donc j'ai agi comme l'aurait fait n'importe quelle bonne amie. Je me suis tue, je n'ai pas montré mes sentiments. Mais nous étions déjà si intimes que je ne pouvais plus imaginer de passer un seul jour sans le voir. Et, au printemps, Declan n'a plus gardé ses distances.

L'été dernier, nous avons passé des journées entières à la carrière, et parfois il faisait si chaud que même nager ne suffisait pas à nous rafraîchir. Ces jours-là, Declan attrapait un glaçon et le posait à la base de mon cou en soufflant dessus, pendant que l'eau gouttait le long de mon dos. Voilà que je mets à frissonner, maintenant que Declan passe la porte battante et s'avance vers nous. Je jette ce qui reste du glaçon à Cory et je m'essuie les mains sur ma robe.

– Je n'interromps rien, j'espère ?

Les yeux de Declan effectuent un rapide mouvement de va-et-vient entre nous deux. Je secoue la tête.

Papa s'amène alors et envoie une bonne bourrade sur l'épaule de Declan.

– Declan ! Ça me fait bien plaisir de te voir, fiston. Comment vas-tu ?

– Je n'ai pas à me plaindre, sourit Declan avant de baisser la tête.

– Comment t'en sors-tu au golf ces derniers temps ?

– Pas mal. En fait, je viens de dégoter un boulot de caddie au Forest Hills. Juste quelques jours par semaine, mais je peux faire des parcours gratuits sur mon temps libre.

– C'est super. Et j'ai entendu dire que tu étais très content de ta nouvelle école ?

Declan se raidit.

– C'est mon père qui vous a dit ça ?

Mon père acquiesce.

– Tu sais s'il va passer ce soir ?

– Oui. Il est devant la maison, au téléphone pour le boulot. Je crois qu'il ne va plus tarder.

– J'imagine qu'il n'a pas compris ce que signifiait le mot « férié », je lance.

Declan me jette un coup d'œil. Il sourit à peine, imperceptiblement, mais je m'en aperçois.

– Pas de repos pour les braves, marmonne-t-il.

Papa lui envoie un de ces sourires en coin compatissants dont il a le secret.

– Bon, qu'est-ce que vous voulez boire, les enfants ?

Je retourne à la maison chercher le reste des hors-d'œuvre. Dans la cuisine, Maman discute à voix basse avec Bridget, qui joue visiblement au docteur Kingston.

Je me demande si Nathalie ne lui manque pas encore plus en ce moment. Si le cancer de maman avait été dépisté deux étés plus tôt, Nathalie aurait été là, en train de la soutenir. En me voyant, elles se taisent. Elles ne me font visiblement pas suffisamment confiance pour m'inclure dans leur conversation. Du coup j'attrape le premier plateau qui vient et je ressors.

Je m'occupe ensuite en allumant les torches tiki[5] et les bougies à la citronnelle. Rapidement, la fête bat son plein.

Papa est dans un coin du patio, devant le grill. Il sirote une bière en discutant avec le père de Declan. Declan, lui, reste invisible. Je m'avance pour demander ce que je peux faire pour me rendre utile.

Le père de Declan se masse le front en faisant tourner sa bière dans son verre, comme s'il ne savait pas quoi dire.

– Alors Harper, comment se passe ton été ?

– Très bien, jusqu'ici.

– Heureux de l'entendre.

Il me sourit, mais reste très réservé. Comme s'il ne se souvenait plus que je suis cette petite fille qu'il avait l'habitude de soulever dans ses bras jusqu'au panier de basket afin que je puisse marquer des points comme les garçons. La même petite fille pour qui la mère de Declan ajoutait toujours quelques biscuits au panier-repas qu'elle préparait pour son fils. Declan a quitté notre école, et les sujets de discussion avec son père se sont dramatiquement réduits. Je me demande ce qu'il voit quand il me regarde, à présent. Si, à ces yeux,

---

5. Lampes traditionnelles hawaiiennes.

je suis simplement quelqu'un qui a une mauvaise influence sur son fils.

Papa retourne les blancs de poulet sur le gril. Ça sent la sauce barbecue et le charbon de bois. Il referme le couvercle et se tamponne le front avec une serviette en papier.

– Tu n'as besoin de rien d'autre, papa ?

Papa fait le tour de notre cour du regard. Les années précédentes, Graham et moi devions saluer tous les invités avec nos parents. Je détestais ça. Mais j'imagine que, maintenant, ils accordent moins d'importance à me montrer à tout le monde.

– Pourquoi ne vas-tu pas t'amuser, tout simplement ?

Il sourit. Nous sourions tous. Et je pars à la recherche de Cory.

Malheureusement, c'est madame Malone qui m'aperçoit en premier.

– Oh, Harper, je suis tellement contente de te voir.

Elle jauge mes jambes nues d'un mouvement de sourcil.

Madame Malone doit bien avoir dans les cent ans et elle continue à se maquiller comme une voiture volée et à porter des talons hauts. Son visage est recouvert d'une épaisse couche de poudre qui s'est figée dans les rides profondes de ses joues, et elle porte un rouge à lèvres rose flashy sur ses lèvres violacées.

Je soupire intérieurement. Madame Malone me déteste depuis qu'elle m'a attrapée, quand j'avais neuf ans, en train de chiper des pommes dans son jardin. Declan était là, lui aussi, mais c'est moi qu'elle a accusée, car à ses yeux je n'étais rien d'autre qu'une pauvre fille perdue. Et dans un certain sens, madame Malone a eu raison avant tout le monde.

– Bonjour, Madame Malone. Moi aussi, je suis contente de vous voir.

Elle se rapproche et me fixe avec des yeux larmoyants.

– Comment t'en sors-tu avec ta mère ? La pauvre chérie. Dieu sait qu'elle a déjà eu assez de problèmes comme ça l'année passée. J'espère que tu me diras si je peux aider en quoi que ce soit ?

Je me racle la gorge. Deux fois de suite.

– Bien sûr. Nous faisons tout ce que nous pouvons. Le Seigneur nous a appris à garder la foi.

Je sais donner le change.

Elle me fait un sourire béat et me tapote le bras.

– C'est merveilleux de t'entendre dire ça. Parce que tu sais...

Oh, oh. Elle s'avance encore de quelques centimètres. Me voilà coincée entre elle et une jardinière remplie de géraniums. Je cherche désespérément une sortie et je tombe sur Declan qui me regarde en articulant silencieusement « Loué soit le Seigneur ! » Je me mets à tousser pour étouffer un éclat de rire en me retournant vers madame Malone.

– Les jeunes filles d'aujourd'hui semblent ne plus avoir aucune morale, dit-elle d'un air entendu. On entend de drôles de choses.

En effet.

Mon sourire s'évanouit, et je me creuse la cervelle pour trouver quoi lui répondre. Avant que je réussisse à sortir une phrase de circonstance, Declan se rue vers nous et m'attrape par l'épaule.

– Désolé, mais j'ai absolument besoin de toi.

Pendant un instant, j'oublie complètement où je suis, je le regarde fixement alors que ses mots résonnent dans ma poitrine. Il se fend d'un beau sourire plein de fossettes, sans doute à mes dépens, qui fait fondre madame Malone.

Elle se met à tapoter ses cheveux blancs en répondant par un sourire à Declan.

– Jeune homme, ça fait presque un an que je ne t'ai pas vu !

– J'espère que vous ne m'en voudrez pas de m'immiscer ainsi, lui répond-il en en faisant des tonnes, mais j'ai bien peur de devoir vous voler Harper.

– Pas le moins du monde ! Tu passeras me voir à la maison, pour rattraper le temps perdu, n'est-ce pas ?

– Absolument. Prenez soin de vous.

Il me tire par le coude à travers la terrasse. Mais une fois que nous sommes sortis de la foule, sa main lâche mon bras.

– Merci beaucoup.

Il hausse les épaules.

– Tu semblais avoir besoin d'une issue de secours.

– Je ne sais vraiment pas pourquoi elle t'aime tellement. Tu lui as volé bien plus de pommes que moi.

– Seulement parce que tu m'y as forcé. Tu sais, madame Malone me prend pour un gentil garçon, un bon chrétien qui fait la différence entre le bien et le mal. En plus, l'été dernier je suis passé la voir et j'ai tondu sa pelouse.

– Je suppose que c'est pour ça qu'elle te regarde comme si tu étais son héros.

– Ne t'inquiète pas. Le fait que je traîne encore avec toi joue en ta faveur.

Je plisse le front et, tout d'un coup, toutes les choses que je ne lui ai pas dites, toutes celles que je ne peux pas lui dire surgissent à mon esprit. Parce qu'il a raison. Il est trop gentil avec moi.

Mais pourquoi ? Depuis qu'il est revenu, il fait comme si tout allait pour le mieux. Comme si rompre et passer toute une année scolaire sans échanger une phrase ne le gênait absolument pas.

Peut-être qu'il est passé au-dessus. Qu'il ne tient plus à moi.

En fait, ce serait une bonne chose. On pourrait revenir en arrière, à notre année de seconde, quand nous étions justes copains. Je veux dire, je n'attends plus rien d'autre.

On passe devant la glacière, et j'attrape deux sodas.

– Tu as vu Cory ? je lui demande en lui tendant une cannette.

– Merci. Il est là-bas avec ses parents.

Nous nous installons dans des fauteuils. Il se met à pianoter sur son accoudoir.

– Hé, qu'est-ce que tu penses de Mackenzie ?

Je tripote l'étiquette de ma cannette, jusqu'à ce qu'elle se décolle.

– Hum, je ne sais pas trop. Je la connais à peine.

– Mais elle est jolie, non ?

Je baisse les yeux sur mes cuisses et je me gratte avec l'opercule métallique. C'est comme ça qu'on fait entre amis. On se parle des gens qui nous plaisent. Alors, je hoche la tête.

– Elle est très jolie. Tu voulais l'inviter ?

– Nan. Je lui en ai parlé, mais sa famille aussi organisait un truc aujourd'hui.

– Oh. C'est dommage.

Je le regarde à nouveau dans les yeux. Ils sont tellement verts ce soir.

Cory s'effondre dans un fauteuil à côté de moi et pose une assiette pleine en équilibre sur ses genoux.

– Vous avez goûté ça ? C'est super-bon, dit-il en léchant la sauce barbecue sur son pouce.

Je lui pique un morceau de gâteau et, nerveusement, j'en fais des miettes. J'ai la bougeotte, c'est plus fort que moi.

– Le feu d'artifice va bientôt commencer, dit Declan. Nous devrions aller nous installer quelque part pour le regarder.

Cory secoue la tête.

– J'ai un entraînement très tôt demain matin.

Je suis sur le point de monter sur mes grands chevaux, il n'est même pas neuf heures et demie et, en plus, depuis quand est-ce qu'un entraînement matinal empêche Cory de sortir ? Mais Declan se tourne vers moi.

– Harp, tu es partante ?

– Bien sûr.

J'essaie de rester impassible, mais je me surprends à sourire.

– Je connais un endroit.

CHAPITRE SIX

Le château d'eau de Carson est bien plus haut que dans mon souvenir.

À mi-chemin, j'ai subitement une montée d'angoisse en réalisant que c'est peut-être la plus mauvaise idée que j'ai jamais eue et ce qui risque de m'arriver si je me fais prendre. Mais j'ai déjà grimpé la moitié des marches... du coup j'accélère.

J'atteins la plate-forme étroite et je m'assieds en saisissant la rampe à deux mains et en laissant pendre mes jambes dans le vide. Declan s'écroule bientôt à côté de moi. Il ferme les yeux et serre ses genoux contre sa poitrine.

J'essuie les paumes de mes mains toutes moites sur mon short (je me suis changée), je penche la tête en arrière contre l'acier frais du réservoir et j'essaie de reprendre mon souffle.

D'ici, tout en haut, on peut voir tout le centre-ville de Carson. Les magasins sur la Neuvième, et les feux rouges à l'angle de Broad Street. Le parc, deux pâtés de maisons plus bas, où les familles se sont installées sur des couvertures à carreaux pour admirer le feu d'artifice. Les réverbères éclairent les différents quartiers autour du centre-ville. Plus à l'ouest, là où la forêt s'épaissit, leur lueur s'atténue. Quelque part, dans l'épaisseur des arbres, se cache la clairière.

– J'aurais dû me douter que sortir en ta compagnie impliquerait de violer la loi.

Il ne dit pas ça agressivement. Mais au plus profond de moi, je regrette le passé, quand Declan n'était pas au courant de ça à mon sujet.

– Alors tu es au courant. À propos de l'incident à la piscine.

– Je parlais du jardin de madame Malone, plaisante-t-il.

Puis il hausse les épaules, il a l'air presque indifférent. Mais pas complètement.

– Cory m'a expliqué que tu t'étais fait gauler en train de déconner sévèrement. J'imagine que tu as eu une période difficile...

– On peut dire ça.

Je m'essuie à nouveau les mains. Le regard accusateur de madame Malone ressurgit à mon esprit.

– Et il t'a raconté autre chose concernant cette nuit-là ?

Declan se tourne vers moi.

– Qu'est-ce que tu veux dire ?

– Je suis juste curieuse de savoir ce qu'il t'a raconté exactement.

Il se gratte l'oreille.

– Oh. Non, c'est à peu près tout.

Je sais presque toujours quand Declan ment. Il ne sait pas faire semblant. Mais avant que je puisse lire ses pensées, il détourne son regard et change de sujet.

– Cet endroit m'a beaucoup manqué.

On a de plus en plus de mal à discerner les bâtiments en bas. Il fait presque nuit, maintenant.

– Ah bon ? Moi j'ai vraiment hâte de pouvoir quitter Carson. Et la Caroline du Sud.

– Mais tu adorais ici, avant. Quand est-ce que tu as changé d'avis ?

Quand tu es parti.

Je ne le lui dis pas à haute voix. Mais il l'entend quand même.

Il passe sa main sur son jean et fixe la cime des arbres en dessous de nous.

– Est-ce que tu vas bien ? Est-ce que tu es heureuse ?

En réalité, Declan connaît déjà la réponse. Il est au courant de l'incident de la piscine, sans compter ce que Cory lui a sans doute raconté. Et les gens heureux ne font pas ce genre de connerie, ils ne cherchent pas les problèmes. Mais ce n'est pas la réponse que quelqu'un attend quand il vous demande poliment de vos nouvelles.

Un moustique me pique le bras. Juste dans le pli du coude. Ça gratte cent fois plus quand je le regarde. Ça me gratte partout. Je tire sur l'élastique qui entoure mon poignet et je le fais claquer.

– Tu savais que trois cierges magiques qui brûlent ensemble produisent autant de chaleur qu'un chalumeau ? je lui demande.

Il passe ses doigts sur son front, dans les deux sens, comme s'il avait mal au crâne, puis repose ses avant-bras sur ses genoux.

– Non, je ne savais pas.

– C'est la vérité, je dis.

Parce que c'est vrai, et parce que je ne peux pas lui dire que je suis heureuse ou malheureuse, ou quoi que ce soit, en fait.

Le vent se lève et Declan repousse les cheveux qui lui tombent sur les yeux. Je lui tends mon élastique. Il les attache en un petit chignon très mignon, et quelques mèches trop courtes retombent sur son front.

– C'était plus facile de monter quand on avait treize ans, dit-il.

Une ampoule s'est formée sur la paume de ma main. J'appuie mon pouce dessus.

– À l'époque, tu n'avais pas cette masse de cheveux qui te déséquilibre.

Il sourit et se penche en arrière. Son épaule frôle la mienne.

– C'était une belle nuit.

– C'était mon anniversaire.

Je ne veux pas penser à son dernier anniversaire, en février, quand je cherchais une façon de renouer le contact avec lui. Ou au fait qu'il ne m'ait jamais répondu. Et que trois semaines plus tard, ça a été le mien et qu'il n'a pas donné signe de vie.

C'était une très mauvaise idée de venir ici.

Trois cents mètres plus bas part un sifflement. Une fusée rose vif éclate dans le ciel, comme un énorme chrysanthème. Un quart de seconde plus tard, on entend le boum. Et le ciel entier s'illumine de comètes et de pivoines qui retombent sur nous en nuances vibrantes de bleu et d'oranger.

Je me lève et m'appuie à la balustrade, pour être le plus près possible du ciel. Declan aussi se met debout, il s'approche au maximum du bord de la plate-forme et serre la balustrade en fer tellement fort que ses articulations en blanchissent.

Sa main s'approche un peu. Nos petits doigts se touchent. Je fais semblant de ne pas le remarquer.

– Est-ce que c'est devenu un peu plus facile ? De vivre sans elle, je veux dire.

Il hésite. Sa mâchoire se crispe, et je regrette d'avoir posé la question.

– D'un certain côté, je m'y suis habitué. Ça s'estompe avec le temps. Mais elle me manque toujours.

Bien sûr, c'est évident. Il a perdu son père et sa mère la même année. Et parfois, il m'arrive de détester son père à cause de ça.

Son père avait certainement ses raisons pour l'envoyer au loin. Il devait voyager pour son boulot au moins deux fois par mois, et il n'a pas cru que Declan était capable de rester seul si souvent. Les parents de Cory lui ont proposé de prendre Declan chez eux pendant ses absences, mais il a refusé en disant que ce serait trop prenant pour eux. Chaque fois qu'on lui a offert une solution, il a trouvé un autre prétexte pour refuser. Il essayait simplement de trouver une échappatoire pour moins souffrir. Nous en sommes tous plus ou moins responsables. Et je crois vraiment qu'il voulait agir pour le bien de Declan. Mais je n'arrive pas à comprendre qu'il ait pu croire que le chasser de chez lui était la meilleure solution.

Mes doigts s'écrasent sur le métal alors qu'un léger sentiment de remords m'étreint. Declan a perdu tant de choses l'année dernière. Il souffrait quand il est parti dans cette école, sans ses parents. C'était à moi de l'aider, de m'assurer qu'il tiendrait le coup, moi, sa petite copine. Et à la place, je me suis arrangée pour qu'il me perde, moi aussi.

– Tu sais, tu ne dois pas t'en faire autant, dit-il soudainement. Ta mère va gagner son combat.

Les étincelles de lumières vertes, bleues et rouges se mettent à danser dans mes yeux, et je dois détourner le regard. Du coup, je fixe mon bouton de moustique.

– Oh, je sais.

Je hoche trop vite la tête pour être tout à fait convaincante et fais une marque en forme de croix sur ma piqûre avec l'ongle de mon pouce.

Il se balance d'un pied sur l'autre. J'enfonce mon ongle de plus en plus fort dans ma chair. La croix vire au violacé.

– Harp...

Ma jambe tressaute, je cherche désespérément à refréner la panique qui m'envahit, mais je ne peux retenir mes larmes. Sa main se pose sur l'arrière de ma tête.

Garder mes distances. Voilà de quoi j'ai besoin.

Sans quoi, toute cette année passée à essayer de fuir Declan, à tenter de l'oublier aura été inutile. Les coups de fil et les textos auxquels je n'ai pas répondu, les mois de silence. Il efface tout ça. Et après tout ce que nous avons traversé, et tout ce que j'ai fait, je ne mérite pas qu'il me console.

Mais je suis suffisamment égoïste pour l'accepter.

Mes doigts trouvent sa chemise et s'y agrippent. Il m'attire à lui. Ma joue repose contre son épaule.

Il sent toujours pareil, un mélange de lessive aux agrumes et de quelque chose d'épicé, Declan, quoi.

– Hé, chhhuut... ça va aller, Harp. Toi et moi on va s'en sortir, je te le promets.

Combien de fois nous sommes-nous déjà dit ça, front contre front ? Toi et moi. Ça a toujours été lui et moi. Et je ne peux pas nier que c'est très bon de l'avoir avec moi, maintenant. Il n'y a que Declan pour comprendre cette impression d'être ligotée à des rails et de voir le train qui approche. On ne peut rien y changer. Je ne peux pas changer l'évolution du cancer de maman, je ne peux ramener Nathalie à la vie.

– Ça va aller, répète-t-il.

Entendre sa voix me le dire me ferait presque croire que c'est vrai.

Tout continue à exploser autour de nous. Et la seule chose que j'entends, ce sont les paroles de réconfort qu'il me murmure à l'oreille.

CHAPITRE SEPT

Une heure. Je n'ai plus qu'une heure pour boucler mon reportage photo quand j'arrive enfin à la rivière.

Et qu'est-ce qu'on est censé prendre comme genre de clichés ? Le site du *National Geographic* ne m'a pas vraiment inspirée. À moins qu'une loutre de mer pointe miraculeusement le bout de son nez par ici et prenne la pose devant moi, je suis foutue.

En ce moment, la rivière souffre du manque d'eau. Je prends vaguement quelques clichés du courant paresseux. Quelques mètres plus haut, sur la rive, je repère un serpent noir enroulé sur lui-même qui se dore au soleil. Ça ne me paraît pas vraiment photogénique, du coup je garde mes distances. Certains de mes camarades arrivent dans mon coin. Gwen examine les lieux et s'allonge en haut du torrent, son appareil sur l'estomac. Declan est de l'autre côté de la rivière. Il se tient debout, une main dans sa poche et, de l'autre, il protège la lentille. Le soleil le frappe juste comme il faut pour illuminer ses cheveux et je ne résiste pas à la tentation de le prendre de profil, vite fait.

Cinq jours ont passé depuis que nous sommes grimpés au château d'eau, et à part quelques mots un peu crispés échangés avant le cours de photo de lundi, nous ne nous sommes pas reparlé.

Je n'espérais pas que cette nuit change quoi que ce soit. Il a simplement été gentil. Présent quand j'en avais besoin. Parce que c'est ce que nous faisons l'un pour l'autre. Ou plutôt, c'est ce qu'il a toujours fait pour moi.

En grommelant intérieurement, je descends le courant pour me retrouver seule à nouveau. Monsieur Harrison nous a dit de ne pas prêter attention à ce que faisaient les autres. Et de toute façon, il ne me reste que... Oh non, plus que quarante minutes !

Un tronc d'arbre éclaboussé de taches de lichen rose et vert tendre attire mon attention. Je prends un gros plan avant de me diriger vers un autre arbre. Un cœur est gravé dans son écorce. À l'intérieur du cœur, il y a des initiales, MJ+TK. Les gens font encore des trucs comme ça ? Si ça se trouve, MJ a déjà brisé le cœur de TK. Ou le contraire. Mais à ce spectacle, je réalise soudain que j'ai vraiment envie de laisser ce genre de trace derrière moi. Une preuve que j'ai eu de l'importance dans la vie de quelqu'un.

Après la mort de sa mère, Declan a passé des jours entiers sans sourire. Parfois pourtant, je réussissais à lui en arracher un et j'avais alors un sentiment de victoire de le voir ainsi sourire grâce à moi.

Mais c'était il y a bien longtemps.

Je fais le tour de l'arbre, faisant glisser mes doigts le long de l'écorce. Je découvre le même genre de marques de l'autre côté du tronc. C'est un arbre spécial amoureux.

– Tu veux rentrer avec moi ?

Je sursaute en entendant la voix de Gwen.

– C'est déjà l'heure de rentrer ?

Merde.

Elle gonfle ses joues et fait une énorme bulle. Elle confirme en hochant la tête, s'essuyant le front avec le bandana qu'elle porte au poignet. Derrière elle, j'aperçois Declan qui saute de rocher en rocher pour rejoindre notre rive. Gwen s'aperçoit que je le regarde.

Elle fait claquer la bulle dans un « pop » et désigne Declan d'un signe de tête.

– Qu'est-ce qui se passe entre vous ?

– Tu parles de Declan ?

– Non, de toi et monsieur Harrison !

Elle me fait un grand sourire qui disparaît aussi vite qu'il est apparu.

– Non, mais sérieusement, y'a un truc pas clair, non ?

– On est juste... on était juste des amis très proches.

Elle s'arrête pour prendre en photo une bouteille de plastique nichée dans un lit de fleurs sauvages, puis relève la tête.

– Euh. J'avais comme l'impression qu'il y avait un peu plus.

La courroie de mon appareil photo me brûle le cou. Je la bouge et j'essuie ma sueur. Gwen et moi, nous observons Declan qui nous attend plus haut.

Dix ans d'amitié. Le genre d'amitié où vous savez tout l'un de l'autre. Où vous savez où se cache chacune de vos blessures, et comment vous les avez reçues. La manière qu'il a de rire quand il ingurgite trop de sucre, ou de quelle quantité de café j'ai besoin après une mauvaise journée. Nous étions le genre de potes qui peuvent passer douze heures ensemble à ne rien faire et qui voudraient que ça dure douze heures de plus. Qui s'écoutent, même quand l'autre a tort, même quand cela n'a aucun sens. Des amis qui pourraient en vouloir à la Terre entière, mais qui ne restent jamais fâchés très longtemps. Qui s'aiment de façon inconditionnelle.

Ça a duré six mois. Un printemps où mon cœur tressaillait chaque fois qu'il m'appelait sa petite amie, et puis un été à apprendre ce que ça voulait réellement dire. Six mois pour découvrir le bruit que fait son cœur quand je pose ma tête sur sa poitrine et le goût qu'a sa langue après qu'il a mangé un truc salé. Ou comment sa respiration s'accélère quand je l'embrasse dans le cou, et combien ça me chatouille quand il effleure ma clavicule. Deux saisons pendant lesquelles j'ai été en osmose avec quelqu'un comme je ne pensais pas que ça soit possible.

Et puis d'octobre à aujourd'hui. Neuf mois vides à ne plus rien être du tout.

– Et toi ? Tu as un copain ?

Elle sourit.

– Oui, Jason, il habite à Charleston.

– C'est loin ! Ça ne doit pas être facile...

– C'est pas si mal. J'ai de la famille là-bas – en fait, c'est mon cousin qui nous a présentés. J'y vais plusieurs fois par an, et il vient quelquefois me voir pendant le week-end.

Mackenzie passe devant nous et court vers Declan. Nous les rattrapons peu après.

– C'était chouette, n'est-ce pas ? Une journée idéale pour une séance photo.

Mackenzie prend un cliché de Gwen, qui lui jette un regard furibond. Puis elle se tourne vers moi.

– Qu'est-ce que tu fais ce week-end ?

– Pas grand-chose, je réponds. Je vais glander, c'est à peu près tout.

– Et toi ? (Elle se tourne vers Declan.) T'as des plans pour ce soir ?

Il se tourne vers moi.

– Cory m'a parlé d'une soirée au vieux camping...

Sacré Cory. Il ne veut pratiquement jamais sortir, et soudain il est intéressé, maintenant que Declan est de retour ?

Tout le lycée y sera. Kyle aussi. Et probablement un certain nombre d'autres mecs avec qui je me suis bien amusée l'année dernière. Je ne tiens pas à ce que ces deux mondes se rencontrent.

– C'est parfait ! Alors, on y va tous.

Mackenzie nous regarde l'un après l'autre. Gwen me pousse du pied.

– Tu viendras ?

Declan m'observe, je me redresse. Le problème, c'est que j'ai déjà dit à Sadie que je viendrai. Je suis coincée.

– Hum... D'accord.

– Oui !

Mackenzie applaudit des deux mains, et je ne peux m'empêcher d'éclater de rire.

– Commençons par le commencement. Je meurs de faim. J'ai envie de manger thaï. Ou bien juste un sandwich. Harper, tu viens déjeuner ?

– Oh... Je...

– Ouais, de toute façon elle n'acceptera pas que tu lui dises non, dit Gwen.

– Tu vas me faire passer pour un tyran.

– Mais nooon !

Gwen secoue la tête vers Mackenzie, puis se retourne vers moi.

Nous nous dirigeons tous vers le parking. Mackenzie et Declan ont l'air de vrais siamois. Ils se poussent du coude l'un l'autre, tout en organisant leur soirée. Gwen traîne derrière pour marcher avec moi qui fixe obstinément chaque pare-chocs que nous croisons.

Quand nous atteignons sa voiture, Declan se penche et murmure quelque chose à l'oreille de Mackenzie. Elle sourit et se dirige vers sa Datsun.

Declan s'appuie contre sa Focus et nous fait signe.

– Salut Gwen.

– À plus.

Je ralentis le pas.

– Tu ne viens pas déjeuner ?

– Je crois que je vais sauter cette étape. Mais on se voit ce soir.

– Génial.

Et je me déteste d'avoir dit ça. J'aurais dû la fermer, maintenant il va penser que je suis désespérée.

– Je veux dire, cool, à toute.

Pas franchement mieux...

Il monte dans sa voiture et je lui fais un signe de la main, surtout parce que je suis incapable de rester en place. Gwen me dévisage en passant sa lèvre sur sa lèvre supérieure, comme si elle se retenait de rire.

– Quoi ? je lui demande, bien trop sur la défensive.

Elle secoue la tête.

– Allons-y. J'ai la dalle.

~

Nous nous décidons finalement pour le snack sur Broad Street. Mackenzie et Gwen vont faire un tour aux toilettes pendant que je garde notre table. Au bout d'à peine une minute, j'essuie une première attaque.

– Tiens, c'est la briseuse de couples.

Je lève la tête en fronçant les sourcils. C'est Lindsay Sullivan. Elle croise ses bras et me lance un regard assassin. Derrière elle, je découvre Mel Hendrickson qui arbore des lunettes de soleil et un sourire sinistre. Et ensuite, je remarque Jenny.

– Salut, Jen.

Elle me regarde en face pour la première fois depuis que c'est arrivé. Son visage est rouge comme une pivoine. Elle rassemble ses affaires et tire Mel par le bras, comme si elle ne pouvait pas supporter ma présence une seconde de plus.

– Venez, on s'en va.

Lindsay l'ignore.

– Tu t'es jetée au cou du petit ami de qui, ces derniers temps ?

Une vieille camionnette toute cabossée passe dans un boucan incroyable qui déchire l'air lourd de cet après-midi. Je me demande si je peux faire semblant de ne pas l'avoir entendue. Je décide que oui. Voilà typiquement le genre de trucs qui me mettent en colère. Parce que Jake m'a menti, tout comme il a menti à Jen. Et que rien ne serait probablement arrivé si Sadie ne s'était pas branchée avec son pote et ne m'avait pas littéralement jetée dans ses bras.

Si elle était là, Sadie saurait quoi faire. Elle me défendrait. Et elle ne céderait sûrement pas à la provocation. Mais elle n'est pas là, et je ne suis pas comme elle.

– Je suis désolée, dis-je dans un murmure inaudible.

Peut-être que Jenny sait lire sur les lèvres. Apparemment, Lindsay sait le faire.

– Comme si les excuses d'une traînée comme toi avaient la moindre valeur.

Par la fenêtre du snack, je vois Gwen et Mackenzie qui reviennent. Merde.

– J'y vais, dit Jenny d'une voix ferme.

Mel la suit. Mais Lindsay s'attarde.

Je ne peux pas me disputer maintenant. Et de toute façon, ce ne sont pas les affaires de Lindsay.

– Écoute, dis simplement à Jenny que...

D'un geste de son poignet couvert de bracelets, Lindsay me jette le reste de son thé glacé au visage.

– Salope, siffle-t-elle en reculant juste au moment où Gwen entre.

– J'espère que tu as chopé des chlamydias.

Gwen arrive juste à temps pour entendre.

– Mais c'est quoi ce bordel ?

– Rien. Juste...

D'une main tremblante, je tire sur mon t-shirt trempé. Il me colle à la peau.

– Merde.

Je respire de plus en plus vite et de plus en plus fort.

Les gens me dévisagent. Ils ralentissent comme s'ils passaient devant un accident de voiture et qu'ils ne pouvaient s'empêcher de regarder. Le sang bat dans mes tempes, je ferme les yeux.

Mackenzie me prend la main et m'emmène aux toilettes. Nous passons devant le comptoir et au moins une dizaine de tables, mais je garde les yeux fixés sur Mackenzie pendant tout le temps, j'ai trop honte pour croiser le regard de quiconque. Gwen nous rejoint. Elle ferme la porte à clé derrière nous.

– Passe-moi ton t-shirt.

Je l'enlève et le lui passe en m'asseyant sur les toilettes.

J'essaie de respirer normalement.

Gwen s'accroupit à côté de moi.

– Ça va ?

Elle prend un morceau de papier toilette et me le tend. Morte de honte, je fronce encore un peu plus les sourcils. Ces filles ne sont pas censées connaître cette partie-là de moi. Tout comme Declan. Mais tout se mélange, et je ne supporte pas le regard plein de sympathie qu'elle me lance. Je ne le mérite pas.

– Je suis sortie avec son petit ami, je lance à brûle-pourpoint. Pas celui de la fille qui m'a balancé son verre au visage. Celui de l'autre, Jenny. Elles faisaient partie de mon équipe de natation.

Mackenzie a fini de rincer mon t-shirt, elle allume le sèche-mains. Je tente de m'expliquer.

– J'ai eu des problèmes il y a quelques mois. J'étais avec lui quand je me suis fait choper. Il ne plaisait pas tant que ça, et il m'avait dit qu'ils avaient rompu.

Je tressaille et je tords nerveusement le papier toilette entre mes mains.

– C'était faux. Ils n'avaient pas rompu. Pas encore, du moins.

Nous écoutons le ronronnement du sèche-mains.

– Je m'en veux vraiment de lui avoir fait ça. Je n'ai jamais voulu faire de mal à personne.

Le sèche-mains s'arrête et Mackenzie me tend mon t-shirt. Il est toujours humide, mais moins poisseux.

– On a tous des trucs qu'on aimerait ne pas avoir faits, dit-elle.

Je lève les yeux sur elle, et je réalise un truc très dur à avaler. Mackenzie est une fille digne de Declan.

– Mack et moi, on est avec toi, ajoute Gwen.

– Merci.

Je renfile mon t-shirt et nous ne prononçons pas un mot pendant un petit moment. Je sens que ma peau est collante, et je me mets à rougir.

– Les filles, est-ce que vous pourriez... c'est possible que vous n'en parliez pas à Declan ?

Elles échangent un coup d'œil rapide avant que Gwen réponde :

– Bien sûr que non. C'est pas ses oignons.

Une fois que j'ai retrouvé un peu mon calme, je n'ai plus vraiment faim. Les filles me raccompagnent à ma voiture.

– Alors... on se voit ce soir ? demande Mackenzie.

– Oh, je lance en regardant derrière moi un parterre de jonquilles qui est en train de faner au soleil de l'après-midi. Ouais, peut-être. Je ne suis pas sûre d'être assez en forme pour ça.

Elle se mord la lèvre et hoche la tête en signe d'approbation.

– Je comprends. Mais j'espère vraiment que tu viendras. Je suis sûre que tu vas te sentir mieux.

–Merci.

Elle me serre dans ses bras, et je souris à Gwen en ouvrant ma portière.

Je rentre à la maison en silence. Quand je tourne dans ma rue, je ralentis et je mets la radio à fond. J'attrape la serviette de bain que je garde toujours sur le siège arrière, je la roule en boule et la plaque sur ma bouche.

Et je hurle à m'en casser la voix.

CHAPITRE HUIT

L'ambiance est un peu sensible en ce moment, à la maison. Des yeux injectés de sang et un t-shirt taché de thé ne risquent pas d'arranger les choses. Je me glisse le plus discrètement possible dans la salle de bains. L'eau bouillante me fait du bien. Elle me réchauffe, même si ma peau est trempée. Mais j'ai besoin de me sentir propre, et depuis ce que j'ai fait en octobre, c'est le seul moyen. En plus, j'aime m'asseoir sous la douche. C'est le seul endroit où je peux craquer et en faire disparaître immédiatement la preuve.

Du moins tant qu'il y a de l'eau chaude.

Ensuite je m'habille. J'appelle Sadie.

– Ça veut dire quoi, tu ne viens pas ?

Je suis dans la cuisine, le point le plus éloigné de là où se trouvent mes parents.

– Cet après-midi j'ai eu une sorte de fight avec Lindsay et Jenny. C'était pas beau à voir. Et en plus, Declan va y aller, et c'est déjà assez bizarre entre nous.

– Arrête, qu'est-ce qu'on en a à foutre de Lindsay Sullivan ? Cette fille est une vraie nase. Et les choses sont bizarres avec Declan, parce que c'est toi qui te conduis bizarrement. De toute façon, je suis déjà en route pour venir chez toi.

Je me frotte les tempes.

– Il faut encore que j'obtienne l'autorisation de mes parents.

– Alors, grouille-toi. Je serai là dans dix minutes.

Je n'espérais pas vraiment que notre conversation prenne un tour différent. Sadie arrive toujours à ses fins. Et de toute façon, elle a raison. Je ne devrais pas laisser des gens comme Lindsay m'atteindre.

Mes parents traînassent dans leur chambre à coucher, papa est en train de lire et maman somnole. Une semaine après sa première chimio, les effets secondaires commencent à apparaître.

Elle se réveille au moment où j'entre.

– Coucou ma chérie.

Je croise les bras.

– Salut. Je voulais vous demander... Il y a une fête ce soir...

Papa pose son livre.

– Oh.

Maman essaie de se relever.

– Avec qui vas-tu y aller ?

– Et bien, j'y vais en voiture avec Sadie. Mais il y aura tout le monde, Cory et Declan. Et ces filles, mes amies du cours de photo.

Maman se met à gémir. Elle change de côté en poussant un profond soupir. Papa se lève et s'approche d'elle.

– Tu veux te lever ?

Elle hoche la tête et il l'attrape par les coudes pour l'emmener à la salle de bains. Je fais un écart de côté à leur passage.

– Maman ? Tu te sens bien ?

Elle marmonne que oui. Mon père me lance, par-dessus son épaule :

– Nous parlerons de cette soirée plus tard, Harper.

– Mais... ok, c'est juste que je suis censée partir dans quelques minutes.

Il ne répond pas. Maman se penche sur le lavabo, sa tête tombe dans ses mains. Elle respire par la bouche, très fort.

– Papa, je peux vous aider ?

– Je m'en occupe. On en reparle plus tard.

Et il ferme la porte de la salle de bains derrière eux.

~

Sadie jacasse pendant tout le trajet. Je baisse ma vitre et je regarde les enfants que nous croisons en train de s'arroser et de jouer au football sur les pelouses. Nous changeons de quartier et nous passons devant le fleuriste préféré de maman et le stand où ils ont les meilleures fraises, d'après elle. J'écoute vaguement ce que Sadie me raconte – Will l'a appelée pour lui parler de la soirée, elle s'est acheté un nouveau top... mais j'ai la tête ailleurs.

Les mêmes images passent et repassent dans ma tête.

Surtout celles de maman qui souffre. Et je ne me

suis jamais sentie aussi impuissante. Je savais qu'elle aurait des moments difficiles après sa chimio, qu'elle se sentirait mal. Je pensais être prête à le supporter. Eh bien, je ne l'étais pas, je ne supporte pas d'être totalement impuissante face à la situation.

Nous nous garons devant chez Sadie et je la suis à l'intérieur. Elle envoie balader ses chaussures et je pose mes sandales à côté d'elles.

– Hé, vous voilà, dit monsieur Walker depuis son bureau, dans un coin de la pièce.

Sadie passe devant lui pour attraper une cannette de Boomerang sans sucre au frigo, avant de grimper les escaliers quatre à quatre et de claquer la porte de sa chambre derrière elle.

Elle s'est toujours comportée comme ça avec son père depuis que je la connais. Ils sont arrivés au début de la sixième, juste après le divorce de ses parents. Cette année-là, nous n'avions pas les mêmes horaires de déjeuner avec Cory et Declan. La saison d'entraînement n'avait pas encore commencé, et après avoir passé tout mon temps avec Cory et Declan en primaire, je ne m'étais pas vraiment fait d'amies. Le premier jour de classe, Sadie est entrée dans la cantine comme une princesse, elle m'a vue assise toute seule et s'est installée à côté de moi. Elle était la fille la plus sûre d'elle et la plus splendide que j'aie jamais rencontrée. Une crinière de cheveux dorés lui descendait jusqu'à la taille. Elle dégageait une force indéniable. Les seuls garçons qu'elle n'a pas fait craquer, ce sont Cory et Declan qui m'ont fait comprendre qu'ils la trouvaient trop superficielle et un peu bêcheuse. Mais je n'allais sûrement pas me disputer à son sujet, même s'ils ne s'entendaient pas, vu que Sadie m'avait, de façon tout à fait inexplicable, choisie comme amie.

Elle ne parle pas beaucoup de sa mère ni de la cause du divorce de ses parents. Et j'essaie de respecter sa vie privée. Car contrairement à la plupart des gens à Carson, je sais quand quelque chose ne me regarde pas.

Monsieur Walker lève les yeux vers moi.

– Bonjour, Monsieur Walker.

– Harper ! Je ne t'ai pas beaucoup vue ces derniers temps. Comment vas-tu ?

– Bien.

– Et comment vont tes parents ?

Je glisse mon doigt sous mon élastique, à mon poignet. Il claque contre ma peau.

– Ils vont bien. Merci.

– Eh bien dis-leur bonjour pour moi.

– Je le ferai.

Je fais un geste maladroit vers l'escalier et grimpe les marches quatre à quatre. Je rentre dans la chambre de Sadie sans frapper.

Ces murs sont recouverts du sol au plafond d'affiches de concert et de pages découpées dans des magazines de mode, avec quelques photos de nous deux disséminées au milieu. Sadie sort une bouteille d'une boîte à chaussures dans son placard, et je plonge en avant pour l'attraper. Parce que si je ne peux pas échapper à cette fête, du moins ai-je besoin de réconfort avant d'y aller.

– Tu peux y aller. C'est moi qui conduis ce soir, dit-elle.

Deux shots et une demi-cannette de boomerang plus tard, j'arrive à effacer l'image de ma mère recroquevillée et secouée de haut-le-cœur, pour enfin me sentir bien.

Sadie s'avance avec un fer à lisser. Elle a suffisamment de patience pour me coiffer, alors je la laisse faire.

– Tu es belle, s'écrie-t-elle quand elle a terminé.

Je ne sais pas pourquoi, mais je la crois toujours quand elle me dit ça. En partie parce qu'elle est très belle, alors elle doit savoir de quoi elle parle. Et peut-être aussi parce qu'elle est la première personne après ma mère à avoir utilisé cet adjectif en parlant de moi.

– Merci.

Je prends une autre gorgée de Boomerang sans même m'en apercevoir, et je le regrette immédiatement. Beurk.

Elle me fait un trait d'eye-liner et met la touche finale à mon maquillage.

– Tu es tellement sexy ce soir que Kyle ne va pas te lâcher.

– C'est précisément pour ça que nous ferions mieux d'aller au cinoche.

Quand nous avons commencé à traîner ensemble, toutes ces soirées auxquelles Sadie était invitée ne m'intéressaient pas du tout. Je me contentais de l'emmener manger une glace ou de me balader avec elle dans le centre commercial de Raleigh. Ce n'est qu'en cinquième qu'elle m'a convaincue d'accepter une de ses invitations. C'est comique de penser maintenant combien j'étais intimidée par les gens que voyait Sadie. J'ai supplié Declan et Cory de m'accompagner, mais je ne leur en veux pas d'avoir refusé quatre-vingt-dix-neuf fois sur cent. Dans ces soirées, nous étions sur le territoire de Sadie, et ils voulaient ne rien avoir à faire avec elle. Il faut reconnaître que Sadie n'a pas non plus accueilli mes meilleurs amis à bras ouverts. Pourtant, j'ai continué de l'accompagner, parce qu'une foule de garçons à qui je n'aurais jamais adressé la parole sans ça s'étaient mis à s'intéresser à moi. Le fait d'être avec Sadie me rendait désirable, par ricochet. J'aimais ce sentiment de sortir un peu de ma bulle, pour avoir enfin une vie sociale. C'était bien plus agréable que d'être cette espèce de garçon manqué qui nageait plus vite que tout le monde.

Harper était devenue franchement fun.

Sadie lève un sourcil, tout en m'appliquant un peu de gloss sur les lèvres du bout de son annulaire.

–Eh bien, qu'est-ce que tu attends d'autre de Kyle ? Il a goûté au miel, et maintenant il veut manger tout le pot.

–Tu charries, maintenant je vais penser à Winnie l'Ourson en le voyant.

–Ah, Winnie l'Ourson. Ça lui va bien.

Winnie l'Ourson va être déçu s'il croit qu'il va pouvoir goûter à la moindre cuillerée de miel de ce pot. Pour être parfaitement honnête, ce n'est pas lui le vrai problème. Il me fait penser à une mouche. Ennuyeuse mais inoffensive. Mais compte tenu que la majorité de la population mineure de Carson va être présente à cette fiesta, je peux avoir à me confronter à des problèmes bien plus graves. Mackenzie y compris.

Je ne sais même pas encore si je peux leur faire confiance, à elle et Gwen. Qu'est-ce qui les empêche d'aller raconter à Declan ce qui m'est arrivé cet après-midi ? Sérieusement, la moitié des jeunes de mon école sauteraient sur l'occasion s'ils pouvaient balancer à mon sujet. Tôt ou tard, Declan va être mis au courant. S'il savait pourquoi j'ai arrêté de lui parler en octobre, ou que Jake était loin d'être le seul type avec qui je suis sortie au printemps, il ne me regarderait plus jamais comme avant.

Sadie termine mon maquillage, peaufine le sien puis se tourne vers son placard. Je m'assieds sur son lit et je m'enlève un peu de gloss du revers de la main.

– Alors, à qui le tour ? demande-t-elle.

– Hein ?

– Si tu en as terminé avec Kyle, c'est qui le prochain ?

Elle enlève son short et enfile une jupe en lycra.

– Non, attends, laisse-moi deviner. Ça ne serait pas... Declan ?

Mes doigts agrippent mon collier.

– Il ne se passera rien entre Declan et moi.

– Hum. J'ai déjà entendu ça.

Elle sort une autre jupe et la lance dans ma direction. Elle me propose toujours ses vêtements qui sont moulants sur elle, mais catastrophiques sur mes hanches.

– Quoi qu'il en soit, j'espère bien que non. Parce que nous savons toutes les deux que tu peux trouver bien mieux.

En réalité, c'est pendant l'été qui a suivi la quatrième que j'ai surpris Declan à me regarder autrement. Je l'avais accompagné dans l'une de ses nombreuses virées au terrain d'entraînement pour la conduite. Nous étions tous les deux morts de faim. J'ai trouvé un distributeur et je nous ai acheté un paquet de gâteaux. J'ai laissé la monnaie à l'intérieur puis je me suis retournée. Il a tendu la main pour la ramasser, mais je l'ai arrêté.

– *Laisse-la,* ai-je dit. *Ça fera plaisir à quelqu'un.*

Il m'a lancé un regard si intense que j'aurais pu croire qu'il voulait se souvenir de la moindre molécule de mon être. Ensuite, j'ai repensé à cet instant pendant des semaines entières. Mais comme l'été tirait à sa fin et que les cours allaient bientôt reprendre, j'ai décidé que j'avais dû me faire des idées. Pendant les deux ans qui ont suivi, nous en sommes restés à des relations purement amicales. C'est ça toute l'ironie de la chose. Declan et moi n'aurions peut-être jamais été ensemble sans Sadie.

C'est elle qui nous a donné le coup de pouce final en avril, pendant l'année de seconde, lors d'une partie d'Action ou Vérité, à la fête d'anniversaire des seize ans de Leah Gilmore. C'était quelques mois après les funérailles de Nathalie, et nous n'avions pas encore été plus loin que de nous donner la main quand nous regardions un film dans le noir ou quand nous nous promenions dans les bois. Il avait cette façon bien à lui de me caresser l'arrière du poignet avec son pouce. Parfois le souvenir de son contact était si intense que je peux presque le sentir encore.

Le père de Declan s'était jeté à corps perdu dans le travail, et Cory avait ses entraînements de natation l'après-midi, alors que les miens avaient généralement lieu tôt le matin.

Alors, Declan et moi avions pris l'habitude de passer de plus en plus de temps ensemble. Nous restions des heures à étudier dans la cabane ou à jouer aux espions du côté de la carrière. Mais parfois, toute notre histoire commune ressemblait à un barrage routier. Comme si la peur de perdre quelque chose d'autre nous retenait de faire le grand saut. Une partie de moi sentait que Sadie allait prendre les choses en main, mais je n'ai pas pu m'empêcher de piquer un fard quand elle m'a défiée d'embrasser Declan. Ce serait mon premier baiser. Et Sadie le savait très bien.

J'ai réussi à marmonner que ce n'était pas un problème, mais Declan ne m'a même pas regardée. Il était trop occupé à dévisager Sadie.

– *C'est quoi ton problème, Declan*? lui a demandé Sadie, avec un sourire aux lèvres. *Tu n'es pas capable d'assumer un jeu débile?*

Declan a finalement détourné le regard en secouant la tête. Il s'est levé et m'a peut-être regardée, mais moi j'étais incapable de le faire.

– *Ce n'est pas un jeu pour moi,* a-t-il lancé d'un ton hargneux.

Je l'ai retrouvé sous le porche d'entrée. Les réverbères jetaient une lueur douce sur la pelouse. J'ai croisé les bras, il faisait froid, et j'ai hésité sur le paillasson devant la porte. Declan fixait le lointain, et quand je me suis assise à côté de lui en tremblant, il a enlevé sa veste et me l'a posée sur les épaules sans dire un mot. Quand il s'est mis à parler, finalement, il a parlé très vite, il m'a dit qu'il était désolé mais qu'il ne voulait pas m'embrasser comme ça – devant tout le monde, et quand Sadie l'avait décidé. Il s'est tu, a pris une profonde respiration avant de me regarder en souriant timidement.

– *Pourtant j'ai vraiment envie de t'embrasser.*

~

– Qu'est-ce qui ne va pas avec Declan? je demande.

Sadie se retourne pour me faire face et regarde la jupe roulée sur mes genoux.

– Il est devenu plutôt mignon, tu ne trouves pas ?

Elle me regarde encore un instant, les lèvres pincées, puis elle se tourne vers son placard.

– Tu comptes réellement repartir là-dedans ? Après toutes ces semaines où tu geignais en me racontant combien il te manquait ?

Elle n'a pas l'intention d'être dure. C'est sa façon à elle de prendre soin de moi. C'était pareil quand les rumeurs à mon sujet ont débuté. Elle m'a défendu bec et ongles face à tous ceux qui osaient ouvrir la bouche en sa présence. Mais quand nous étions seules, elle ne s'est jamais gênée pour me balancer mes quatre vérités.

– Ok, je comprends. Tu n'as jamais aimé Declan.

– Comme si ce sentiment n'était pas partagé ! Il t'a pratiquement suppliée d'arrêter de me voir, si je me souviens bien. Et en plus, ce n'est même pas à cause de ça. Est-ce que tu as vraiment oublié combien de temps ça t'a pris pour passer à autre chose, la dernière fois ?

Mon regard dérive et s'arrête sur l'appui de sa fenêtre et l'orchidée que lui a offerte Christopher, son copain de l'été dernier. Le garçon dont elle a encore des photos dans son téléphone. Elle ne voudra jamais l'admettre, mais elle se raccroche à une fleur et à quelques clichés flous parce qu'elle ne l'a jamais vraiment oublié.

Je replie soigneusement sa jupe et la pose sur son lit.

– Je m'en souviens.

– Fais bien attention à ne pas le laisser trop s'approcher.

Un haut pailleté atterrit à côté de moi.

– Essaie ça, me dit-elle en faisant glisser la jupe qu'elle vient à peine d'enfiler. Mes cuisses sont trop grosses. Je vais devoir faire pas mal de gym avant de pouvoir rentrer dedans à nouveau.

– Sadie, tu es une vraie brindille. Arrête ton char.

Elle plisse son nez en réfléchissant.

– Dès demain je commence la course à pied, je le jure.

Chaque fois que Sadie critique ses « seins-ventre-hanches-cuisses », automatiquement, je les compare aux miens. Et croyez-moi, le résultat est sans appel. Sadie me dit toujours qu'elle m'envie mes jambes, ou qu'elle serait prête à tuer pour avoir mon cul. Mais en réalité, mon corps est en train de changer depuis que je suis passée de deux entraînements quotidiens à pratiquement plus d'exercice du tout. Et c'est difficile, parce que mon estomac n'a pas encore pigé et que j'ai toujours aussi faim. Tout. Le. Temps.

J'échange mon haut avec le sien.

– Qu'est-ce que tu en penses ?

Sadie tire sur mes avant-bras pour les décroiser et hoche la tête en signe d'approbation.

– Porte-le ce soir.

Je me regarde dans le miroir. Malgré mes quelques kilos en trop, je ne suis pas trop moche. C'est un joli haut. Un peu serré, mais moins osé que j'aurais cru, juste décolleté ce qu'il faut.

Sadie a enfilé une jupe encore plus courte que la précédente.

– Prête ?

– Ouais.

J'attrape mon sac à main et je lui tends la bouteille pour la route, en jetant un dernier regard à son orchidée, avant de la suivre.

Quand nous descendons, son père se lève de la table.

– Nous sortons, lui lance Sadie en enfilant des mules et en me passant ma paire de tongs.

Il se balance sur place en souriant.
– Ne rentre pas trop tard.
– Ok. Bye, répond-elle, déjà à moitié dehors.

~

Je me frotte le visage jusqu'à ce que le goût de la vodka tiède passe. En soufflant violemment, je regarde vers le coin éloigné du camping où Cory, Gwen et Mackenzie forment un cercle.

– Mais bon sang, c'est qui ces filles ? bougonne Sadie en faisant un signe de tête dans leur direction.

Elle leur lance Son Regard. Celui où elle serre les dents en plissant son nez et en retroussant légèrement sa lèvre supérieure. Celui qui la rend presque laide. Presque seulement.

Quand elle lance à quelqu'un ce regard, je sais que dans les dix à quinze minutes qui suivent, elle va argumenter sur ses innombrables défauts ainsi que sur les multiples façons, toutes impardonnables, dont cette personne a bien pu l'offenser.

– Gwen, c'est la brune surexcitée. La blonde, c'est Mackenzie. Elles sont dans mon cours de photo, toutes les deux.

– Mackenzie, elle est née en 1955 ou quoi ?

Elle plisse les paupières en regardant d'un un air dégoûté la tunique longue de Mackenzie.

– Au moins, celle-là, elle annonce la couleur.

Je fais à nouveau le tour de la fête du regard. Quelques personnes se relaient pour apporter du bois jusqu'à l'âtre qui a été creusé au milieu du terrain, où une autre équipe souffle sur le feu pour le faire prendre.

Avec pour tout résultat une épaisse fumée blanche. Ils ne se rendent pas compte que le bois d'allumage est trop humide. À ce rythme-là, il fera jour avant que le feu ne parte. Cory et les filles se mettent sur le côté quand un autre groupe se rassemble autour du tonneau. Declan doit être quelque part, puisque Cory est là.

Je ne suis pas aussi chamboulée par lui que le pense Sadie. Je sais qu'une seule nuit ne changera rien. Qu'il n'y a pas de retour possible vers ce que nous avions. Et j'étais honnête quand j'ai dit à Gwen que nous étions juste des amis.

Mais j'ai vraiment eu le sentiment que quelque chose changeait entre nous au sommet de ce château d'eau. Ce n'est pas complètement débile de penser qu'il l'a peut-être senti, lui aussi.

– Eh bien, elle a l'air ridicule, dit Sadie.

Elle pose son pied sur le pare-chocs avant.

– Qui l'a invitée ?

Je prends une autre gorgée de vodka et je grimace.

– C'est Declan, plus ou moins.

– Hum, je vois. Tes bonnes œuvres rencontrent les siennes, dit-elle.

Ma mâchoire se crispe. Sadie ne s'en rend pas compte, ou alors elle s'en fiche.

– Quoi qu'il en soit, tout ce que je voulais dire, c'est que tu es bien plus sexy qu'elle.

Je sais que Sadie essaie juste d'être gentille. Mais je n'ai pas besoin d'être plus jolie que Mackenzie, ou de qui que soit d'autre, d'ailleurs. Quelques dizaines de mètres sur ma gauche, Declan sort à grandes enjambées de la partie la plus dense de la fête.

– Hé Declan !

Je saute de la voiture dans sa direction.

Apparemment, il ne m'a pas entendue. Il continue d'avancer et il cingle violemment un tronc d'arbre avec la baguette qu'il tient à la main. La violence de son geste me déconcerte.

Sadie me pousse du coude, celui qui tient la bouteille.

– Encore un coup et on y va.

J'avale une gorgée rapide et Sadie cache la bouteille dans son sac à main. Elle attrape un répulsif contre les moustiques dans son coffre et nous nous en aspergeons les jambes et les bras. Les produits chimiques me prennent à la gorge, je me mets à tousser.

Nous remontons la rangée de voitures, jusqu'à une clairière où une quarantaine de personnes s'est divisée en petits groupes. L'endroit se trouve à environ un kilomètre et demi à l'intérieur de la forêt, et les gens profitent déjà à fond du fait qu'on peut faire autant de bruit qu'on veut.

Des hourras éclatent quand le feu de joie prend enfin, et on assiste à quelques minutes de tapes dans le dos et de tope là. J'aime bien les feux de camp, – le sifflement des rondins qui suent, leur crépitement quand ils montent en chaleur et l'odeur de feuilles brûlées qu'ils laissent sur mes vêtements et dans mes cheveux. Mais j'essaie de garder Sadie loin des flammes tant que je peux, du coup, je choisis de me diriger vers un coin reculé où Will et d'autres types de l'école se sont installés pour jouer au ping-pong. De cet emplacement, il se trouve que j'ai aussi une vue parfaite sur Declan qui a rejoint le groupe de Cory. Je sais qu'il faut que j'arrête de le regarder comme ça. Mais le truc, c'est qu'il a mis sa chemise de golf verte, celle qu'il porte depuis toujours. Celle dont le coton si doux sent son odeur de lessive aux agrumes. Mais elle lui va différemment maintenant. Comme s'il l'avait déchirée pour qu'elle reste ouverte, et qu'elle dévoile un immense S en travers de sa poitrine.

Il faut vraiment que j'arrête de le regarder.

Gwen surprend mon regard et me fait signe. J'essaie de lui faire comprendre que je viendrai plus tard. Elle fronce le nez et secoue la tête. Je suppose que je ne suis pas douée en langage des signes.

Je reviens vers Sadie qui me tend une bière. Avant que j'aie eu le temps de lui demander où elle l'a trouvée, elle ouvre la bouche en fixant quelque chose derrière mon épaule.

– Winnie l'Ourson !

Oh merde !

Kyle passe son bras autour de ma taille et m'attire à lui pour m'embrasser.

– Hé Sloan, tu t'amuses bien ?

– Ouais, répond Sadie. (Et elle m'envoie un clin d'œil.) Harper était justement en train de me dire quel bon moment elle passait.

– Heureux de l'entendre.

La main de Kyle s'attarde. Je m'écarte et je lance un coup d'œil vers mes amis. Declan me tourne le dos. Gwen acquiesce distraitement à quelque chose qu'il raconte, mais elle m'observe.

Je dois m'éloigner de Kyle.

Au moment précis où je me dis ça, il se met à me coller encore plus. Sa main glisse autour de mes hanches et ses doigts trouvent leur chemin jusqu'à ma poche arrière. Son eau de Cologne infecte me prend à la gorge. Honnêtement, à quoi pense-t-il en mettant un truc pareil ?

– C'est une belle nuit pour une balade. Si tu en as envie plus tard...

En posant fermement ma main sur son épaule pour le maintenir à distance, je recule d'un pas.

– Là, je vais aller rejoindre quelques copains.

– Cool, répond-il pendant que ses yeux cherchent quelque chose plus loin.

Sadie est déjà blottie contre Will, du coup je me dirige toute seule vers Declan et son groupe. Au moment où j'évite deux personnes, je chope son regard. Il a le visage fermé. J'hésite un instant avant de continuer mon chemin.

Il est seul quand j'arrive devant lui.

– Hé.

– Salut.

– C'était chouette le cours ce matin, hein ?

Il hoche la tête en regardant derrière moi. Il regarde tout, sauf moi.

– Tu vas bien ce soir, Dec ?

Il finit par croiser mon regard.

– Et pourquoi ça n'irait pas ?

Quand Declan est parti au mois d'août dernier, nous avons parlé chaque soir après dîner. Même les nuits où nous n'avions rien à nous dire, nous restions allongés dans notre lit avec le téléphone collé à l'oreille à nous écouter respirer. Nous étions amoureux, nous étions enfin ensemble. Et nous étions bien décidés à ne pas laisser la distance saper notre relation. Mais après quelques semaines, ça a commencé à changer. On s'est appelés un soir sur deux. Et peu de temps après, nos conversations sont devenues encore plus pénibles que le silence. J'ai essayé de ne pas lui montrer à quel point je me sentais seule sans lui. Je ne lui ai pas dit que je pleurais avant de m'endormir et que je ne supportais plus d'aller à la cabane. Je ne lui ai jamais dit combien ça me faisait mal quand il oubliait de me rappeler. Parce que je ne voulais pas être ce genre de copine, le genre qui est tellement dépendante de son amoureux qu'elle est incapable d'être heureuse sans lui. J'ai simplement essayé de faire face, du mieux que je pouvais. Et vu comment ça s'est passé ensuite, ce n'était pas une bonne idée.

J'enfonce mon orteil dans les aiguilles de pin et dans le sable.

– Je ne sais pas, je fais d'une toute petite voix.

Gwen est retournée au bar, avec Mackenzie et Cory. Tout le monde, à part Mackenzie, remplit sa tasse en plastique rouge. La mienne pèse soudain plus lourd dans ma main. Je la baisse au niveau de ma hanche.

Le fait que nous sommes tous en train de boire... ça pourrait expliquer que Declan soit tellement perturbé. Bien sûr, ça lui est arrivé à lui aussi, mais c'était avant qu'un chauffard ivre ne tue sa mère. Autant que je sache, Declan n'a plus touché une goutte d'alcool depuis. Cela dit, je me demande bien à quoi il s'attendait en venant à une beuverie organisée dans les bois. Quelqu'un jette un tas d'aiguilles de pins dans le feu, ce qui fait monter des étincelles haut dans le ciel. Les aiguilles s'enflamment, et soudain ça sent Noël dans toute la fête. Comme tous ces après-midi passer à jouer à cache-cache dans la forêt avec Declan.

– Alors, ton père doit être content que tu sois là ? je fais en repoussant mes cheveux de la main.

Et comme je ne peux pas laisser cette main tranquille, je recommence.

– J'en sais rien. Tu sais comment il est.

Je me rappelle l'entendre hurler sur Declan parce qu'il avait laissé de la vaisselle sale dans l'évier ou parce qu'il avait oublié son ballon de basket dans l'allée. Il avait l'habitude de crier pour la moindre broutille, sans se soucier de faire de la peine à sa famille.

Et je me souviens également de la façon dont il a étreint Declan le jour où il est parti en pension. Il le serrait si fort que j'ai cru qu'il ne le lâcherait jamais.

– Je sais qu'il est sévère, mais tu ne l'as pas vu depuis Noël, pas vrai ?

– Ouais. Je crois qu'il s'est habitué à vivre seul. Il est en déplacement pour son boulot la moitié du temps, et je fais le caddie presque tous les week-ends, alors je doute qu'on se croise souvent dans les mois qui viennent. Ensuite, je retournerai en pension. Problème résolu.

– Oh... Ton école est bien, alors ?

– Ouais, c'est super. Vraiment super. Merci de me poser la question.

Le vent se lève à nouveau et nous envoie la fumée droit dessus. Nous nous poussons sur le côté et Declan s'appuie contre un arbre. Il regarde ailleurs de nouveau.

Son attitude est celle à laquelle je m'attendais depuis que je l'ai rencontré devant l'allée de Cory. Je ne sais simplement pas pourquoi il a attendu jusqu'à maintenant pour agir ainsi. Je ne comprends pas ce qui a changé. À moins que j'aie tout imaginé, cette nuit-là. La sympathie, la gêne et l'affection. C'est sûrement le cas, comme me le prouve son attitude fermée et rigide.

C'était déloyal de ma part de craquer devant lui. Je ne peux pas lui en vouloir d'imposer des limites. Il regrette sans doute de m'avoir reparlé. Voilà Mackenzie qui s'amène avec Cory et Gwen.

– Tu es venue ! Ouah ! Tu es canon, dit-elle.

Cory se tait. Il n'a pas l'air d'accord. Qu'il aille se faire voir !.

Je parviens à ne pas guetter la réaction de Declan.

– Merci. Vous aussi les filles, vous êtes superbes. Mackenzie, j'adore ta jupe.

– Oh, merci ! Je bosse à Second Helpings, cette boutique vintage sur la Neuvième Rue. Presque tout mon salaire retourne dans la poche de la propriétaire, répond-elle en faisant un peu tourner sa jupe.

– Mackenzie veut devenir costumière, ajoute Declan.

Puis il se tourne vers elle en ajoutant :

– Harper n'est pas vraiment branchée théâtre.

Je fronce les sourcils, d'où tient-il ça ?

– Non, c'est que... je trouve ça chouette.

Gwen s'éclaircit la gorge.

– Tu veux un autre verre, Harper ?

Elle m'attrape par le bras et m'entraîne vers le tonneau de bière.

– C'était qui le type avec qui tu parlais tout à l'heure ?

– Personne. Juste un type de mon école.

Je pompe à plusieurs reprises pour remplir nos deux tasses.

– Alors, vous n'êtes pas ensemble...

– Non.

Elle prend l'air pensif et je jette un coup d'œil en arrière. Declan est en train de parler à Catherine Daniels. Catherine lui court après depuis la sixième. Et s'il n'était pas au courant avant, maintenant, c'est clair, il l'est. Elle l'entraîne vers le coin danse et lui fourre son énorme poitrine sous les yeux.

Personne ne peut rivaliser avec ça.

Avec un petit sourire contrit, je m'excuse auprès de Gwen et retourne vers la clairière en buvant des petites gorgées de bière. En m'éloignant du feu, je m'aperçois que la température a beaucoup baissé depuis que la nuit est tombée. Le morceau de musique change, mais Declan et Catherine continuent à danser. Je me répète que je n'ai aucun droit sur Declan. Absolument aucun.

Surtout maintenant que Catherine remue tellement discrètement son cul devant lui. Sérieux, elle va faire ça longtemps ? Declan n'a pas l'air de s'en plaindre. C'est un mec, après tout. Et ils sont tous pareils. Absolument. Tous. Sans exception. Et je n'y peux rien si Catherine est son type de nana. Simplement, je peux comprendre qu'il s'intéresse à quelqu'un comme Mackenzie, avec ses cheveux brillants et sa taille de guêpe. Mais, sérieusement, il drague une fille qui a été suspendue onze jours d'affilée l'année dernière pour non-respect du code vestimentaire ?

De toute façon, ça ne me regarde pas. J'ai simplement de la peine pour Mackenzie, c'est tout. Je ne sais pas ce que Declan et elle se sont raconté, mais je suis sûre qu'il lui plaît. Elle est quelque part dans les parages et elle va être super-triste si elle les voit.

Je plisse le front en faisant tourner ma bière dans mon gobelet. Je manque éclabousser Gwen qui sort de je ne sais où.

– Qu'est ce qui se passe ?

– Rien. Je m'éclate.

– Allez, arrête de dire des bêtises.

Elle me tire jusqu'au feu de camp et s'assied en face de moi. Même les pierres autour du foyer sont chaudes. Tout le monde semble différent dans la lumière rougeoyante, tous chantent sur la musique, leurs visages luisent dans l'obscurité. J'essaie de paraître aussi joyeuse qu'eux, mais au bout de quelques minutes, Gwen regarde son téléphone.

– C'est l'heure d'appeler Jason. Tu restes là un moment ?

– Bien sûr, je lui dis.

Mais dès qu'elle a tourné le dos, j'ai envie de la rappeler, je n'aime pas rester assise toute seule au milieu d'une fête. J'ai besoin de faire quelque chose pour m'occuper, et oh ! ma tasse est vide à nouveau. Je me lève pour aller la remplir.

J'enjambe le tronc sur lequel j'étais assise, mais je calcule mal la hauteur à laquelle je dois lever la jambe, et je me casse la figure. Directement dans les bras de Declan. Il me rattrape par la taille et je pose une main sur son épaule pour retrouver mon équilibre.

Et nous restons comme ça.

Sous ses mains naît une sensation de chaleur qui se diffuse en moi, de mes côtes jusqu'au bout de mes orteils.

– C'était bien cette danse ?

Bon d'accord, ce n'est pas top comme entrée en matière. Mais je suis quasiment certaine de ne pas avoir laissé passer le moindre signe de jalousie dans ma voix.

– Cat est une chouette fille.

J'ai envie de l'étrangler.

Je fais mine de boire une autre gorgée, mais ma tasse est toujours vide, alors je reste là à la fixer.

Nous restons tous les deux parfaitement immobiles. Pourquoi n'a-t-il pas encore retiré sa main de ma taille ? Un type qui porte une glacière essaie de passer devant nous, du coup je me serre encore plus contre Declan. Nous sommes toujours muets. Il faut que quelqu'un dise quelque chose.

– Tu as reçu ma carte ? je lui demande à brûle-pourpoint.

C'était une photo assez moche du château d'eau de Carson que j'avais trouvée l'hiver dernier en ville, au drugstore, et que j'avais gardée pendant trois mois avant d'avoir le courage de la lui envoyer pour son anniversaire, en février.

Il hoche lentement la tête.

– Je l'ai reçue.

Mes oreilles se mettent à me chauffer et mes joues deviennent toutes rouges. Je m'efforce de le regarder dans les yeux.

– Juste sept mots. « Joyeux anniversaire Declan. Je pense à toi. » Sept mots après des mois de silence. Ça rime à quoi ?

En me mordant l'intérieur de la joue, je passe un doigt sur son épaule.

– Juste. Je voulais juste...

J'ai complètement perdu le contrôle de mes doigts. Ils glissent le long de son col, jusqu'à ses cheveux. Ils redescendent sur l'arrière de son cou.

– Tu m'as manqué. Tu n'as pas idée à quel point tu m'as manqué.

Ces yeux sont marron foncé ce soir, un peu éteints. Il entrouvre la bouche et ses mains glissent légèrement sur mes hanches. Tout à coup, c'est la même attirance que l'autre nuit qui nous submerge. Et je sais qu'il le sent, lui aussi, parce que vous ne pouvez pas regarder quelqu'un comme il me regarde et ne rien ressentir.

– Je t'ai manqué ? demande-t-il.

Je hoche la tête et il se penche vers moi. Sa bouche s'attarde contre mon oreille, sa respiration me chatouille le cou. Puis il se détourne et murmure contre mon visage :

– Tu es aussi tendre avec ceux dont tu t'occupes par charité ?

Glacée. Ma langue. Mes lèvres. Et ça n'a plus d'importance, parce qu'il n'y a rien à dire.

Sa main lâche ma taille.

– Non, ce n'était pas... C'est Sadie qui a dit ça... Je n'ai jamais dit...

– C'est pas grave.

Ses lèvres forment un sourire, mais ce n'est pas un vrai sourire. C'est douloureux.

– Sans rancune ?

Non, je pince mes lèvres et je fais non de la tête.

Il se redresse, il ne me regarde plus. Il faut que je lui fasse comprendre.

Le temps s'arrête, mais mon cœur, lui, bat plus vite. Je me hisse sur la pointe des pieds pour arriver presque à sa hauteur. Mes yeux sont devant sa bouche. Et puis mes lèvres.

Et là, il recule brusquement.

Je retombe sur mes pieds et dans ma tête, brusquement, tout s'embrouille.

Il m'attrape le poignet.

– Harp...

Je retire ma main. Je ne veux pas parler. Je peux à peine respirer. Je suis paralysée, je n'arrive pas à croire que j'ai pu penser que je méritais ça.

– Tu as bu…

Mes yeux croisent à nouveau les siens.

– Je sais, mais…

Il se mord la lèvre inférieure et détourne le regard. Je me rends compte qu'il regarde Mackenzie. Elle est à côté de Cory et nous tourne le dos. La façon dont il la regarde, le désir et la frustration que je peux lire sur son visage, me donnent envie d'avaler de l'acide. Je brûle à l'intérieur.

– Je veux juste t'éviter de faire un truc que tu vas regretter ensuite, finit-il par dire.

Je manque d'air. Non seulement Declan ne veut pas m'embrasser mais il n'en a tellement pas envie qu'il est navré que je puisse même y penser. Et il a raison. Qu'est-ce qui déconne chez moi ? Pourquoi ferai-je un truc pareil à Mackenzie ? Elle a été super-sympa avec moi. Quel genre de fille je suis pour être incapable de me retenir alors que je sais que Declan lui plaît ?

Mes yeux s'emplissent de larmes brûlantes. Je ne veux pas qu'il puisse les voir. Je trébuche en reculant, et tout disparaît autour de moi, le mélange assourdissant des voix et de la basse, les clameurs des gens qui picolent et qui s'agitent dans tous les sens.

Trop tard.

CHAPITRE NEUF

Le temps passe au ralenti. Je suis coincée face à Declan. Je guette une issue de secours dans la foule. Mes yeux fixent le feu, suivent la fumée qui monte haut, grise dans le noir du ciel. Je tressaille quand Sadie me jette ses bras autour du cou, par-derrière.

– Je t'ai trouvée !

Elle me tend la bouteille de vodka et se tourne vers Declan. Elle lui sourit, un sourire que je connais. Pourquoi sourit-elle comme ça à Declan ?

Je prends une petite gorgée. Elle pose sa main sur son épaule, exactement là où j'avais mis la mienne. Les yeux de Declan se tournent vers les siens. J'avale une plus grande gorgée.

– Ça fait un bail ! dit-elle en jouant les séductrices.

– Salut, Sadie.

– Tu sais quoi, Harper ? Tu avais raison. Il est devenu assez mignon, dit-elle tout en continuant à le regarder.

Elle sourit méchamment. Je cligne des yeux. Je tressaille, plutôt. Pourquoi est-ce qu'elle dit ça, bordel ?

Son regard s'attarde sur mes bras qui sont serrés sur ma poitrine. Alors, je les laisse glisser le long de mon corps.

– Hé les gars, j'ai loupé quelque chose ?

Je presse mes mains sur ma poitrine. Elle est bien trop oppressée. Je n'arrive pas respirer.

Sadie attend une réponse.

– On était juste en train de rattraper le temps perdu.

– Ah, comme au bon vieux temps, c'est ça, Déclône ?

Le surnom que Sadie a donné à Declan est plus désagréable qu'offensant. Mais en l'entendant, il se redresse et la main de Sadie tombe de son épaule.

– C'est exactement ça, fait Declan.

Sadie a cette façon de provoquer Declan, en faisant tout ce qu'elle peut pour le narguer. Si c'est la façon qu'elle a imaginée pour m'empêcher d'être malheureuse, mieux vaut changer de stratégie.

– Oh, tu es là, s'écrie Cory qui a rappliqué.

Mackenzie et Gwen continuent à papoter un peu plus loin.

– Hé, tu n'étais pas en train de dégueuler dans les buissons devant chez Harper, la dernière fois qu'on s'est vus ?

Je ferme et rouvre très vite les yeux. Sadie ne sourit plus du tout.

– Qui s'en souvient ?

– Sûrement pas toi.

Sadie le regarde fixement. Il n'abandonne pas pour autant.

– Faut dire que tu étais complètement pétée. Tu comprends ?

Declan sourit à la vanne de Cory et s'apprête à dire... je ne sais quoi. Quelque chose. Mais je ne suis pas assez rapide. Sadie fait volte-face et m'arrache la bouteille de vodka des mains. Elle rejette ses cheveux en arrière et me lance un sourire quand les autres filles nous rejoignent.

– Moui. Vous prenez tous votre pied à rattraper votre retard, à ce que je vois. Et en parlant de vieux copains...

Elle lance un regard derrière son épaule,

– J'ai aperçu Jake Thornton dans le coin, et voilà Jenny.

Elle me lance un regard hargneux.

– T'as intérêt à assurer, Harper.

Elle s'éclipse, et bien que je m'efforce de ne croiser aucun regard, je tombe sur celui de Gwen, sourcil froncé.

Cory fait les gros yeux et part rejoindre Mackenzie. Gwen hésite avant de faire pareil. Et moi, je ne sais pas où aller. C'est comme si le feu de camp avait pompé tout l'oxygène de la forêt. Comment est-ce que j'ai pu laisser ça arriver ? Me laisser aller à croire qu'il voudrait toujours de moi après tout ce que j'ai fait, après ce que je suis devenue. Je ne suis plus rien.

– Je vois que vous êtes toujours les meilleures amies du monde, toutes les deux.

Le sol bouge, j'essaie d'acquiescer, ma tête est trop lourde.

Lui aussi hoche la tête, avant de regarder de côté.

– Je suppose que certaines habitudes sont trop difficiles à perdre.

Je croise les bras de nouveau, les serre contre moi et fais demi-tour. Je me cogne contre quelqu'un et bouscule tout le monde devant moi pour pouvoir me frayer un passage. J'arrive à mi-chemin des voitures, je passe devant un type en train de pisser contre un arbre, puis une fille qui vomit contre un autre et j'écrase les paumes de mes mains juste sous mes yeux, parce qu'il n'y a rien de pire que d'être « la nana qui a chialé à cette fête ». Et ce soir, j'ai déjà atteint mes limites côté humiliation.

Gwen me rattrape.

– Qu'est-ce qui s'est passé tout à l'heure ?

Je secoue la tête.

– Ok... hum, je crois qu'on va tous rentrer dans pas longtemps.

Par-dessus son épaule, j'aperçois Kyle. Il fume une cigarette, appuyé contre une table de jeu. Il est incapable de réparer quoi que ce soit. Mais il peut me changer les idées ce soir.

Je garde le contact visuel avec lui. Trois. Quatre. Cinq secondes. Assez longtemps. Il me lance un sourire plein d'assurance.

– Tu veux que je te ramène ? demande Gwen.

– Non merci.

J'observe Kyle pousser les filles qui l'entourent et parier comme un pro.

– Je reste.

– Oh... Ok. Mais si tu as besoin que je te ramène plus tard, appelle-moi. Donne-moi ton téléphone.

Elle le prend et entre son numéro dans mes contacts.

– Appelle n'importe quand.

Je la remercie à nouveau, bien que je sache que je ne l'appellerai pas. Je dirai à mes parents que je dors chez Sadie. Quand nous aurons dessaoulé, nous rentrerons chez elle en voiture. C'est comme ça qu'on fait d'habitude.

Un instant plus tard, Kyle s'arrête devant moi.

– Une petite balade ?

Il m'entoure de son bras et me guide jusqu'à sa Ford Escape. La musique est assourdie par les arbres et la foule. Elle est plus lointaine. Je peux entendre le bruit de mes pas et Kyle qui souffle sa fumée de cigarette. Soudain, tous ses potes qui traînaient autour de sa voiture se lancent dans une partie de foot, et nous laissent relativement tranquilles. Il ouvre le coffre et le couvercle d'une glacière à l'intérieur.

– Tu sais...

Il ouvre une bouteille de bière et me l'offre.

– On va aller camper à plusieurs. Tu devrais venir.

– J'attends juste Sadie.

Il avale une gorgée de bière et hausse un sourcil. Je sais à quoi il pense. À la même chose que moi : je risque d'attendre un bon moment.

Il s'assied dans le coffre ouvert et me tire par la main pour que je m'installe à côté de lui. Je le laisse faire.

– Pas de problème. On peut quand même passer un bon moment en attendant.

Son bras revient à sa place, autour de mes épaules, et il me tend sa cigarette. Ses yeux mi-clos me regardent me pencher en avant et prendre une bouffée. Je souffle la fumée droit vers les étoiles.

En faisant rouler ma bière entre mes paumes de mains, j'attends qu'il prenne une dernière bouffée et qu'il l'écrase. Sa main glisse sous mes cheveux pour me prendre par le cou. Exactement comme dans le manuel. Son pouce caresse ma mâchoire et il se penche, je sais parfaitement ce qui va suivre. Je le sais. Et bien qu'il ne soit pas Declan, qu'il ne soit rien pour moi, je sais également ce que je vais faire.

Je vais laisser Kyle m'embrasser.

CHAPITRE DIX

Cinq semaines ont passé depuis le début de son traitement, et maman n'a jamais pleuré devant moi. Mais aujourd'hui, je ne peux pas faire comme si je ne l'entendais pas.

Je suis assise sur mon lit, je relis les dossiers de mon cours de photo de la semaine dernière, mais depuis environ une demi-heure, mon attention est accaparée par la photo que j'ai prise de Declan sur les rochers.

Quand le bruit de sa douche s'arrête, je repousse mon ordinateur portable. Les sanglots de maman traversent la cloison et me rentrent dans la peau, gommant n'importe quelle pensée nostalgique à propos de Declan ou du désastre lors du feu de camp du week-end dernier.

J'attends un moment pour lui laisser le temps de s'habiller avant d'aller la voir.

J'appelle derrière la porte de sa salle de bains.

– Maman ? Tout va bien ? Tu as besoin de papa ?

– Non, ma chérie, dit-elle d'une voix haut perchée. (Puis elle se racle la gorge.) Non, je vais bien.

J'hésite, de l'autre côté, je fais demi-tour avant de revenir sur mes pas. Elle pleure toujours, mais en silence. Elle essaie de le cacher.

On savait que ça allait arriver. Il y a une semaine, elle a commencé à trouver à son réveil des mèches de ses cheveux auburn sur son oreiller. Nous sommes même allés choisir deux ou trois perruques. Nous nous sommes préparés. Mais la fatigue et les nausées après chaque chimio, c'est une chose. Et voir tous ses cheveux – une quantité énorme vu qu'il lui en reste encore sur le crâne – en est une autre. Je sais qu'elle pense la même chose à la façon dont elle fixe les paumes de ses mains. Voir ça rend le cancer palpable.

J'attrape la poubelle sous le lavabo et la tiens ouverte pour elle. Elle s'essuie les mains et je l'aide à remonter dans son lit. Elle remonte ses couvertures jusqu'à son menton et je retourne rincer la baignoire.

Mes mains tremblent. Je n'ai qu'une envie, c'est de courir me cacher dans la forêt, parce que c'est ce que je fais le mieux. Fuir les problèmes que je ne peux pas résoudre. Mais c'est ma mère, et je ne peux pas la laisser tomber maintenant, alors je me concentre sur le seul truc que je peux nettoyer.

Une fois que j'ai terminé, je me pelotonne contre elle. Elle me caresse la joue comme quand j'étais petite. C'est déconcertant de voir avec quelle rapidité ce cancer est devenu le centre de toute son identité. Il est là dans ses cheveux qui sont tombés et dans les profondes crevasses de ses lèvres.

Je peux le voir dans ses pommettes qui deviennent plus anguleuses chaque semaine, et dans ses aphtes qui l'empêchent de manger.

Tout le monde dit que je suis le portrait craché de ma mère – les mêmes grands yeux et la même bouche pulpeuse. Ça me terrifie de ne plus me reconnaître dans la femme à côté de moi.

Je me hisse sur un coude.

– Tu veux que je me rase la tête en signe de solidarité ?

– Ne t'avise pas de faire ça.

Elle enroule une de mes mèches autour de son doigt. J'essaie de lui rendre son sourire, mais je n'ai pas le cœur à ça.

– Tu es certaine que je ne peux rien faire de plus ?

– Non, merci. (Elle s'enfonce dans son oreiller en duvet d'oie.) Ça va aller.

Je suis en retard pour mon cours. J'ai quitté la maison dès que papa est monté voir maman, mais ensuite, j'ai conduit en ville, sans but, pendant quarante-cinq minutes. Maintenant, toutes les places de parking devant le centre sont prises. Je dois aller me garer derrière le bâtiment. J'entre par une porte latérale, juste à côté de la piscine intérieure. Je ralentis en passant devant la baie vitrée. Il n'y a qu'une personne qui se baigne dans les différents couloirs de nage. J'aurais bien aimé pouvoir la rejoindre. Si j'avais pris un maillot de bain avec moi, j'aurais probablement laissé tomber la photo. Ça fait quatre mois que je n'ai pas nagé. Chaque fois que Cory part pour l'entraînement ou que je tombe sur mon maillot de bain dans mon placard, je me mets à regretter tout ça. La brûlure dans mes poumons pendant la dernière longueur, l'odeur du chlore. Et les encouragements de mes coéquipières. Ces amies, être une partie de quelque chose de plus grand que moi, voilà ce qui me manque avant tout.

Mais hé, je peux toujours m'arranger pour que mes cheveux sentent le chlore. C'est déjà ça.

Monsieur Harrison est en train de faire la critique d'un cliché d'un élève quand je me glisse dans la salle. Mackenzie est assise entre Gwen et Declan. Il reste une place de l'autre côté de Declan. Peut-être qu'il l'a gardée pour moi. Non, sans doute pas.

Je leur passe devant et je vais m'asseoir à l'autre bout de la pièce. J'essaie de me concentrer sur ce que monsieur Harrison raconte à propos de l'éclairage et l'ouverture, mais mes yeux glissent constamment sur Declan. Je n'arrive pas à croire que j'aie essayé de l'embrasser. Je me souviens de chaque baiser que nous avons échangé. J'ai toujours pensé que la deuxième fois avait été la pire. C'était deux semaines après la fête de Leah Gilmore, et depuis nous avions à peine échangé quelques mots. Ce jour-là, nous étions tranquillement installés sur l'herbe humide dans son jardin de derrière, nous observions le scintillement des lucioles entre les pins. Nous avions peur. Moi, du moins. J'étais terrifiée à l'idée que notre premier baiser ait tout foutu en l'air. Terrifiée qu'on ne recommence jamais plus. Et surtout terrifiée à l'idée que Declan m'ait désirée uniquement parce que j'étais un vestige de sa vie d'avant, celle qu'il avait perdue à la mort de Nathalie.

Mais soudain, il s'est penché en s'arrêtant à seulement quelques centimètres de moi. Il a murmuré mon nom, et je me suis avancée, moi aussi.

J'aurais voulu être transportée, mais la seule chose que j'ai ressentie, c'était son angoisse. Elle transpirait de tout son être, et quand ses lèvres se sont collées aux miennes et que sa main a agrippé mes cheveux, j'ai commencé à avoir des doutes.

Chacune de mes terminaisons nerveuses s'est hérissée, et je me suis reculée brusquement.

– *Qu'est-ce que... Est-ce que je... est-ce que ça va ?*

J'ai baissé la tête sans rien dire, jusqu'à ce qu'il enroule une mèche de mes cheveux autour de son doigt.

– *Qu'est-ce que je suis pour toi ?*

Il a paru sidéré.

– *Qu'est-ce que tu es ? Harper, tu es tout pour moi.*

Je ne peux pas être tout.

J'ai fixé les brins d'herbe humides en sentant les larmes monter.

Il s'est mis à froncer les sourcils,

– *Bon... Alors, que veux-tu être ?*

– *Je veux...*

– *Et moi qu'est-ce que je suis pour toi ?*

J'ai laissé échapper un petit rire et j'ai essuyé mes mains sur mon jean. Ma réponse fut à peine plus audible qu'un chuchotement.

– *Tout.*

Il a souri et m'a pris la main.

– *Donc, on fait vraiment ça ? On est vraiment ensemble ?*

Mon sourire s'est évanoui pendant que j'examinais ses doigts. Je voulais vraiment être là pour lui, répondre présente. Mais je n'étais pas sûre de pouvoir lui offrir tout ça pendant très longtemps, surtout pas si je ne ressentais pas la même chose que lui quand nous nous embrassions.

–Est-ce que tu aurais voulu, si les choses avaient été différentes ? Je veux dire… ça fait combien de temps…

–Tu te moques de moi ? (Il s'est tourné pour me faire face.) *En CM2, quand tu t'es déguisée en Alice au pays des merveilles pour Halloween, pourquoi crois-tu que moi j'étais en chapelier fou ? Pourquoi crois-tu que je passe chaque matin devant chez toi pour que nous puissions avoir quatre minutes de plus ensemble avant de monter dans le bus ? Harper, je suis amoureux de toi depuis aussi longtemps que je puisse m'en souvenir.*

Même si la suite de la soirée s'est avérée parfaite, ce second baiser est resté dans mes pires souvenirs, le plus désespéré que nous ayons jamais échangé.

Nous ne serons plus jamais capables d'avoir une conversation normale. Ce qui restait de notre amitié a été définitivement détruit.

Au plus profond de moi, je suis accro à Declan. Les crampes au ventre ne sont pas là par hasard. Elles sont là pour me rappeler que j'ai eu ma chance. Et que je ne l'ai plus. Il s'est passé trop de choses depuis qu'il est parti, et de toute façon, il a Mackenzie. J'aurais quand même dû y penser avant de m'attaquer à ses lèvres.

L'expression qu'il a eue quand il m'a repoussée ! De la pitié. Voilà ce que c'était. Et il n'y a rien de pire que de lire ça sur le visage de quelqu'un qu'on aime. Ce n'est pas que je l'aime. Pas comme ça. Plus maintenant. J'étais saoule, c'était juste un petit reste d'attirance physique. Cette tentative de baiser ne signifie rien.

Il prend le cahier à spirales de Mackenzie et griffonne quelque chose dans la marge avant de lui rendre. Elle sourit et se met à lui écrire sa réponse.

Devant moi, j'ai une page blanche. Je me mets à hachurer chaque ligne, en appuyant de plus en plus fort jusqu'à ce que la page soit toute noire.

Je devrais être heureuse pour lui. En plus, Kyle n'est pas si nase, maintenant que je le connais un peu mieux. Il est exactement ce qu'il me faut. Juste une aventure d'été sans conséquence.

Mackenzie pique un fou rire. Je jette un coup d'œil, mais cette fois, Declan surprend mon regard. Il ne rit pas comme elle. Une ride se forme entre ses sourcils et j'ai soudain l'impression qu'il lit parfaitement en moi, comme si j'étais incapable de lui cacher quoi que ce soit. Il entrouvre les lèvres, comme s'il voulait me dire quelque chose.

– Mademoiselle Sloan, comment appelleriez-vous celle-ci ?

Je pose mon stylo. Monsieur Harrison regarde la projection sur le mur d'une photo de fleurs que j'ai prise pour le cours d'aujourd'hui.

– Comme j'appelle ça ?

– Oui, donnez-lui un nom.

Je me redresse un peu sur ma chaise. C'est juste une image comme une autre. Je l'ai prise un jour où je trouvais que le jardin de maman était particulièrement chouette.

– Je ne sais vraiment pas.

– C'est peut-être ça votre problème.

C'est marrant, je ne pensais pas que j'avais un problème.

– Essayez de réfléchir à ce que vous voulez dire avant de prendre une photo. Voyez si cela vous aide, la prochaine fois.

– D'accord. Merci.

Je me renfonce dans ma chaise et je me remets à tout transformer en noir. Je ne lève plus les yeux de ma feuille pendant tout le reste du cours.

CHAPITRE ONZE

Au Bourbon Lodge, la soirée « tous âges confondus » n'a lieu qu'une fois par mois, et le contrôle à l'entrée est sévère. Nous sommes encore dans le parking et les munitions pré-soirée commencent à s'épuiser. Kyle est assis dans le coffre ouvert de sa voiture. Il boit au goulot d'une bouteille d'eau et me la tend. Je refuse.

Il passe la bouteille à Sadie et m'attrape par la boucle de ma ceinture. Il fait ça tout le temps. Je suis debout entre ses jambes et il pose ses mains sur mes hanches.

–Tu es sûre que tu ne veux rien boire ?

–Ouais.

J'aurais bien besoin de quelque chose qui m'aide à oublier les cheveux de maman éparpillés au fond de la baignoire, mais l'un de nous doit rester sobre pour pouvoir conduire. Je détourne le regard et Kyle me lâche.

Il se lève, ferme son coffre et passe un bras autour de mes épaules.

– Bon, les gars, on y va ?

Sadie est déjà à fond dans une conversation pas franchement sérieuse avec Mike Sander. C'est sa dernière proie.

Elle enfourne la bouteille à moitié vide dans son sac et nous suit vers l'entrée. Nous n'ouvrons plus la bouche avant d'avoir passé le videur, mais une fois à l'intérieur, Sadie pousse un cri de joie et entraîne Mike vers la piste de danse.

– Tu veux danser ? me demande Kyle.

– Pas vraiment.

Il enfonce ses mains dans ses poches et scrute la pièce du regard. Le Bourbon est un ancien entrepôt à tabac reconverti en divers restaurants et boutiques. Les murs de briques sont recouverts d'affiches colorées de jazzmen et de rockers.

La piste est une petite estrade entourée de rideaux de velours rouge. Devant, d'énormes sacs de riz en toile de jute pendent du plafond pour améliorer l'acoustique. Un groupe est déjà en train de jouer. Avec une réelle énergie, il remplit tout l'espace avec les notes vibrantes de ses cuivres.

J'abandonne Kyle pour me diriger vers le bar. En me glissant sur un tabouret, je chope le regard du serveur et commande un Coca. Kyle prend le siège à côté et me lance un long regard en coin.

– Hé.

Il pivote et me tapote le poignet. C'est un geste trop familier, je retire ma main. Son sourire se fige et je me dis que je l'ai peut-être blessé. Il se racle la gorge.

– Tu es très mignonne ce soir. Je ne sais plus si je te l'ai déjà dit...

J'avale une petite gorgée et je passe le bout de chaque doigt, l'un après l'autre, sur le dessus du comptoir.

– Merci.

Je m'aperçois alors que j'attends qu'il me touche le cou ou qu'il se penche vers moi. Mais il s'éclaircit simplement la voix et recule sur son siège.

– Tu sais, les Bulls font une super-saison cette année.

– Oh... cool.

– Ouais, tu as déjà assisté à un de leurs matchs ?

De l'autre côté du bar, Declan est accoudé à une table avec Mackenzie. Cory et Gwen sont en face. Un type que je ne connais pas tient Gwen par la taille. J'observe Mackenzie se mettre sur la pointe des pieds et murmurer quelque chose à l'oreille de Declan qui éclate de rire.

J'écrase la glace au fond de mon verre avec ma paille. Kyle me regarde, il attend que je lui réponde.

– Désolée, qu'est-ce que tu as dit ?

– Un match. Un match des Durham Bulls. Tu y es déjà allée ?

– Oh, je crois que oui. Quand j'étais môme.

– On pourrait peut-être y retourner ensemble.

Ça doit être le petit copain de Gwen. Il doit être de passage pour le week-end. Ça ne serait pas sympa de ne pas aller leur dire bonjour.

Quand j'arrive à leur table, Declan est parti. Je me tourne pour le chercher dans la foule.

– Tu cherches quelqu'un ? me demande Mackenzie.

– Non, pas du tout.

Elle se tourne vers Gwen,

– Hé, tu as vu quand Declan est parti ?

Gwen hausse les épaules.

– Harper, je te présente mon copain, Jason.

Elle passe son bras autour de sa taille en lui souriant.

Jason ne correspond pas vraiment à la description que m'en a faite Gwen. J'imaginais une sorte de musicien déjanté, couvert de tatouages. Avec au moins un piercing. Mais avec sa coupe de cheveux blonds et sa gestuelle toute militaire, Jason est encore plus passe-partout que Cory. Je m'avance pour lui serrer la main.

– Je suis contente de faire ta connaissance.

– Moi aussi. Guenièvre m'a beaucoup parlé de toi.

J'ouvre de grands yeux en fermant la bouche, j'ai du mal à retenir mon étonnement.

Guenièvre lève le doigt en signe d'avertissement.

– N'y pense même pas. Tu n'as absolument pas le droit de m'appeler Guenièvre.

Mon rire s'étouffe dans ma gorge quand j'aperçois Sadie, prise en sandwich entre Kyle et Mike sur la piste de danse. Ce n'est pas si grave que ça, mais je me demande bien pourquoi elle ressent le besoin de danser avec les deux à la fois.

Kyle lui murmure un truc à l'oreille. Elle sort la bouteille d'eau de son sac et la lui tend. Il regarde autour de lui avant d'en prendre une bonne rasade. Super.

La musique reprend et Jason entraîne Gwen sur la piste. Mackenzie les regarde s'éloigner et se retourne ensuite, pleine d'espoir.

– Allez les gars, ce morceau est top !

Je refuse d'un signe de main, mais Cory se lève.

– D'accord.

Mackenzie lui lance un grand sourire et part avec lui derrière les deux autres. Je me recoiffe un peu et jette un coup d'œil autour de moi. Kyle est à nouveau au bar, plus avachi que jamais.

Je sors pour respirer un peu d'air frais

~

Des camionnettes de restauration sont alignées au fond du parking – barbecue coréen, grill à fromages, poulet frit et stand de gaufres. L'odeur du romarin grillé et du sirop d'érable flotte jusqu'à moi. J'ai subitement une faim de loup.

Je sors de mon sac une des cigarettes mentholées que Kyle m'a données et je farfouille pour trouver mon briquet.

– Harper ?

Quelques mètres plus loin, Declan se détache du mur de briques. Il range son téléphone dans sa poche arrière en faisant tourner ses clés autour de son doigt. Je cache vite la cigarette que je n'ai pas encore allumée.

– Hé ! dit-il en s'approchant.

– Je n'étais pas sûr que ce soit toi. Je ne sais pas si j'arriverai à m'habituer un jour à tes cheveux raides. J'étais sur le point de rentrer.

– Déjà ?

– Mon père veut que je rentre tôt. Tu sais comment il est...

– C'est vrai.

Je croise les bras et fixe mes pieds. Histoire d'en rajouter à mon malaise, mon estomac se met à gargouiller. Ridiculeusement fort.

–Tu as faim? Je peux rester quelques minutes de plus pour te tenir compagnie.

Un groupe de mecs de mon école entoure un camion pizza. Pete Carpenter est parmi eux. Je suis sortie avec lui un moment pendant les fêtes de fin d'année. J'ai aussi un peu flirté avec Jared Barlow après une rencontre de natation en février. Et au printemps, dans le parking, après une rencontre de base-ball, Connor Wates s'est ajouté à la liste. En fait, je suis sortie avec trois des quatre types qui font la queue. Pas de quoi être fière.

–Non, ça va, je réponds.

Il hoche la tête et regarde sa voiture. Peut-être aurais-je mieux fait de lui dire que je mourais de faim.

–Écoute, avant que j'y aille, je voulais te demander si tout allait bien. Ce matin en cours, tu avais l'air assez chamboulée.

–Oh.

Je m'arrache la peau d'un ongle, pour ne pas le regarder en face.

–Et bien maman a commencé à perdre ses cheveux ce matin, dis-je en haussant les épaules.

–Ouah. Non, bien sûr que tu ne vas pas bien.

J'essaie de sourire, mais je grimace plutôt qu'autre chose. Declan a toujours l'air préoccupé.

–C'est juste qu'il y en avait tellement. J'en ai ramassé des poignées dans la baignoire. Je ne comprends pas comment ça peut tomber en une seule fois.

Declan hésite à poser sa main sur mon épaule. Pendant un instant, je crois qu'il va me prendre dans ses bras, que ce sera comme quand nous étions au château d'eau, mais il se contente de me serrer l'avant-bras avant de laisser retomber sa main.

– Ça pourrait bien être encore pire avant d'aller mieux. Mais ça va aller.

– Ouais, merci.

Je glisse mes pouces dans mes poches arrière et pivote sur moi-même.

– Et bien, je ne veux pas te retenir.

Declan ne bouge pas. Il ne réagit pas du tout et se contente de se mordre la lèvre. Je commence à me demander s'il m'a entendue.

– Harper, j'ai beaucoup repensé à cette soirée où nous étions ensemble, l'autre nuit.

Bingo. Ça se passait si bien.

– Inutile d'en parler. On n'a qu'à oublier ce qui s'est passé.

– Laisse-moi juste m'expliquer.

Il passe ses mains sur son visage, comme s'il ne savait pas vraiment quoi dire.

– Avec tout ce que tu as eu à traverser ces derniers temps, je comprends très bien que tu aies besoin de quelqu'un.

Je serre un peu plus fort les bras.

– Je vois.

Declan se frotte le front.

– Je m'exprime mal. Ce que je voulais dire c'est... Je n'ai pas voulu profiter de la situation, parce que je sais que tu te fais du souci pour ta mère.

– Écoute, je me suis déjà excusée. Comme tu me l'as dit, c'était une erreur.

Il souffle fort et secoue la tête en regardant par terre.

– Tu sais, tu avais raison... oublions tout ça.

Il lève la tête, et ses yeux s'arrêtent sur quelque chose derrière moi.

– Hey, j'me demandais où tu étais passée, dit une voix derrière moi.

Avant que j'aie le temps de me retourner, Kyle se vautre sur moi, son menton tombe sur mon épaule. Il passe ses bras autour de ma taille en titubant et il me fait trébucher.

– Ramène-toi, beauté, on va aller se payer un truc à bouffer.

– Hum...

Je suis rouge comme une pivoine. Je me dégage et je croise le regard de Declan. Il lance des regards assassins à Kyle.

Kyle finit par demander :

– C'est qui ce type ?

– Pourquoi est-ce que tu ne me donnes pas les clés de ta voiture ? je lui dis. On se retrouve là-bas.

Declan ouvre de grands yeux.

– Tu te moques de moi ? C'est lui qui t'a conduit jusqu'ici ?

– Mon pote, ce ne sont pas tes affaires. Pourquoi tu ne vas pas voir ailleurs si j'y suis ?

Il fait exactement le contraire et se dresse contre Kyle.

– Et si tu laissais Harper parler comme une grande ?

– Declan, arrête !

Il se tourne vers moi, je lui arrive à peine à la poitrine.

Je repousse Kyle.

– Passe-moi juste tes clés, ok ?

Il me lance un regard furieux, glisse la main dans sa poche et me tend ses clés de voiture. Puis il se retourne et part en titubant.

Il me faut un petit moment pour faire face à Declan de nouveau.

– Il n'était pas dans cet état-là tout à l'heure. Quand il conduisait, je veux dire.

Sa mâchoire tremble.

– Je croyais que Cory déconnait. Mais tu sors réellement avec ce type ?

Et mes crampes dans le ventre qui reprennent de plus belle.

– Non. Je veux dire, en quelque sorte... mais non.

– Fumer, boire, sortir avec des connards, c'est ton truc maintenant ?

– Tu ne le connais même pas.

– J'en connais assez comme ça.

Il s'essuie la bouche avec sa main.

– Alors quoi ? Tu vas le ramener chez lui, et après...

Je ne sais pas ce qu'il a envie d'entendre, ou ce que je suis supposée lui répondre. Je ne sais même plus pourquoi il est en colère. Mais avant que je trouve une réponse, Declan me regarde à nouveau avec un air mauvais.

– Peu importe. Fais ce que tu veux. Simplement, je n'aime pas la façon dont il te regarde.

– Ah oui, et comment ça ?

Il baisse les yeux sur mon collier et il descend du trottoir.

– Comme si tu étais remplaçable.

Je serre les clés de Kyle très fort.

– Declan...

Il s'éloigne. Je lui crie :

– Peut-être que tu devrais dire au revoir à Mackenzie avant de partir. Elle te cherchait.

CHAPITRE DOUZE

Cory s'accroche à la porte de mon frigo tout en contemplant le choix minable qui s'offre à lui. Il attrape un bocal à moitié vide de pickles assez douteux, regarde la date de péremption et le repose.

– Y'a des céréales dans la réserve. Mais en dehors de ça, tu n'auras pas beaucoup de chance.

Il plonge à l'intérieur et en ressort avec une boîte de gâteaux à la cannelle sous le bras. Il en fourre une poignée dans sa bouche et me rejoint à la salle à manger.

Cory et moi avions l'habitude de dévorer après les entraînements. C'était notre rituel à nous. Alors, malgré l'odeur tenace de chlore et de sueur qu'il dégage, c'est chouette qu'il soit là.

Maman descend de sa chambre et s'installe dans le fauteuil, en face de nous. Elle regarde le caleçon de bain de Cory.

–Tu n'as pas intérêt à mouiller mon canapé.

–Je suis parfaitement sec. Nous allions partir à la carrière.

Elle laisse éclater sa joie, comme un môme à Noël.

–Ah, c'est merveilleux. Je n'arrête pas de répéter à Harper qu'elle doit s'entraîner avant l'automne.

–Maman, s'il te plaît...

–Sans rire, il paraît qu'elle ne peut pratiquement plus flotter, dit Cory.

Je lui arrache ses gâteaux.

–On y va ?

–Non, attendez une seconde.

Maman humecte ses lèvres gercées et arrange le turban qui dissimule son crâne chauve.

–Je ne sais toujours pas comment se déroulent les entraînements d'été de Cory.

–Ouais, et je m'en voudrais de partir juste après avoir mangé, ajoute Cory tout en ébouriffant mes cheveux.

Je lui mets ma main sur la figure et je remporte la boîte de céréales dans la réserve.

Cory raconte à maman qu'il n'arrive toujours pas à s'améliorer au 200 mètres nage libre, mais que ses chronos ne sont pas mauvais. Il fait de la compétition depuis qu'il est tout petit, mais en ce moment, je ne peux pas supporter de l'entendre en parler. Alors, je vide le lave-vaisselle pour essayer de penser à autre chose, mais j'entends quand même maman lui dire un truc à propos des sélections.

–... Ça me fait vraiment de la peine de la voir gâcher toutes ces années d'efforts.

Je m'arrête dans l'embrasure de la porte.

– On devrait vraiment y aller maintenant, il pourrait bien se mettre à pleuvoir.

Cory et maman jettent un coup d'œil à la fenêtre. Pas un seul nuage dans le ciel.

Pourtant Cory hoche la tête et se lève du canapé.

– Maman, as-tu besoin de quelque chose avant qu'on y aille ? Je crois qu'il y a des fruits au congél'. Tu veux que je te prépare un smoothie ?

Elle me montre le verre d'eau à côté d'elle.

– J'ai tout ce qu'il me faut. Tu peux juste m'attraper ce livre ?

Je me hisse vers l'étagère derrière elle, et je lui donne le guide touristique sur l'Europe qu'elle m'indique.

– Tu vas partir en voyage ?

Elle ouvre le guide à une page cornée.

– Un jour, peut-être.

Je l'embrasse sur la joue, Cory en fait de même et nous sortons. Il s'arrête dans l'allée et fouille ses poches à la recherche des clés de sa Honda.

– Tu trouves qu'elle a l'air bien ?

Il ouvre sa portière et grimpe dans la voiture, puis il se penche pour ouvrir la mienne. Je me glisse sur le siège passager.

– Tu veux dire, à part son cancer ? Ouais, j'ai l'impression qu'elle va bien.

– Peut-être trop bien, non ?

– Qu'est-ce que tu veux dire ?

– Ce guide de voyage par exemple... Et le fait qu'elle plaisante, comme si c'était la chose la plus naturelle qui soit d'être pratiquement morte.

Cory ne répond pas. Il met la clé de contact dans le démarreur, mais il ne la tourne pas.

– Tu penses vraiment ce que tu dis, n'est-ce pas ?

La boule réapparaît dans ma gorge. Je n'arrive pas à l'avaler. Les grandes eaux menacent, alors j'appuie mes poings sur mes yeux.

– Je ne sais pas... C'est juste... ça ne fait rien.

– Je crois que c'est une bonne chose de faire des projets, si ça signifie qu'elle se bat.

– Ouais, je fais en bouclant ma ceinture. Tu as raison.

Il démarre et descend l'allée.

– Oh, et si elle te le demande, j'ai lourdement insisté pour que tu réintègres l'équipe.

– C'est noté.

Il hésite.

– Ce n'est pas une honte de laisser tomber les entraînements à six heures du mat'. Sans parler de l'obsession des chronos et de la peau qui démange. Et les courbatures et la toux chronique à cause du chlore.

– Est-ce que tu n'as pas compris le concept « insister lourdement » ?

– Je dis juste qu'on est en terminale.

– Et alors ?

– Il est peut-être temps de tourner la page.

Cory sait très bien qu'il ne s'agit pas uniquement de tenter ma chance à nouveau. Les filles ne veulent plus de moi.

Il ralentit avant de sortir de l'allée.

– La terminale, répète-t-il. On en a presque fini, avec ici.

Il frappe le volant pour mettre encore plus d'emphase dans ses propos, et il est tellement convaincant que c'en est presque contagieux.

– Tu as dit ça pour la rime ?

– Évidemment ! se moque-t-il.

– Bon, tu veux bien me faire plaisir ? (Je souris et mets la radio.) Garde ça pour le mot sur la photo de classe !

Cory et moi sommes arrivés à la carrière depuis dix minutes quand le reste de la bande rapplique. Mackenzie apparaît la première entre les arbres et s'avance en sautillant, suivie de peu par Declan et Gwen.

Comment fait-elle pour avoir le pas si léger ? C'est le genre d'après-midi où on n'arrive pas à croire que le soleil est à 150 millions de kilomètres de Carson. Il semble bien plus près. Et vu l'air brûlant et le peu d'ombre qu'offrent les pins, mon épiderme attend désespérément un soulagement. J'étais sur le point de me jeter à l'eau, mais à la place, je flanque un coup à Cory. Il relève la tête et retire ses écouteurs en me jetant un regard surpris

– C'est quoi ton problème ?

Je lui montre Mackenzie qui escalade un tronc d'arbre et commence la descente vers la pierre plate où Cory et moi sommes assis.

– Pourquoi tu ne m'as pas dit que tu les avais invités ?

– Hé oh, j'ai invité Declan, c'est tout.

– Merci. Ça m'aide beaucoup.

Cory se relève sur un coude.

– Tu vas être bizarre comme ça tout l'été ?

Aujourd'hui, il porte des lentilles de contact, et sans lunettes, son regard est bien plus sombre. Il exprime tout ce qu'il ne dit pas – le fait que pour lui aussi, c'est dur. Que son meilleur ami lui a manqué autant qu'à moi. C'est le même regard qu'il a eu quand je lui ai demandé des nouvelles de Declan, le soir de Noël.

Je lui avais dit :

–Maman et moi sommes tombées sur le père de Declan au magasin ce matin.

Il avait dribblé une fois, deux fois avec son ballon de basket et avait marqué un panier.

–Il nous a dit que ça se passe vraiment bien pour Declan dans son école. Qu'il s'y fait sans problème.

Un dribble. Deux dribbles. Un tir.

–Ouais, il a l'air content.

J'avais enfoncé mes mains tout au fond des poches de mon manteau.

–Tu penses qu'il... il sort avec quelqu'un ?

Cory a pris son ballon sous son bras et son souffle a fait un nuage de vapeur entre nous.

–Allez Harper. En octobre, on s'était mis d'accord pour ne pas parler de ça. C'est même toi qui en as eu l'idée.

–Je sais...

Cory a tenté un dernier tir. Ni l'un ni l'autre ne sommes allés ramasser le ballon.

–Écoute, qu'est-ce que tu veux que je te dise ? Tu lui as bien fait comprendre que tu étais passée à autre chose. Alors, lui aussi.

Et voilà la réponse que j'attendais. Declan était passé à autre chose. Exactement comme je l'avais poussé à le faire et comme j'avais feint de le faire moi-même. J'avais gardé en moi l'espoir ridicule de réussir d'une façon ou d'une autre à arranger les choses entre nous. Ce qui comptait, c'était la raison pour laquelle nous avions rompu. Et on ne pourrait jamais effacer ça. C'était mieux ainsi, pour nous deux.

J'avais baissé la tête, en faisant déjà marche arrière dans mon allée.

–Bien sûr, bien sûr.

–Harper...

–Non, tout va bien, je vais bien. Joyeux Noël, Cory.

Ce n'était pas juste de ma part de l'impliquer là-dedans à l'époque, et ça ne l'est pas plus aujourd'hui.

Alors je souris en remuant la tête.

–Non, pas la moindre bizarrerie. Désolée.

–Hé, les amis !

Mackenzie étale son drap de bain à côté du mien. Derrière elle, Declan pose un sac de provisions et s'avance.

–Salut, Mackenzie.

Gwen laisse tomber son sac de plage à côté de Mackenzie.

–Sérieux, c'est dingue comme il fait chaud !

Declan s'arrête devant ma serviette.

–Sans blague ?

Et il enlève sa chemise.

Je reste scotchée devant ses abdos. C'est nouveau.

Il attache ses cheveux avec un élastique, et je me demande si ce n'est pas celui que je lui ai donné l'autre nuit, quand nous sommes montés au château d'eau. Ses yeux dissimulés derrière ses Ray-Ban se tournent vers moi. Je m'avance vers la carrière, plonge ma main dans l'eau et la passe sur mon front.

Mackenzie se lève et enlève sa robe bain-de-soleil. Son maillot de bain est vintage, bien entendu. Le bas à taille haute et le haut dos nu mettent ses formes en valeur.

–J'y vais.

–Moi aussi, dit Cory.

Il saute derrière elle, suivi de près par Gwen.

Declan est toujours debout derrière moi. Je sens son regard sur la base de mon crâne, mais je regarde fixement devant moi jusqu'à ce qu'il s'asseye sur la serviette de Cory. Les seuls bruits qu'on entend sont ceux que font nos amis en s'éclaboussant au milieu de la carrière et celui des vagues qui clapotent contre le bord de la pierre.

– Declan, appelle Mackenzie, tu viens ?

– J'arrive !

Puis, sans me regarder, il continue :

– C'est nouveau ça, que tu restes hors de l'eau.

– Je bronze un peu d'abord.

Il hoche la tête et met son avant-bras contre le mien.

– Tu as raison.

Et soudain, je prends conscience de ma pâleur.

– Wouah ! Tu es franchement déjà sacrément bronzé !

Il sourit.

– C'est grâce à mon boulot de caddie. Mais c'est juste les bras. Fin août, je vais avoir un super bronzage agricole.

Je me penche en avant, recueille un peu d'eau dans la paume de ma main et je la laisse couler le long de mes jambes.

– Eh bien, toi en tout cas, tu ne seras pas couvert de taches de rousseur.

– Il n'y a rien de mal à avoir des taches de rousseur.

Méthodiquement, je chasse chaque goutte d'eau de mes cuisses avec mon doigt. La chaleur me monte à la tête, et ça n'a rien à voir avec la brûlure du soleil.

C'est parce que je pense à des trucs auxquels je ne devrais pas penser. Comme la façon qu'avait Declan d'embrasser mes taches de rousseur sur l'épaule. Ou la façon qu'il avait de laisser courir son auriculaire le long de l'arête de mon nez. Des gestes tendres qui n'appartenaient qu'à nous.

Je déteste l'idée qu'il puisse toucher d'autres filles ainsi. Je n'ai plus jamais questionné Cory à ce sujet, et franchement, je n'ai aucune envie de connaître les détails de la vie sexuelle de Declan. Je ne suis certainement pas en position de pouvoir le juger, vu le nombre de types avec qui je suis sortie. Mais aucun d'eux n'avait d'importance pour moi. Ça me fait mal d'imaginer Declan flirter avec des filles de passage, mais c'est encore pire de penser qu'il aime quelqu'un d'autre. Même si c'est quelqu'un d'aussi sympa que Mackenzie.

Je n'ai plus de gouttes d'eau sur lesquelles me concentrer. Et maintenant, je ne sais plus quoi faire de mes mains. J'enlève l'élastique de mon poignet et me mets à jouer avec. Et je regarde Declan.

Il est en train de m'observer. D'observer mon épaule, pour être plus précise. Il déglutit et lève lentement la tête pour croiser mon regard.

Des gerbes d'eau nous éclaboussent. Je retiens mon souffle. C'est Cory qui nous balance de l'eau avec un sourire béat de coprophage repu !

– On fait la course ? dit-il.

Je me mets à grelotter.

– Sale gosse !

Declan se lève. Il passe une main dans ses cheveux qui sont maintenant tout humides, et grommelle quelque chose à propos de préparer le déjeuner. Il s'éloigne vers la forêt et ne s'arrête que quand il est arrivé au barbecue.

Bordel, qu'est-ce qui s'est passé, exactement ?

Cory grimpe sur le rocher et m'attrape par le bras.

– On compte jusqu'à trois.

Rien. Il ne s'est rien passé. C'est mon imagination qui s'est emballée. Et je me suis laissé emporter vers mes souvenirs.

Je m'attache les cheveux en queue-de-cheval et repousse Cory.

– Un...

– Deux...

Il prend ses marques.

– Trois !

Il plonge plus loin que moi. Je reste assez proche de lui à l'aller, mais je sais que je vais perdre, avant même que nous ayons fait demi-tour.

La main de Cory frappe le rocher.

– Hé, ma vieille, je t'ai défoncée.

– Je ne sais pas si tu es devenu plus rapide, mec, mais je ne tiens pas la route.

– La faute à qui, capitaine ?

Je plonge le menton dans l'eau pour cacher mon tremblement.

– Merci.

– Allez, tu sais bien que je n'ai pas voulu dire ça.

– Je sais.

Je reste dans l'eau pendant qu'il grimpe sur le rocher.

– C'est pas grave.

Les filles sortent, elles aussi. Je reste un moment à faire la planche, en fixant le ciel jusqu'à ce qu'il devienne impossible de savoir si c'est moi ou les nuages qui se déplacent. Cory m'appelle.

– La bouffe est prête, fait-il pendant que je nage vers le bord.

Je passe ma serviette autour de mes épaules et me fraye un chemin jusqu'à la table de pique-nique.

– Ok, ce n'était pas un bon choix, dit Mackenzie.

– Tu minimises encore les choses. Mack, ce type était un con fini.

– Facile à dire maintenant !

Gwen me fait une place au bout du banc.

– De qui parlez-vous ?

– De l'ex de Mackenzie. Aussi connu sous le nom de Triple Buse.

– Je vois.

Mackenzie nous donne des détails.

– Il m'a larguée environ cinq minutes après qu'on a fait l'amour pour la première fois. Par SMS.

– Wouah.

Gwen lève les mains en l'air.

– N'est-ce pas ?

Mackenzie soupire.

– Je m'en suis remise. Presque. De toute façon, j'ai compris la leçon. Mieux vaut d'abord être pote avec un mec.

– Ouais.

Je serre un peu plus ma serviette autour de mes épaules.

– C'est sans doute vrai.

– C'est servi, nous prévient Cory.

Les garçons arrivent avec des hot-dogs tout chauds et nous les passent. J'ai l'estomac trop retourné pour pouvoir manger, j'opte donc pour les mini-carottes posées au milieu de la table. Cory s'assied à côté de Mackenzie, ce qui ne laisse plus qu'une place de libre. Declan passe son assiette devant moi et enjambe le banc. Je finis ma carotte et trifouille nerveusement mon collier. Il m'observe à nouveau. Seulement cette fois-ci, il a l'air… démoli. Je me dis d'abord que c'est à cause du collier. Qu'il se souvient de sa dernière nuit avant de partir, quand il me l'a offert. Qu'il se souvient de ce que le pendentif en forme d'infini était censé représenter. Mais c'est le côté de mon cou qu'il dévisage, et soudain, je réalise. Ma main vole jusqu'à mon menton pour cacher la preuve. Le regard de Declan croise le mien, avant de fixer son assiette.

– Putain de merde. (Gwen repousse ma main.) Tu ne t'es pas fait ça avec ton fer à friser !

Je suis totalement mortifiée. Je suis sûre de n'avoir jamais été aussi rouge. J'avais pris soin de camoufler soigneusement ce suçon, mais le maquillage a dû partir dans l'eau.

Declan reprend une chips dans son assiette avant de la laisser retomber. Mackenzie lui jette un coup d'œil et, soudain, tout devient plus sombre. Elle se penche vers moi et me sourit doucement.

– J'ai entendu dire que tu as un nouveau copain. Kyle, c'est ça ?

– Ce n'est pas mon copain.

– Oh, et bien tu devrais l'inviter à sortir avec nous la prochaine fois. On pourrait faire une virée tous ensemble !

– Euh, ouais. Peut-être.

Declan repousse son assiette et part en direction de la carrière.

Mackenzie tressaille avant de s'excuser et court à sa poursuite. Cory plonge la tête dans son assiette. Gwen se glisse vers moi, en enjambant le banc.

– Je suis vraiment désolée, je ne voulais pas te gêner. C'est juste… sorti tout seul.

– Non, tout va bien.

De toute façon, le mal est fait.

Declan se tient debout, raide comme un piquet, les bras croisés, il regarde l'eau. Mackenzie a posé sa main sur son épaule, il décroise ses bras. Il penche la tête et pose sa main au creux de ses reins.

Ce geste-là leur appartient.

CHAPITRE TREIZE

Comme Cory a éclusé le reste de nos maigres provisions et que l'ambiance est particulièrement plombée à la maison, je me porte volontaire pour aller faire les courses. Je commence par la liste des produits post-chimio dont nous sommes à court. Maman a une séance prévue la semaine prochaine, alors nous voulons avoir tout le nécessaire à portée de main.

Je dépose son ordonnance au comptoir de la pharmacie et, en attendant d'être servie, je fais quelques courses à l'épicerie. Une fois que j'ai pris sa boisson gazeuse au gingembre favorite, son thé au gingembre et des biscuits au gingembre, je me mets dans la queue pour payer. Au moment de régler, je vois Jenny et sa mère entrer. Pile ce dont j'avais besoin.

Je baisse la tête et tends à la caissière un billet de vingt.

Va lui parler.

Mais je ne peux pas, pas en présence de sa mère. Ce serait super-gênant. Il faut que j'arrive à sortir d'ici avant qu'elles me voient. J'essaierai une autre fois, me dis-je. Comme tous les jours, depuis que c'est arrivé.

Il faut dire qu'elle ne m'a pas facilité la tâche. Même si elle n'a pas vraiment participé à l'affrontement avec l'équipe de natation, l'autre jour, quand je suis allée récupérer mes affaires dans mon casier. Elle n'a rien fait non plus pour les arrêter.

J'avais essayé de me faufiler à l'intérieur après le début de l'entraînement, mais elles m'attendaient toutes en me bloquant le passage. Elles savaient que si elles criaient, elles allaient se faire attraper. Elles sont donc restées parfaitement silencieuses. C'est leurs visages qui criaient à leur place. J'ai eu du mal à me dégager, elles m'entouraient et me secouaient comme une poupée de chiffon. Et quand j'ai réussi à avancer, soudain elles m'ont lâchée. Elles voulaient voir quelle serait ma réaction en découvrant le mot de six lettres tagué au rouge à lèvres rouge vif sur mon casier.

J'avais les mains qui tremblaient en m'y reprenant à trois fois avant de faire la bonne combinaison. Quand j'ai finalement réussi à ouvrir la porte, elles sont toutes retournées vaquer à leurs occupations, et j'ai rassemblé mes affaires aussi vite que possible. En refermant mon casier, j'ai vu Jenny dans un coin. Elle m'a simplement ouvert la porte, et j'ai pu sortir librement.

Sauf que je n'étais pas réellement libre. Parce que je n'ai jamais vraiment oublié cette pièce. Nous portons tous en nous notre passé, où que nous allions.

C'est stupide, en tout cas. Qu'est-ce que je suis censée dire à Jenny ? Qu'est-ce que je pourrais bien trouver à dire sur cette nuit, pour me faire pardonner ? Je te jure, Jenny, je m'étais enfilé tellement de shots qu'il m'était devenu impossible de faire le tri entre les mensonges de ton petit copain et la vérité ! Et maintenant, si on oubliait tout ça et qu'on repartait du bon pied ?

Bon.

Seigneur, pourquoi est-ce que cette fille met tellement de temps à me rendre la monnaie ? Je tape nerveusement du pied et je suis sur le point de lui dire de la garder pour pouvoir m'éclipser, quand enfin elle me tend quelques piécettes.

– M'rci !

J'attrape mon sac et je jette un dernier coup d'œil à Jenny. Elle tourne la tête et je file, en espérant qu'elle ne m'a pas reconnue. Une fois en sécurité dans ma voiture, je monte le son de la radio à fond, assez fort pour couvrir le bruit de ma respiration.

C'est déjà la fin de l'après-midi quand j'arrive à la maison pour ranger les courses. Le ciel s'obscurcit de plus en plus, et le vent se lève quand je monte sur le toit fumer la cigarette dont j'ai tellement besoin. Le tonnerre se met à gronder. Je tremble, malgré la chaleur que dégagent les bardeaux autour de moi.

J'écrase ma clope, et immédiatement je sens une autre odeur de fumée qui monte. Une odeur que je sens tous les jours depuis une semaine. La première fois, je suis allée regarder le jardin d'en bas à travers ma fenêtre. Je me suis dit que si Graham fumait de l'herbe sans mieux se cacher, il faudrait que je lui dise d'arrêter de faire le con. Mais ce n'était pas Graham.

Les bouffées d'air parfumées à la beuh montaient de la fenêtre de la salle de bains de maman. Elles montaient directement vers la mienne par l'arrière de la maison.

J'ai d'abord éclaté de rire. Ma mère, si parfaite, était une grosse camée. Elle imaginait sans doute que ça aussi, elle le faisait dans la plus totale discrétion. Et puis j'ai réfléchi un peu à la raison pour laquelle elle fumait, et c'est devenu moins drôle.

Un texto de Kyle me fait rentrer dans ma chambre.

Tu es partante pour une soirée chez Cat ?

Je ne suis pas sûre d'avoir envie de faire semblant d'être contente devant Cat, ou qui que ce soit d'autre. Mais je connais Kyle. Il aura une bouteille de remontant sur lui, prête à l'emploi. Et je ne supporte pas l'idée de rester enfermée dans cette maison toute la nuit, alors j'accepte. Mais quand je descends, je suis interceptée.

–Harper, viens dîner avec nous !

Mon père rapporte une assiette de poulet grillé du patio de derrière. Il ferme derrière lui la porte grillagée pendant que Graham sort un pain de maïs du four.

–En fait, j'allais sortir.

–Pas question ! Je ne t'ai pratiquement pas vue de la semaine.

Je pose mon sac sur le comptoir et je glisse sur une chaise.

–Je peux rester, disons dix minutes, ensuite il faut que j'y aille.

Papa sert le poulet et je prends de la salade, en évitant le pain de maïs. Il s'assied et avale une première bouchée.

–Je ne veux pas que tu sortes ce soir, dit-il alors, sans même lever les yeux de son assiette.

Je repose ma fourchette et je croise les bras.

–Pourquoi ?

–Parce que tu as cours tôt demain matin. Il faut que tu reprennes un rythme normal. Et tu n'en mourras pas de rester pour une fois à la maison en famille.

J'écarquille les yeux en regardant Graham, du genre « non mais, tu y crois ? ». Graham se contente de hausser les sourcils et se concentre sur son assiette. Merci pour la solidarité.

–Mais j'avais déjà prévu ma soirée, puis c'est l'été et nous sommes vendredi soir, et de toute façon, ce n'est pas comme s'il se passait des trucs dingues à la maison.

Papa pose ses mains autour de son assiette, je vois remuer sa moustache pendant qu'il réfléchit. Finalement, il lève les yeux et dit :

–Sois là à onze heures.

J'enfourne une feuille de salade. Ouf.

–Tu m'as rapporté ce que je t'ai demandé d'aller m'acheter aujourd'hui ?

Tout en me redressant légèrement, je mâche lentement la laitue. Merde. Je savais que j'avais oublié quelque chose au magasin.

–Euh, non, j'ai déposé l'ordonnance, mais ils étaient occupés et ensuite... j'ai oublié. J'irai chercher ça demain matin à la première heure.

Papa pose son couteau et sa fourchette et relève la tête de son assiette.

–Mais enfin Harper, c'est la seule chose que je t'ai demandé de faire.

– Je sais, je suis désolée.

J'enfonce ma fourchette dans la chair du poulet, pour séparer la viande de l'os.

– Ta mère peut avoir besoin de ces médicaments ce soir. Il faut que tu deviennes un peu plus responsable, tu ne peux pas...

– Je sais. Je t'ai dit que j'étais désolée. J'y vais.

Je repousse ma chaise, attrape mon sac et mes clés de voiture sur le comptoir, et je me rue à l'extérieur. En arrivant à ma voiture, j'ai un moment d'hésitation. Je flanque un coup de pied dans ma roue et je fais le tour pour m'asseoir sur le capot en laissant glisser mes clés le long de mes jambes.

Mon père m'appelle, mais c'est Graham qui sort sur le perron quelques secondes plus tard. Il reste immobile un moment sous le porche avant de s'avancer vers moi.

– Je pense que tu as besoin d'un peu de compagnie.

Il tend la main pour récupérer mes clés, il pense sans doute que c'est lui qui doit conduire parce qu'il est le plus âgé.

Sans dire un mot, je me mets au volant. Graham bat en retraite vers le siège passager et nous roulons vers le drugstore en silence. Enfin, sans compter les soupirs de Graham.

– Pourquoi est-ce que tu ne dis pas ce que tu penses ? je lui demande au moment où je suis sur le point de nous foutre contre un arbre.

– Je sais que tout ça n'a pas été facile pour toi, mais crois-tu que ça l'a été pour nous tous ? Pour papa ?

Il me regarde de haut, et je le déteste.

Je déteste qu'il puisse penser qu'il a le droit de me donner des leçons.

– Aucun de nous ne voulait ça. Et ce n'est pas vraiment la façon dont j'avais imaginé passer mes vacances d'été. Mais moi, je n'agis pas comme un petit morveux.

– Non, à la place, tu fais comme si tout ça était parfaitement normal.

– Pardon ?

– Vous tous, même maman, vous continuez à faire comme si le cancer n'était qu'un détail dans notre emploi du temps, comme si elle allait s'en sortir, sans l'ombre d'un doute. Alors ouais, je me dis que c'est peut-être un peu plus facile pour vous, parce que vous faites tout le temps semblant d'être une famille heureuse.

Graham secoue la tête.

– Tu sais, c'est vachement gonflé de dire ça alors que tu n'as pratiquement pas mis les pieds à la maison depuis trois semaines. Tu es dingue si tu crois que nous ne sommes pas morts de trouille. Tu préfères appuyer sur le bouton « autodestruction » en compagnie de tes copains plutôt que de rester avec maman ? Très bien. Mais tu n'as aucun droit de porter un jugement sur notre façon de gérer la situation.

Un mélange de fureur et de honte bouillonne en moi. Je m'agrippe au volant en ignorant les tremblements de mes jambes.

– Tu as fini ?

Il reste muet. Je me gare devant le drugstore et je sors chercher les médicaments de maman. Quand je reviens, je le trouve assis sur le siège du conducteur. L'enfoiré.

– Tu es sérieux ?

Il hausse les épaules. Je fais le tour et lui jette les clés. Il ne démarre pas.

– Harper, j'étais sérieux quand je t'ai dit...

– Que je me comportais comme une morveuse ? J'avais bien compris. C'était clair et net.

Il me lance un regard dur.

– Que je suis là si tu as besoin de parler à quelqu'un.

– Je te l'ai déjà dit, ça va. On peut y aller ?

Les premières gouttes de pluie s'écrasent sur le pare-brise. Les nuages de l'orage ont pris le ciel en otage, et l'averse commence à tomber dru à mi-chemin de la maison. Nous regagnons notre rue par celle de derrière qui passe juste devant la maison de Declan. À travers la pluie, je regarde son allée où nous avions dessiné à la craie sur le trottoir des mondes entiers multicolores. Le panier de basket, au-dessus de la porte du garage, a perdu son filet. Il doit y avoir plein d'autres choses qui ont changé et que je n'ai pas remarquées.

Et c'est alors que j'aperçois autre chose qui a changé dans le décor, une Datsun rouge garée dans l'allée. La seule lumière allumée, c'est celle de la chambre de Declan au deuxième étage. Ma poitrine se serre, ma gorge me brûle, et puis nous nous éloignons et je me force à penser à Kyle au lieu de tout ça.

Nous nous garons dans l'allée et je fonce vers le porche d'entrée. Graham m'ouvre la porte.

– Je vais attendre ici.

Je sors mon téléphone et j'envoie un SMS à Kyle pour qu'il passe me chercher. Graham est toujours planté là. Je tends la main.

– Tu me rends mes clés de la maison, maintenant.

Il avance, en les levant au-dessus de ma main.

– Onze heures, dernière limite, Harp.

– Merci, papa.

Je lui arrache mes clés des mains. Dieu soit loué, Graham n'attend pas avec moi. Dix minutes plus tard, Kyle se gare devant notre entrée.

CHAPITRE QUATORZE

Le truc avec les soirées de Cat, c'est que c'est toujours pareil. Les participants ou le lieu peuvent changer, mais c'est tout.

Nous passons la première heure dans la cuisine avec tout le monde, à zoner autour de la glacière. Je suis déjà bourrée quand Kyle m'attrape par le bras et m'emmène dans le salon. Nous passons par le couloir où une fille est complètement scotchée à son copain. Le type se plaque contre le mur et lève les bras en l'air en renversant la moitié de sa bière sur la moquette.

–Je ne peux pas faire ça maintenant!

–Très bien! Eh bien, fais comme tu veux! Tu verras si je m'en fiche, lui hurle-t-elle au visage.

Je retiens ma respiration et me serre contre le mur pour passer devant, tout en levant ma cannette au-dessus de leurs têtes.

La maison entière est plongée dans l'obscurité, la seule lumière est celle des lampes d'appoint posées sur des petites tables et à l'extérieur de la cuisine. Ça empeste l'encens. Dans un coin de la pièce, un haut-parleur crache de la musique à fond. Cat et quelques filles de l'école se déhanchent en rythme au milieu de la pièce, espérant sans doute attirer l'attention des mecs présents. Parmi elles, il y a Haley Smith. Elle tend son verre à Cat et retire sa chemise, révélant un débardeur super-échancré. Ça marche. Un des mecs se lève du canapé et s'avance vers elle.

Kyle s'assied sur un autre canapé et moi sur ses genoux. Il pose sa main sur ma hanche et se penche vers moi. Je reviens à mon gobelet en plastique rouge. Je déteste me donner en spectacle devant les autres.

Le copain de Kyle, Aaron, ou Alex, ou un truc de ce genre, démarre sur les chapeaux de roues en s'asseyant à côté de nous.

– Cette fille, Mandy, c'est une vraie chaudasse.

Mandy Philips, une autre des filles qui dansent.

La main de Kyle glisse le long de ma cuisse.

– Eh bien, va lui parler.

Son copain ne bouge pas.

– Tu crois que j'ai une chance ? demande-t-il.

– Bien sûr. Andy, regarde comment elle s'habille. C'est clair, c'est une fille facile.

Andy. Je n'étais pas très loin.

Et alors, je repense à ce que Kyle vient de dire. Mes paumes de mains se mettent à transpirer, la sueur se mélange à la condensation sur mon verre. Je sens mon pouls battre partout, dans mes oreilles, dans mon ventre.

– Qu'est-ce que tu viens de dire, là ?

Il feint de ne pas m'avoir entendue. Je me lève en m'agrippant au bras du canapé pour ne pas tomber.

– Où vas-tu ? demande Kyle.

Je feins de ne pas l'avoir entendu.

Je titube en direction de la cuisine, où je me sers un autre verre. Quelque chose qui masque le goût amer que j'ai dans la bouche. Il a dit ça comme si ça n'avait aucune importance. C'est ce qui me sidère à chaque fois – cette façon qu'ont les gens de sortir des horreurs comme si c'était parfaitement naturel.

Une minuterie interne se met en marche, il faut que je quitte les lieux le plus vite possible. Mais Sadie est partie avec Mike, il y a plus de vingt minutes. J'ai raté l'occasion de me faire raccompagner. De toute façon, elle n'aurait sûrement pas été ravie de m'avoir dans les pattes.

Kyle me rejoint à la cuisine.

Il passe son doigt sur mes hanches et son autre main autour de mon cou.

– Va te faire foutre, Kyle !

Il sourit.

– Tu es toujours tellement vache avec moi, Sloan !

– C'est peut-être parce que tu es un enfoiré.

Il arrête de sourire.

– Pourquoi un enfoiré ?

– Tu sais qu'on raconte ce genre de conneries à mon sujet, n'est-ce pas ? C'est pour ça que tu t'es intéressé à moi ?

Je n'arrive pas à croire que c'est moi qui ai dit ça. Parce que,

a) bien sûr que c'est pour ça qu'il s'est intéressé à moi.

b) qu'est-ce que je veux qu'il me dise ? Qu'il est fou amoureux de moi ?

Nous ne sommes rien l'un pour l'autre. C'est pour ça que ça marche entre nous.

– Allez, arrête, j'essayais simplement de filer un coup de main à Andy.

– Ne redis jamais ça devant moi. Ne traite jamais personne de fille facile, point barre.

– Bon, bon.

Kyle se penche vers moi à nouveau. Je recule.

– Hé, je suis désolé.

Il me regarde droit dans les yeux, et au bout d'un moment, je m'aperçois qu'ils sont d'une jolie nuance de bleu. Pas spectaculaire ni rien. Juste agréable.

– Bien.

Il pousse un long soupir de soulagement.

– Tu veux sortir d'ici ?

J'ai posé mon verre sur le comptoir.

– Allons-y.

Il sourit à nouveau. Ses dents sont parfaitement blanches et bien alignées. Quand il sourit, il a l'air plus vieux. Presque beau, en fait. Mais il n'a pas de fossettes.

Il me prend la main et nous retournons dans la foule. Il lance un drôle de salut à plusieurs de ses potes de l'équipe de lacrosse, et tous lui répondent par un sourire étrange. Comme s'ils le félicitaient de partir avec moi. Comme s'ils savaient exactement ce que nous allons faire.

À l'extérieur, la tempête s'est arrêtée, l'air est juste un peu plus humide. Lorsque nous traversons la pelouse détrempée pour rejoindre le trottoir, une odeur de terre mouillée monte dans l'air poisseux.

Sur le chemin, Kyle s'arrête par deux fois pour m'embrasser. Pas ses baisers-suçons habituels. Bien sûr, il a toujours le même goût de bière et de tabac. Un bonbon à la menthe ne serait pas de trop. Mais ses lèvres se font douces, sa langue se fait discrète, et pour peu, je penserais qu'il m'apprécie vraiment. Quand nous atteignons sa voiture, il m'ouvre la portière. Mais ce n'est pas la porte avant. Je me retourne vers la maison dont nous venons de sortir. C'est à peine un pâté de maisons plus loin, et il y a plein d'autres voitures garées autour. Ce n'est pas ce qu'on fait de mieux pour la discrétion. Mais au moins, il a des vitres teintées.

Je me pose sur la banquette arrière. Kyle entre après moi et ferme les portes. Seuls nos genoux se touchent. Comme lors de cette première virée dans la Ford Mustang de Will. Il se glisse plus près. Nous ne pouvons pas discerner la musique de la fête. Dans la voiture, tout est silencieux.

–Est-ce que tu sais à quel point tu es sexy? murmure-t-il.

C'est une question qui n'attend pas de réponse autre que oui ou non. Mais il espère autre chose. Ses lèvres sont collées à mon oreille, il me suffit de tourner la tête.

C'est ce que je fais. La bouche de Kyle plane sur la mienne une seconde, et il m'embrasse. Ses ongles me griffent le haut de la cuisse. Sa main remonte entre mes jambes. Je la repousse vers mes genoux et je regarde par la vitre. Mon cœur se met à battre plus vite. Pas parce que je suis heureuse et que je prends mon pied. Parce que je suis inquiète. Comme quand j'ai permis à Sadie de copier mon QCM de maths du dernier semestre. Parce que je ne devrais pas être en train de faire ça.

Il faut juste que je me calme. Que je me laisse aller et que je n'écoute plus ces voix intérieures. Parce qu'être ici, c'est tout de même mieux que d'affronter ce qui m'attend à la maison.

Kyle commence à m'embrasser dans le cou. Comme quand il m'a fait ce suçon. Je n'en veux pas d'autre.

Mes lèvres s'écrasent à nouveau contre les siennes, et je ferme les yeux car je ne suis pas certaine de ce qu'il pourrait y lire si je les garde ouverts pendant que je l'embrasse. Mais avec les yeux fermés, je peux plus facilement penser à autre chose. Me rappeler d'autres moments. Comme la dernière nuit de Declan à Carson, en août dernier.

Il avait passé toute la journée avec Cory, et nous sommes sortis tous les trois pour dîner. Une fois notre dernière tranche de pizza avalée, nous avons déposé Cory chez lui, avant de continuer notre route.

J'avais essayé de savourer cet été, de jouir du moindre instant passé avec mon petit ami. Mais cette nuit-là, c'était la fin, et nous avions une folle envie de nous échapper. Dans un endroit plus agréable que la banquette arrière d'une voiture. Nous avions tous deux trop grandi pour tenir debout dans la cabane que nous avions construite dans les bois, cinq ans auparavant, mais Declan a jeté une couverture à l'intérieur. Nous avions juste assez de place pour nous allonger en diagonale.

Il pleuvait, et de temps en temps, nous recevions une goutte qui traversait le plafond de bois. L'une d'elles a atterri sur ma joue. Declan l'a essuyée avec son pouce. Il a laissé sa main autour de mon menton, jusqu'à ce que je l'attrape et que je dépose un baiser sur sa paume grande ouverte.

J'ai observé le souffle de Declan devenir plus lourd, ses yeux plus sombres et son sourire plus avide. Il m'a caressée d'une autre façon. Son pouce massait ma lèvre inférieure. Et nos lèvres se sont rencontrées. Ce fut le baiser le plus beau de toute ma vie.

Mes mains ont glissé en bas de son dos, puis sur la boucle de sa ceinture. Ses mains à lui se sont enfouies dans mes cheveux, sont descendues jusqu'à mes cuisses avant de remonter, en relevant ma jupe.

Chacun de ses gestes était si bon, j'en voulais plus encore.

– Est-ce que tu as...

Il a à nouveau emprisonné mes lèvres, avant de couvrir mon menton de baisers.

– Une capote ?

Ses lèvres se sont arrêtées sur mon cou. Il a reculé en me regardant. Je me suis mise à rougir et il m'a embrassée, encore plus doucement qu'auparavant.

– Oui.

Bien sûr, je connaissais déjà sa réponse. Il en avait même caché dans cette putain de cabane perchée. Mais l'avoir dit signifiait que c'était ce que j'espérais, et je ne voulais pas y penser plus longtemps, alors je me suis assise et j'ai ôté ma robe.

Declan m'a regardée sans dire un mot. D'une main fébrile, j'ai commencé à déboutonner sa chemise. Avant que j'aie pu terminer, il l'a passée par-dessus sa tête et l'a jetée à côté de ma robe. Quand il s'est remis à m'embrasser, toute la frénésie d'avant s'était comme évanouie.

Sa peau contre mon torse était chaude et nos cœurs battaient à l'unisson. Ses doigts ont effleuré mes genoux, sont remontés jusqu'en haut, et ensuite, je me suis sentie comme lui seul pouvait me faire me sentir.

Je n'ai pu retenir un gémissement et je l'ai attrapé fermement par le cou, en écrasant sa bouche contre la mienne. Mes doutes se sont dissipés quand sa main a accéléré, et tout s'est enflammé, et j'ai gravé nos noms sur tous les arbres de la planète.

Mais j'étais hypertendue. Je n'arrivais pas à reprendre ma respiration. Et Declan s'en est rendu compte.

– Nous ne sommes pas obligés de le faire.

– Mais je veux le faire. J'ai toujours voulu que ce soit avec toi.

Je me suis avancée et lui s'est reculé, en m'attrapant par la main et en embrassant mes poignets.

– Nous allons attendre. Jusqu'à ce que nous soyons prêts tous les deux.

C'était la première promesse que nous nous sommes faite. Et je la tiens toujours. Parce que je ne sais pas si j'appartiendrai un jour à quelqu'un d'autre que lui.

Voilà que Kyle soulève ma jupe. Je le repousse à nouveau.

– Arrête.

– Qu'est-ce qu'il y a ?

Je ne sais pas vraiment quoi répondre. Je ne sais même pas pourquoi je l'arrête.

Parce que ce n'est pas Declan.

Quelle idée débile. Declan n'est pas libre. Et ce qui s'est passé entre nous appartient au passé, comme si ça s'était passé entre deux personnes différentes. Nous avons rompu depuis plus longtemps que le temps que nous avons passé ensemble. Il faut que j'oublie.

– Est-ce que c'est le mauvais moment du mois ?

Je saute sur la perche que me tend Kyle.

– Ouais, c'est ça, désolée.

Il a l'air un peu déçu, mais il se ressaisit très vite.

– Pas de problème.

Sa main attrape ma taille et m'attire à lui. Il m'embrasse à nouveau et j'essaie de ressentir quelque chose. N'importe quoi qui me garde dans l'instant présent et loin de mes pensées.

Kyle recule jusqu'à ce que je sois à moitié sur lui. Il joue avec mes cheveux, puis il pose sa main sur le sommet de son crâne. Non, il ne la pose pas, il appuie.

Il appose une pression qu'un mec qui me respecte n'oserait jamais impulser. Il essaie de me faire quelque chose que Declan n'aurait jamais osé me demander.

Je relève la tête et l'expression de son visage me surprend. Il a l'air nerveux. Je le fais tourner en rond depuis des semaines. Je lui ai donné de l'espoir chaque fois que je lui murmurais « pas tout de suite ». Je suis déjà allée aussi loin avec un ou deux mecs de mon école. Ça ne devrait pas être un tel problème. Je devrais réussir à m'y faire.

Sauf que je n'ai pas envie. Je n'en ai jamais eu vraiment envie. Je recule et j'arrange mes vêtements, puis j'ouvre la portière de la voiture.

– Où vas-tu ?

– Loin.

Je suis debout sur le trottoir, tentant de reprendre mes esprits. Il fait noir et ma tête tourne encore, mais je veux rentrer à la maison et je ne connais personne d'autre à qui je puisse demander de me ramener.

Kyle sort de la banquette arrière.

– Sloan, allez. À quoi tu joues ?

Je me dis que Main Street est à quelques pâtés de maisons plus au nord. Je peux marcher jusqu'au snack Chez Frank et improviser une fois là-bas.

Kyle m'attrape par le bras.

– Ok. Excuse-moi.

Je me débats.

– Laisse-moi tranquille.

– Mon Dieu, ne sois pas aussi mélodramatique ! Monte, je te ramène.

– Je n'irai nulle part avec toi.

Il me lance un sourire narquois et tourne la tête en direction de la fête.

– Comme tu voudras. C'est toi qui choisis.

Et il part en direction de la maison. J'ai un instant de panique. Je me demande s'il ne vaudrait pas mieux que je le suive. Mais je n'ai pas besoin de lui. Je n'en ai jamais eu besoin.

Je sors mon téléphone et j'appelle Cory. Pas de réponse. En soupirant, je compose le numéro de Graham. Ça va être fun comme retour à la maison.

Je l'écoute sonner. Six, sept, huit fois. Puis c'est le répondeur. Et Sadie est Dieu sait où, sans aucun doute trop ivre pour pouvoir conduire. En dernier ressort, j'essaie Gwen. Elle ne répond pas non plus. Je n'ai plus d'amis à appeler.

À part peut-être un dernier. Mais il est absolument hors de question que je l'appelle à l'aide.

Alors, je me mets à marcher.

CHAPITRE QUINZE

C'est cette heure de la nuit où il est déjà trop tard pour dîner et trop tôt pour la cohue de fin de soirée. Chez Frank est vide.

Chez Frank, c'est un vieux garage qui a été transformé en snack. Ambiance années 50, et le menu fait six pages. Ce soir, les énormes portes de l'auvent sont ouvertes pour permettre à l'air humide de passer. Je m'installe à une table au fond et commande un café. Je pose mon téléphone sur la table et j'envoie un message télépathique à Cory pour le supplier de me rappeler. Je suis encore à plus de trois kilomètres de chez moi. Je marcherais bien, mais il fait vraiment trop sombre maintenant. Et je suis en jupe. Et une voix intérieure me crie de ne pas faire l'idiote.

De ne pas faire encore plus l'idiote.

Je me racontais des histoires avec Kyle. Je passe mon temps à me retrouver avec des types qui n'en ont rien à faire de moi, qui veulent juste que je leur donne ce dont ils ont envie. Et je suppose que moi aussi je me suis servie de Kyle. Mais ça n'a pas marché.

Je pense que Graham avait sans doute raison. Il m'a traitée de lâche, et vu comment la soirée s'est déroulée par la suite, c'est vraiment difficile de continuer à nier. Depuis si longtemps, je me focalise sur des choses que je ne peux pas contrôler. Le cancer de maman, ses cheveux qui tombent, le jour où elle est trop malade pour sortir du lit. La mort de Nathalie. Le départ de Declan, les ragots que les gens font courir sur moi.

Je dois examiner les choses que je peux faire changer. Je ne me suis pas laissé embarquer trop loin avec Kyle, ce soir. C'est un début. Il y a quelques mois, ça aurait pu être tout à fait différent. Pendant tout le printemps, j'ai recommencé exactement les mêmes conneries.

Mais c'est terminé. Et tout ce que je dois faire, maintenant, c'est trouver un moyen de rentrer à la maison. J'imagine que je pourrais attendre que quelqu'un me rappelle (ce qui est peu probable), ou je pourrais appeler mes parents (c'est suicidaire), ou...

Je pourrais serrer les dents et composer ce dernier numéro. J'avale une gorgée de café tout en fixant mon téléphone. Je ne peux pas l'appeler. Il est peut-être encore avec Mackenzie. Je ferme les yeux et me masse les tempes en essayant le plus fort possible d'effacer de mon esprit cette image d'eux deux seuls dans sa chambre. De toute façon, il ne répondra que si elle est partie. Et en plus, il me déteste déjà. Alors, qu'est-ce que j'ai à perdre ?

La tonalité retentit avant que j'aie réellement décidé de l'appeler. Je commence à prier pour qu'il ne réponde pas. Mais il décroche.

– Harper ?

– Salut. Tu es occupé ?

Je serre mon mug de café. Declan hésite.

– Pas vraiment.

– Tu n'es pas seul ?

– Si... Pourquoi ?

Je baisse les paupières.

– Je me demandais si tu pouvais passer chez Frank ? J'ai... J'ai besoin qu'on me raccompagne.

– Oh ! Euh, ouais, je pense que je peux faire ça. Tu me donnes quelques minutes ?

– Bien entendu. Prends ton temps.

Nous raccrochons et je range mon téléphone. Je le ressors et je me regarde à travers l'écran. J'attrape une serviette et j'enlève un peu de l'eye-liner qui souligne mes yeux, puis je passe mes mains dans mes cheveux pour les démêler.

Un peu plus tard, la serveuse vient remplir à nouveau ma tasse. Quand elle recule, Declan est debout dans la porte d'entrée. Il m'aperçoit et s'avance lentement vers moi. Puis il se glisse sur le siège à côté du mien, et m'observe en silence. C'est moi qui baisse les yeux la première.

Je ne peux empêcher mes doigts de pianoter sur le rebord de ma tasse. Du coup, je glisse mes mains sous mes fesses.

– M'rci d'être venu.

– De rien.

Il regarde l'heure sur son téléphone.

J'avale une dernière gorgée de café et j'attrape mon sac.

– Tu es pressé ? On peut y aller.

– Non, en fait j'ai un peu faim. Ça t'ennuie qu'on reste un peu ?

– Oh non. En fait, c'est même mieux. Je n'ai pas envie de rentrer tout de suite à la maison.

J'attrape deux menus et je lui en tends un.

– Choisis ce que tu veux. C'est moi qui invite.

– Tu n'es pas obligée.

– J'en ai envie.

Il prend le menu, l'ouvre. Je regarde le mien à nouveau. Je connais le menu de Chez Frank par cœur.

Notre serveuse, une femme trapue d'un certain âge avec les cheveux frisés comme un mouton, arrive en se dandinant.

– Qu'est-ce que ce sera ?

Declan me fait signe de choisir en premier, la serveuse note ma commande, puis celle de Declan, et elle lui fait un clin d'œil avant de partir. Alors, le silence s'installe.

Declan range son menu dans le distributeur à serviettes et se penche vers moi.

– Tu vas bien ? Il t'est arrivé quelque chose ce soir ?

J'humecte mes lèvres tout en fixant mon café.

– Je vais bien. Merci.

Il continue à m'observer une seconde ou deux avant de reculer au fond de son siège.

– Et toi, tu as bossé aujourd'hui ?

– Oui. Tôt ce matin. Je fais le caddie demain aussi. C'est agréable. Ça m'occupe...

Nous retombons dans le silence, mais heureusement, nos plats arrivent super vite, puisque nous sommes les seuls clients.

Declan me fait un sourire réjoui.

– Un choix qui tient au ventre, dit-il.

– Ça va ! Les pancakes de patates douces vont très bien avec les beignets de pickles.

– Ouais, ouais, répond-il en recouvrant ses œufs de sauce piquante. Excuse-moi de ne pas te croire sur parole, mais je t'ai déjà vue tremper un de ces pickles dans du beurre de cacahuètes, alors...

Cette complicité est ce qui me manque le plus. À des moments comme celui-ci, je peux fermer les yeux et pratiquement me convaincre que rien n'a changé. Que nous sommes toujours ensemble.

– C'était délicieux. Tu ne sais pas ce que tu rates.

Il me fait un de ses sourires craquants et pique une bouchée dans mon assiette. Un autre moment de calme s'installe pendant que nous mangeons. J'ai du mal à le regarder de nouveau. Parce que je continue à le voir comme il était un an plus tôt. Là-haut, dans notre cabane. Et plus je souhaite ne plus y penser, plus le souvenir de nous deux, enlacés, devient vif.

Le collier appartenait à sa mère. Il me l'avait tendu, en faisant tourner le pendentif, encore et encore.

– Un souvenir de moi.

– Comme si j'avais besoin d'un bijou pour me souvenir de toi !

J'ai souri en effleurant le symbole de l'infini,

– Mais merci, c'est très beau.

Ses joues se sont mises à rosir.

– Je me suis dit que c'était mieux que ces cœurs brisés stupides, « plus qu'hier et moins que demain ».

– C'est beaucoup mieux.

Il m'a aidée à le passer et, soudain, son visage est redevenu sérieux.

–Toi et moi. Pour toujours.

De l'autre côté de la table, il regarde à nouveau son téléphone. Il attend probablement un message de quelqu'un avec qui il veut vraiment passer la soirée.

Je ne sais vraiment pas comment je vais faire pour l'oublier. Je pense encore à lui quand je suis avec un autre mec. Neuf mois, c'est trop long pour penser toujours à lui comme ça.

Mais maintenant, la seule autre chose à laquelle je puisse penser, c'est à la main de Kyle sur ma tête. J'imagine ce qu'il a raconté aux autres quand il est retourné à la fête. Et ils le croiront tous. Parce que c'est moi, et parce que c'est toujours comme ça que ça se passe. Quelqu'un dira qu'il est passé devant la voiture et qu'il a tout vu. Dès demain, tout le monde sera au courant de ce nouveau scandale.

Je massacre mes pancakes à coups de fourchette.

–Tu étais avec lui plus tôt ? Ton non-petit-ami ?

Declan tape avec sa cuillère sur le bord de la table. Encore et encore.

Je ne veux pas discuter de ce qui s'est passé plus tôt dans la soirée avec Declan. Mais je déteste lui mentir.

–Oui.

Il hoche lentement la tête, puis se met à la secouer plus violemment.

–Je ne comprends vraiment pas ce que tu trouves à ce mec.

Et moi, je ne comprends pas en quoi ça le regarde. C'est clair qu'il n'aime pas Kyle. Mais cette fois-ci, c'est Declan qui m'a rejetée. Et il ne fait que verser du sel sur la plaie.

–Est-ce qu'on peut éviter de parler de lui ?

Declan lâche sa cuillère.

–Je pensais juste que tu voudrais savoir que tes amis se soucient de toi.

–Mes amis.

–Ouais. Cory, les filles. Les gens pour qui tu comptes.

–Super.

Je prends ma tasse de café, puis je la repose. Declan ignore mes sarcasmes, il serre les dents comme s'il se retenait d'en dire plus.

–Non, vraiment. On est inquiets pour toi.

Je repousse mon assiette. Tout d'un coup, je me sens trop à l'étroit.

–Comme ça, vous passez votre temps à parler de moi derrière mon dos, comme si vous étiez assis tous en rond pour participer à une lecture, le samedi après-midi ?

–Non, ça n'est pas du tout ça ...

–Ça en a pourtant bien l'air.

–Eh, peut-être que Mackenzie avait raison, peut-être qu'on devrait sortir tous ensemble pour apprendre à le connaître.

–Un genre de soirée couple ? Comment va Miss pin-up ce soir ?

–Tu as un problème avec Mackenzie, ou quoi ?

L'air est épais, j'ai du mal à respirer. Il fait tellement chaud que mes cuisses collent contre la banquette en skaï. J'essuie mes mains sur ma jupe.

–Non.

Sous la table, je tripote l'élastique autour de mon poignet pour rester calme.

–C'est toi qui en parles. (Declan se frotte le front en soupirant.) Tout ce que je veux te dire, c'est que je n'aime pas te voir comme ça.

– Eh ben alors, je suppose que c'est une bonne chose que tu repartes dans un mois.

Je regrette immédiatement d'avoir dit ça. C'est une remarque pathétique et égoïste. Mais elle m'a tout de même échappé.

Son visage passe en un quart de seconde de la colère à la douleur, avant de ne plus rien exprimer du tout. Il reste fermé et muet trop longtemps. J'attrape mon pendentif « infini » et je le tripote jusqu'à ce que mes ongles s'enfoncent dans ma paume, et j'essaie de me concentrer sur cette douleur pendant dix secondes. Onze. Douze. Ça y est.

Il passe sa main dans ses cheveux tout en secouant la tête.

– Sympa, Harp, dit-il en ouvrant son portefeuille et en jetant quelques billets sur la table. Je t'attends dans la voiture.

Le retour est terrible. Nous ne nous parlons pas, nous ne mettons même pas la radio, le silence hurle dans mes oreilles. Je serre mes coudes si fort que j'en ai mal aux articulations, j'essaie de me faire aussi petite que possible. De trouver un moyen d'oublier cette nuit.

Declan arrive devant chez moi avant que j'aie trouvé la solution. Il laisse tourner le moteur.

– M'rci !

Il rajuste son rétro.

– Pas de problème.

J'ouvre la portière. J'hésite. Je la referme.

– Je m'excuse pour ce que je t'ai dit.

– Bien.

Bien ? Est-ce que ça signifie qu'il accepte mes excuses ? Il regarde fixement son pare-brise en passant son pouce sur sa lèvre inférieure. Je n'ai pas l'impression qu'il me pardonne.

Je ne peux pas le quitter comme ça.

– Non, je suis trop sur la défensive, et je ne sais pas du tout pourquoi j'ai dit ça. J'ai passé une soirée horrible, et c'était vraiment gentil d'être venu me chercher, et je crois que je suis stressée à cause de mère...

– Ne fais pas ça.

Declan secoue la tête et se tourne vers moi.

– Quoi ?

– Ne t'en sers pas comme une excuse. C'est toi la responsable de tes propres choix. Et tu étais déjà égoïste bien avant qu'elle ait un cancer.

Dans le silence qui suit, toutes mes pensées se mélangent. Declan pense que je suis égoïste. Et je le suis. Je le savais déjà, alors ça ne devrait pas m'atteindre, mais ça me fait mal parce que c'est Declan qui le dit.

Il ne m'avait jamais balancé un truc pareil.

Ma main se met à trembler. Je dois m'y reprendre à deux fois pour atteindre la poignée de la porte.

– Bonne nuit, Declan.

CHAPITRE SEIZE

— Ramène ta fraise. Tout de suite. J'ai besoin d'un avis féminin.

Je regarde l'heure. Il est encore trop tôt pour que Cory pique sa crise. Et pour être honnête, je ne suis pas sûre d'avoir assez d'énergie pour supporter ça aujourd'hui. Je n'ai pas dormi de la nuit, j'ai rejoué mille fois mon retour en voiture avec Declan.

Du coup, en plus de manquer de sommeil, je suis d'une humeur massacrante.

– C'est quoi le problème ?

– VIENS !

Aïe.

– Bon, j'arrive.

Je traverse la pelouse et j'entre. Tout est calme en bas. Je grimpe directement dans la chambre de Cory.

– Elles me paraissent assez semblables, dit une voix familière.

Je m'arrête sur la dernière marche et ferme les yeux un instant. C'est tellement typique. Je ne peux pas passer une seule journée dans cette ville sans tomber sur quelqu'un que je ne veux pas croiser.

– Ne t'en fais pas, l'avis féminin est arrivé.

Je passe la porte et je lance un regard chaste, purement amical et pas du tout amer à Declan.

– Super, je mets quelle chemise ?

Cory tient une chemise bleue dans chaque main. Elles sont strictement identiques.

– Celle de droite. Sans aucune hésitation.

J'aperçois du coin de l'œil Declan qui esquisse un sourire en cachette.

– Mais au fait, pourquoi tu es excité comme une puce ?

– J'ai un rencard, dit-il avec un sourire timide.

– Waouh.

Il tend son doigt vers moi.

– Ne fais pas ta fille avec moi.

– Mais ce n'est pas pour ça que tu m'as appelée ?

– Bon, c'est vrai.

– Et qui est cette mystérieuse inconnue ?

Il remonte ses lunettes avec un grand sourire.

– Mackenzie.

Sans pouvoir me contrôler, je regarde Declan. Il se penche en avant en posant ses coudes sur ses genoux.

– Tu as un rencard avec Mackenzie ? je demande.

– Ouais. C'est Declan qui nous a branchés. Tu es certaine pour la chemise ?

Il tient le cintre devant lui, en examinant le col.

Si Cory sort avec Mackenzie, c'est que Declan n'est pas avec elle.

– Ouais, elle est parfaite.

– Bon. Super.

Cory se précipite hors de la pièce. Le bruit d'un robinet qui s'ouvre se fait entendre dans la salle de bains voisine.

Je suis encore sous le choc. Ça n'a aucun sens.

– Je croyais...

À la façon dont il évite mon regard, c'est clair que Declan sait exactement ce que je croyais.

C'est lui qui m'a laissé croire ça.

– Est-ce que je dois mettre du gel ? demande Cory depuis la salle de bains.

– Non ! crions-nous en chœur.

Nous nous fixons un instant avant de détourner nos regards.

Je ne comprends pas pourquoi Declan ne m'a rien dit. Est-ce qu'il a craqué pour Mackenzie ou pas ? Ou est-ce qu'il avait planifié ce truc depuis le début ?

Cory revient avant que j'aie pu lui poser la moindre question. Il se met à tourner en rond en faisant tinter ses pièces de monnaie dans sa poche, l'air perdu.

– Où tu l'emmènes ?

– Elle veut aller au bowling, répond-il. Il faut que vous veniez avec moi, les mecs.

Declan se hérisse.

– Écoute, mon pote, je ne pense pas que tu aies envie qu'on fasse foirer ton rencard.

– Il a raison. C'est l'occasion pour toi de passer plus de temps avec elle, en tête à tête.

Cory secoue la tête.

– Elle parle tout le temps de sortir en groupe.

Aucun de nous ne répond. Declan lève la tête et fixe le plafond, moi la fenêtre.

– Allez, soyez sympa. (Cory nous dévisage, l'un après l'autre.) Indépendamment de ce qui se trame entre vous, j'ai besoin que vous mettiez ça de côté ce soir. Faites-le pour moi, s'il vous plaît.

– Ouais, bien sûr, je lui réponds.

L'année dernière, quand Declan et moi sommes devenus plus-que-des-amis, Cory ne nous a jamais faux bond. Et pourtant, je pense que ça a dû être vraiment bizarre pour lui. Même quand il faisait des vannes sur le fait d'être la cinquième roue du carrosse, je savais qu'il était content que nous soyons heureux.

Après tout le soutien qu'il m'a apporté, je ne peux pas refuser d'aller au bowling.

Je ne suis pas assez égoïste pour ça.

Plus tard dans la soirée, quand nous entrons au Red Lane, une odeur de vieux pop-corn et de tabac froid nous saisit. Les quilles tombent les unes sur les autres, et de la musique guimauve des années 80 hurle, en provenance du bar. J'aime bien ça. Je choisis une paire de chaussures et m'assieds à côté de Cory, sur le banc en plastique, pour les lacer.

Declan s'installe à côté de moi. Nous sommes tous les deux venus pour laisser Cory. Nous devenons de vrais pros des trajets en voiture effectués dans un silence de mort.

Des acclamations éclatent couloir numéro 3. C'est Jake Thornton et sa bande. Parfait. Ils s'échangent des « high five » et se charrient mutuellement après chaque lancer. Impossible de les ignorer. Je serre bien mes lacets avant de les nouer.

– Cette ville est vraiment trop petite, je murmure à Cory.

Il hausse les épaules, il n'a d'yeux que pour Mackenzie.

Elle joue vraiment comme une fille. Sa jupe s'évase comme une cloche quand elle fait rouler sa boule rétro entre ses jambes. Elle se met à courir en tapant dans ses mains chaque fois qu'elle touche les quilles.

Bien entendu, Declan et moi sommes dans la même équipe.

– Tu veux commencer ? me demande-t-il.

– Non, va-y toi.

Il fait un Strike. Cory un Spare. J'enchaîne avec deux lancers, direct dans la gouttière.

Génial.

Mon score stagne dans les derniers jusqu'au dernier coup, où je réussis enfin à marquer un 100 pathétique.

Cory remet le compteur à zéro pour une deuxième partie et Mackenzie se penche vers lui pour lui murmurer quelque chose à l'oreille. Ils se mettent à rire.

Moi, en revanche, Declan me glace. Et je déteste cet horrible silence qui s'est installé entre nous.

– Je pense que j'ai choisi la mauvaise boule. Ouais. C'est sans doute ça mon problème.

Il se lève et reste debout, face à moi.

– Ouais, je suis sûr que c'est ça.

Il me lance un petit sourire et part vers les toilettes.

Je le regarde s'éloigner puis je reviens vers Cory. Mackenzie est pratiquement en train de piquer un fard. C'est dingue que je ne l'aie pas remarqué avant. C'était pourtant évident, maintenant que j'y pense.

Derrière eux, le groupe du couloir numéro 3 est en train de rassembler ses affaires. Jake lorgne dans ma direction.

– Je vais me chercher un soda, je dis à Cory et Mackenzie. Vous voulez quelque chose ?

– Non merci.

Le bar est tout à l'autre bout. Pratiquement dans un autre bâtiment. Je me dis que Jake ne va quand même pas me suivre jusque là-bas. Mais j'aurais sans doute mieux fait de me cacher dans les toilettes des filles en attendant qu'il parte.

– Salut Sloan.

Son ton signifie qu'il n'attend pas de réponse, mais plutôt que moi je devrais attendre la suite, parce qu'il est sur le point de sortir le truc le plus hilarant qui soit. Il s'arrête à côté moi. Mes doigts agrippent le dossier d'un tabouret de bar.

– Tu as été vraiment vache la dernière fois qu'on s'est vus. Allez, on s'embrasse et on oublie ça.

Le barman, un type chauve et baraqué à la barbe rousse, s'avance vers nous. Il me lance un regard sceptique qui signifie « tu es du genre qui ferait mieux de ne pas commander de cocktail ».

– Je peux avoir un Coca, s'il vous plaît ?

– Ça fera deux.

Je serre les dents et je sors quelques pièces de monnaie de ma poche.

Le barman remplit deux verres et les pose devant nous.

Jake repousse ma main et paie avec un billet de cinq.

– Gardez la monnaie.

Je continue à tendre mes pièces.

– Je ne veux pas que tu paies pour moi.

– Ne t'inquiète pas, je ne te demande rien en retour.

Il boit une grande gorgée et je remets ma monnaie dans ma poche.

– Mais si tu veux, tu es la bienvenue.

Quoi qu'il ait prévu de me faire subir, le fuir ne va pas améliorer ma situation. Si Jake a quelque chose à se prouver, je préfère qu'il le fasse ici, en privé.

Je jette un coup d'œil derrière moi. Pas trace de Declan.

– Qu'est-ce que tu veux, Jake ?

– On m'a parlé d'une soirée, ce soir. Je me suis dit que ça pouvait t'intéresser ?

– Ce n'est pas le cas.

Je lui lance un regard assassin, mais il ne bouge pas.

– Alors, tu veux baiser tout de suite ?

Le barman pousse un long sifflement et se met à essuyer le bar en souriant. Je décide que c'est un mec bien.

Jake l'ignore. Il pose sa main sur mon bras, il me touche comme dans le petit bain, dans la piscine.

Je lève mon verre de Coca, mais il me glisse des mains et dégouline le long de mon bras. Je m'essuie la main sur mon short.

– C'est quoi le problème, Sloan ? Tu ne m'aimes plus ?

– Je ne t'ai jamais aimé, Jake.

Je le repousse,

– Et ne me touche pas. Je ne sais pas où tu as bien pu fourrer tes sales pattes.

Jake baisse les yeux sur le haut de mes cuisses et son petit sourire satisfait s'élargit.

–Mais si, tu sais bien.

J'abandonne mon Coca et me dirige vers les toilettes. Jake s'arrange pour passer devant moi et me bloquer le passage.

–Ta bande de branleurs t'attend, je lui dis en regardant ses copains.

Il se marre. Il sait qu'il a le dessus.

Et je m'en fous. Je veux juste que ça s'arrête. Mais Jake ne me laissera pas avoir le dernier mot deux fois de suite.

Je me dis qu'il suffit de l'ignorer, que ça ne fait rien, que tout ce qu'il dit ne compte pas. C'est alors que la porte des toilettes s'ouvre derrière lui.

–Alors comme ça, toi et Kyle Marcell, hum...

Son sale sourire s'élargit et je commence à paniquer.

–Tu as toujours eu un faible pour les lieux publics, mais je dois reconnaître que ce mec a fait fort. Sa bagnole était vraiment garée juste devant l'entrée la fête !

Declan ne me regarde pas. Il fusille Jake du regard.

–Excuse-toi.

Jake se retourne lentement. Les yeux de Declan, couleur gris acier teinté de vert, sont rivés sur lui. Il fait un pas en direction de Jake.

Je lance un regard inquiet à Cory, qui est toujours devant notre couloir. Il se lève mais garde ses distances.

Declan attrape Jake par la manche.

–Tu ne vas pas me forcer à te le demander deux fois de suite, n'est-ce pas ?

Ils sont à quelques centimètres et Jake semble soudain se rendre compte que Declan est plus grand que lui. Il se ravise.

–Désolé, Harper, dit-il sans se retourner.

Declan baisse le bras et le surveille pendant qu'il s'éloigne. Puis il se tourne vers moi. Son visage est encore crispé. Je recule d'un pas et je baisse les yeux sur mes chaussures de bowling.

– Ça va ? me demande-t-il.

Je fais oui de la tête, mais c'est un mensonge. J'ai atrocement honte.

Laisse tomber, Harper.

– Pourquoi tu as fait ça ?

Il fronce le front et lance un semblant de sourire, comme s'il pensait que je plaisante.

– Parce qu'il te devait des excuses, non ?

J'acquiesce encore et nous rejoignons les autres. Mackenzie examine l'ourlet de sa robe et Cory fait de son mieux pour ne rien laisser paraître. Mais je sens le regard de Declan sur moi. En comprenant leur dialogue silencieux, les doutes que j'avais auparavant se transforment en une terrible certitude.

Declan sait ce que les mecs disent de moi.

Il paraît qu'elle s'est fait trois mecs d'un coup.

Je l'ai mise dans mon lit en un clin d'œil.

C'est une salope.

Il a tout entendu. Tout ce que je ne voulais absolument pas qu'il sache.

CHAPITRE DIX-SEPT

Je ris. C'est un rire étranglé. Ça ressemble plutôt au bruit que fait un chat qui essaie de cracher une boule de poils.

– C'est à qui de jouer ?

Mackenzie repousse ses cheveux en arrière.

– C'est une nouvelle partie...

J'attrape ma boule rose et j'avance jusqu'à notre couloir.

– À moi.

Je la lance aussi fort que je peux et je m'y prends très mal, la laissant presque s'écraser par terre. Elle atterrit aussitôt dans la gouttière et continue sa course jusqu'au bout du couloir. Je ne sens plus ma main. C'est comme si elle ne m'appartenait plus. Sans quitter des yeux la moquette grise dégueulasse, je fais quelque pas et j'attrape mon sac sous le banc en plastique.

– Harp, attends.

Declan repose sa boule et m'attrape par le bras.

En le repoussant, je m'esquive.

– Ne fais pas ça, je t'en prie.

Il me suit pendant quelque pas, mais Cory est plus rapide que lui. Il a déjà enlevé ses chaussures de bowling et renfilé ses Vans. Je l'entends dire aux autres :

– Laissez-lui juste une minute pour se calmer. Je l'accompagne. Attendez-moi ici.

J'arpente le parking dans mes chaussures de bowling, mais je m'arrête net quand Cory sort.

– Qu'est-ce qu'il sait exactement ? Tu lui as raconté pour le mois d'octobre ?

Il soupire en se frottant les yeux avec lassitude.

– Putain, est-ce que tu lui as raconté ?

– Tu te calmes, ok ? Je ne lui ai rien dit.

– Mais il a entendu des trucs sur moi, pas vrai ? Je le sais. Je l'ai compris à la manière dont il m'a regardée tout à l'heure. (Je m'arrête.) Tu me jures qu'il n'est pas au courant ?

– Je le jure. Il ne sait rien de ce qui s'est passé cette nuit-là.

Je m'accroupis contre le mur de briques en fouillant dans mon sac.

– Ok. Excuse-moi.

Le macadam est brûlant, j'ai du mal à respirer. J'ai l'impression que je vais vomir. Je finis par trouver ce que je cherche et j'ouvre ma boîte de bonbons à la menthe. Je sors une clope et mon briquet Bic.

– Mais qu'est-ce que tu fais ? demande Cory.

Je l'allume et me lève, fermant les yeux pour mieux apprécier ma taffe.

Quelqu'un m'arrache ma cigarette des mains. J'ouvre les yeux à temps pour voir Cory lancer ma clope à travers le parking.

– Je ne l'avais pas finie.

– Eh ben si, tu vois.

Il ne recule pas et je me dis que je vais en allumer une autre, juste pour l'emmerder, mais en fait, je n'en ai même plus envie. J'ai juste envie que Cory arrête de me regarder si méchamment. Comme si je le décevais à nouveau. Comme quand il m'a embarqué à la fin de cette fête, l'automne dernier, la nuit où je l'ai supplié de ne pas le dire à Declan. *S'il te plaît, ne lui dis rien, je le ferai moi-même.*

Je ravale mes larmes.

Cory passe un bras autour de mon épaule en soupirant.

– Tu es vraiment chiante, tu sais ça ?

– Cory, les autres rumeurs, qu'est-ce qu'il...

Declan apparaît sur le pas de la porte, suivi de Mackenzie. Le bras de Cory lâche mon épaule et s'enroule autour de la taille de Mackenzie. Declan regarde ses mains qui portent mes sandales. Il me les tend sans dire un mot.

– Oh... je reviens.

Je rentre poser mes chaussures au comptoir, et quand je ressors, seule Mackenzie me sourit.

– Et si on allait manger un morceau ? suggère-t-elle.

– Bonne idée, fait Cory.

Tout le monde me regarde.

Et moi, je regarde mes orteils.

– Je suis un peu crevée.

Declan se gratte la nuque et lance aux autres :

– Partez devant, vous deux. On vous rejoint un peu plus tard.

Ils grimpent dans la voiture de Cory, et nous les regardons s'éloigner.

– M'rci. Je n'avais pas envie de pourrir leur rencard.

– Tu es sûre que tout va bien ?

L'élastique claque contre mon poignet. Encore, et encore, mais ça ne m'aide pas du tout.

– Hum, hum.

Il s'avance et cherche ma main. Stupidement, je le laisse faire, et un drôle de picotement envahit mon bras quand il caresse mon poignet avec son pouce.

Il me conduit jusqu'au bord du trottoir et s'assied. Je croise mes bras sur mon ventre et je me penche sur mes genoux, même si j'ai encore plus chaud en m'asseyant comme ça.

– Je sais...

Il se frotte le front avant de poursuivre.

– Je sais que c'est plus simple pour toi de parler à Cory. Mais si tu as besoin de quelqu'un... je suis toujours là.

Il a toujours été là pour moi. Toujours. Et j'aimerais que rien n'ait changé, que je puisse toujours tout lui raconter, en sachant qu'il ne me jugera jamais. Mais j'ai croisé son regard quand il a aperçu mon suçon, et maintenant je le comprends. On ne peut pas en parler.

– Merci, mais je pense qu'il vaut mieux... oublier ça.

Il reste silencieux un long moment, observant quelque chose que je ne peux pas discerner au bout du terrain. Il finit par se lever, moi aussi. Il passe ses mains sur son visage et les pose sur le sommet de son crâne, en ouvrant ses coudes.

– Je ne peux pas laisser tomber. (Il baisse les mains.) Tu ne peux pas laisser ce mec te parler comme ça.

Il s'approche un peu. Il est si près que je peux sentir le parfum de l'adoucissant sur ses vêtements et voir les mouvements de sa respiration. Mais je ne suis pas vraiment présente. Je me retrouve mentalement dans cette piscine quatre mois plus tôt, le lendemain de mes dix-sept ans. À me tourner vers Jake, parce que Declan n'avait pas répondu à ma carte d'anniversaire et que je n'avais plus rien à espérer, juste à me défoncer la tête.

Jake a attendu que la vodka fasse son effet et ses doigts se sont mis en action, glissant de mon bras à mon épaule puis à mon cou, et c'était tendre et charmant. Et l'eau aussi était douce. Du velours liquide. J'en ai recueilli entre mes paumes et je l'ai versée sur la tête de Jake en riant. Et ensuite, il m'a fait rentrer dans le bassin.

– Attends. Et Jenny ?

Il s'est collé à moi. Il m'a poussée contre le mur.

– C'est fini entre nous. C'est toi que je veux.

Mes lèvres sur les siennes, les siennes dans mon cou, mes jambes autour de lui, sa main entre mes cuisses, la porte du vestiaire qui s'ouvre et la lumière qui nous aveugle.

Et Jenny ? Je ne lui ai posé la question qu'une seule fois. Et seulement quand nous étions déjà dans la piscine. Comme si je ne savais pas ce qui allait arriver si quelqu'un comme moi se retrouvait seule avec quelqu'un comme lui.

– Harper, tu m'écoutes ?

Je repose les pieds sur terre et je m'avance vers la voiture de Declan.

– Non, vraiment, ça va.

Il conduit à travers la ville et s'arrête à un stop près de chez moi. Quelques secondes plus tard, il n'a toujours pas bougé.

– Mon père va bosser tard. Tu veux venir chez moi ?

CHAPITRE DIX-HUIT

La nouvelle peinture de la maison de Declan ressemble à un « work in progress ». Cory et lui se sont contentés de gratter l'ancienne couche, et maintenant, le bois grisé se détache en plaques sur la peinture blanche en y dessinant des zébrures.

Declan ouvre la porte du salon et sa chienne Lula nous fait la fête. Je m'accroupis pour lui dire bonjour comme il faut.

Elle semble décidée à me couvrir de léchouilles en battant de la queue si fort que tout son train arrière se met à gigoter.

Je lui gratte l'arrière des oreilles.

– Elle se souvient de moi.

–Bien sûr. Tu es sa préférée.

Declan part à la cuisine et ouvre la porte du jardin à Lula.

En traversant le salon, je me rends compte que je ne suis pas venue ici depuis longtemps. Certaines choses n'ont pas changé. Au-dessus de la cheminée, les vieilles photos de classe de Declan sont toujours là, exposées par ordre chronologique. Mais il y a quelque chose de différent dans cette maison. Les coussins imprimés à fleurs sont usés. Sur le mur, la croix d'argent a perdu son lustre. Avec le temps, les rideaux rouge vif ont pâli au soleil. Preuves que la mère de Declan a disparu.

Il entre derrière moi pendant que j'examine une photo d'elle dans un cadre. Il se met à ranger une pile de magazines et de courrier sur la table basse et son regard fait le tour de la pièce comme s'il y avait encore autre chose à faire.

–Tu veux boire quelque chose? Je peux te faire du café, si tu veux.

–Non merci.

Il rapporte quand même deux verres d'eau de la cuisine.

J'en prends un.

–Merci.

–Pourquoi est-ce que tout à coup tu fais semblant d'être ce genre de fille? me demande-t-il alors d'une seule traite, comme s'il s'était retenu depuis qu'on est entrés dans son jardin.

–Quel genre de fille?

–Arrête, tu sais bien ce que je veux dire. Ce que ces types racontent... Ce que les mômes de l'école disent sur toi. Tu réagis comme si toutes ces rumeurs étaient vraies. Tu ne te défends même pas.

– Si, je le fais.

– Tu ne l'as pas fait aujourd'hui.

Il a raison, tout ce qu'on raconte sur moi n'est pas totalement vrai. C'est même plutôt faux. Mais la plupart du temps, je m'en fous complètement. Les gens croient ce qu'ils veulent bien croire. Prenez Declan, par exemple. Son visage transpire l'incrédulité.

–Pourquoi es-tu si sûr que je fais semblant ?

– Parce que je te connais.

Mon cœur s'emballe et tape dans ma poitrine. Il me supplie presque du regard, et ça me rend malade qu'une partie de lui-même pense que je suis toujours la même que celle qu'il a aimée. Même s'il a tort. Je repose mon verre en essayant de reprendre mon souffle.

– Tout le monde fait plus ou moins semblant, non ? Même toi.

– C'est ce que tu insinues ?

– Tu aurais pu me dire pour Cory et Mackenzie. Tu m'as laissé croire que tu étais amoureux d'elle.

Il me dévisage, puis tourne la tête vers l'écran noir de la télé.

– Je ne t'ai rien fait croire du tout. Tu as cru ce que tu voulais.

– Bon, je suppose que j'ai tout inventé.

– Qu'est-ce que ça peut faire, de toute façon ? Toi tu as Kyle, ce n'est pas comme si tu étais jalouse, pas vrai ?

– Vrai. Je veux dire, non.

Declan plisse ses paupières.

– Je ne suis pas avec Kyle. C'est terminé.

– Alors, ce n'est pas à cause de lui...

– À cause de lui que quoi ?

Il attrape un coussin, le fait tourner entre ses mains, puis le repose.

– Rien.

– Non, qu'est-ce que tu allais dire ?

– Je pensais que c'était peut-être à cause de lui que... ça c'est terminé entre nous. Avant.

Je tourne la tête vers la fenêtre. Un nuage passe devant le soleil et obscurcit soudain la pièce.

– Je ne le connaissais même pas à l'époque.

Il attend. Il attend que j'en dise plus. Toute une année de questions restées sans réponses et de douleurs enfouies traverse son visage.

– C'est tout ce que tu as à dire ?

Je repousse mes cheveux et je recule d'un pas.

– Mais qu'est-ce que tu veux entendre, Declan ?

– Je veux juste que tu sois honnête avec moi ! Dis-moi ce qui est arrivé, dis-moi pourquoi tu nous as fait ça !

Je bute dans l'étagère. Je ne peux plus reculer davantage, et je ne peux pas non plus lui donner ce qu'il désire.

J'ai tellement essayé d'aider Declan, les derniers mois qu'il a passés à Carson. De correspondre exactement à ce dont il avait besoin. Mais la peur que je trimballais en moi depuis la mort de Nathalie – la peur de perdre les gens que j'aime, de le perdre lui – n'a pas disparu pour autant. Elle est devenue plus forte, elle a grandi en moi comme une véritable tumeur. J'avais besoin de Declan autant qu'il avait besoin de moi. Les mauvais jours, j'avais besoin de sentir sa main dans la mienne, de sentir son pouls pour me rappeler que nous allions survivre à tout ça. Et les bons jours, ceux où son sourire illuminait son visage et mon monde tout entier, j'arrivais à me convaincre qu'on allait réussir à passer le guet. Et puis il est parti. Et c'était beaucoup plus difficile de le faire sourire au téléphone.

J'essaie d'avaler ma salive.

–Après ton départ...

Nous avons été séparés par beaucoup plus qu'une simple frontière entre États.

Tu m'as manqué, et elle me manquait, et j'avais besoin de ressentir autre chose. Autre chose de moins fort.

Cette fête en octobre était censée être tout à fait ordinaire. Mais tout a mal commencé, même avant que je sorte de la maison.

–*Tu sors avec Sadie ce soir?* m'avait demandé Declan.

C'était sa façon de me dire « est-ce que tu vas boire ? », et je n'ai pas répondu ce qu'il fallait.

–*J'aimerais que tu la connaisses un peu mieux. Heureusement qu'elle est là.*

Declan a eu un petit rire.

–*Ouais, elle te soutient surtout quand tu ne tiens plus debout.*

J'ai pris une profonde inspiration en agrippant mon collier.

C'était la première fois que nous nous parlions depuis une semaine, je n'avais pas envie de me disputer avec lui.

–*Qu'est-ce que tu fais ce week-end?* lui ai-je demandé pour changer de sujet.

–*Je vais sortir avec Dave. On va peut-être aller voir un film.*

J'entendais derrière lui la voix de Dave, son coloc. Je me suis assise par terre contre mon lit.

–*Et avec quelqu'un d'autre?*

Declan a hésité. S'est éclairci la voix,

–*Ouais, euh... Peut-être deux filles de notre cours de français. Et on va sans doute retrouver quelques copains...*

Je ne l'écoutais plus. Mes poumons étaient remplis de plomb. Je ne pouvais plus respirer.

Tout ça était ridicule. Je n'avais aucune raison d'être jalouse. Mais je l'étais. Declan attendait que je réponde quelque chose.

–*Ça va être sympa,* ai-je chuchoté.

Le bruit de fond a disparu et quand il a repris la parole, il y a eu comme un léger écho comme s'il s'était enfermé dans la salle de bains.

–*Tout va bien?*

–*Ouais, juste... C'est bizarre. Je ne sais rien sur tes amies.*

–*Qu'est-ce que tu veux savoir?*

Je voulais savoir si elles étaient jolies. Si c'était pour ça qu'il passait son temps à oublier de me rappeler. Si elles l'avaient fait sourire, quand moi je ne pouvais pas le faire. Mais je ne lui demanderais pas.

–*Est-ce qu'il y en a une qui est devenue plus qu'une amie?*

Declan est resté muet un bon moment.

–*Comment peux-tu me poser cette question?*

Chaque jour quand je me levais, il me manquait. Et que nous nous soyons parlé ou pas, le soir il me manquait plus encore.

Nous dire que c'était juste temporaire ne m'était d'aucune aide. Il était parti depuis deux mois seulement, et déjà il s'éloignait de moi. Il restait encore toute la fin de l'année scolaire, puis la suivante, et même là, on risquait de se retrouver dans des facs différentes, et de devoir tout recommencer.

Nous étions pris au piège dans ce cycle infernal, et chaque jour passé loin l'un de l'autre nous supprimait des chances pour l'avenir.

–Il y a tellement de choses dans ta nouvelle vie dont je ne fais pas partie... Et j'ai l'impression qu'on est en train de changer.

Il a poussé un long soupir avant de répondre,

–Je ne sais pas quoi te dire.

Dis-moi que tu m'aimes. Dis-moi que je suis folle.

Réponds à ma question.

–Sérieux, Harper, tu compliques vraiment les choses.

Une heure plus tard, j'étais ivre morte.

Mes souvenirs de cette nuit-là sont fragmentaires, même si Cory m'a aidée ensuite à remplir les blancs. Mais je me rappelle les moments importants, assez du moins pour savoir que ce qu'imagine Declan est difficile à supporter. Et je me rappelle que je l'ai appelé le lendemain matin –ça je m'en souviens comme si c'était hier.

Lui dire la vérité lui aurait fait du mal. Mais quoi que j'aie fait, j'allais lui faire mal.

Alors, j'ai rompu. J'ai dit à Declan que je n'en pouvais plus, parce que c'était plus facile que de lui avouer que je m'étais éclaté la tête. Et que je m'étais finalement retrouvée dans les bras d'un type plus âgé, dont je ne connaissais même pas le nom, et que mes lèvres qui n'avaient jamais embrassé quelqu'un d'autre que Declan en avait embrassé un autre. Que je l'avais touché et que je l'avais laissé me toucher. C'était plus facile que de dire à Declan que Cory m'avait trouvée à ce moment-là et qu'il m'avait sortie des griffes de ce mec pour éviter que les choses n'aillent trop loin, parce que j'en étais incapable par moi-même. Ou de lui raconter que j'avais fait jurer à Cory de ne rien dire.

Je t'en supplie, ne dis rien. Je vais arranger les choses.

Et je les avais arrangées. J'avais évité à Declan la tâche pénible de rompre. Car c'est ce qu'il aurait fait, j'en suis certaine. Parce que de quelque façon que vous envisagiez les choses, je l'avais trompé. J'ai fait ce qu'il fallait faire, je lui ai évité les détails sordides.

–Après ton départ, c'est juste... devenu trop dur.

Je réponds sur la défensive et je m'aperçois qu'il se raidit. Je m'en serais rendu compte les yeux fermés. S'il y a bien quelqu'un qui sens tout de suite quand je raconte des conneries, c'est Declan. Il se penche en avant, il me domine de toute sa taille. Il a un sourire incrédule.

–Dur. Pour toi.

Mes bras retombent le long de mon corps et nous respirons le même air, tous les deux.

–Tu ne comprends pas.

Il recule un peu, passe sa main dans ses cheveux.

–Tu as raison, en effet. Ma mère est morte, on m'a foutu dehors et envoyé dans une pension où je ne connaissais personne, et tu me gommes complètement de ta vie. Comme si nous deux, ça n'avait plus aucune importance pour toi.

–Bien sûr que c'était important !

Sa mâchoire se met à trembler. Ça devient un jeu de chat et de la souris, chacun de nous attend que l'autre dise quelque chose. Pour réparer. Et je le voudrais, mais je ne sais pas comment expliquer ce que j'ai ressenti quand je suis restée toute seule. Ça n'avait pas d'importance que ce ne soit pas lui qui ait choisi de quitter l'école. Declan ne tenait pas sa parole, il s'éloignait de moi sans que je puisse le rattraper. Et ça me faisait mal. Alors, je suis allée plus loin, moi aussi je l'ai fait souffrir. Mais lui dire tout ça maintenant ne ferait qu'aggraver les choses.

– C'est bon à savoir, finit-il par dire. Écoute, j'ai plein de trucs à faire avant que mon père rentre...

Derrière mon dos, mon élastique claque.

– Tu veux que je m'en aille ?

Il enfonce ses mains dans ses poches et lève la tête vers moi. Et il acquiesce.

Un autre morceau de mon cœur se déchire. Ce n'est pas comme ça que ça devrait se passer. On était les meilleurs amis du monde. Il me connaissait mieux que n'importe qui. Et maintenant, il ne supporte plus d'être dans la même pièce que moi.

Je pensais vraiment ce que je lui ai dit plus tôt cet été, pendant cette fête dans la forêt. Il me manque. Même là, debout devant moi, il me manque tellement que ça me fait mal.

Mais je fais ce qu'il me demande. Je pars, en faisant un stop sous son porche d'entrée pour reprendre ma respiration. Après un dernier coup d'œil à sa porte, je rentre chez moi en courant.

CHAPITRE DIX-NEUF

Hors de question d'aller en cours de photo le lendemain. J'envoie mes images par mail à monsieur Harrison avec un message d'excuse, en me servant de la maladie de mère comme prétexte.

Maman est partie super tôt ce matin pour une nouvelle séance de chimio, du coup je traîne au lit en essayant de me rendormir. Mais je suis parfaitement réveillée et je fixe le plafond de ma chambre en me souvenant que celui de Declan est décoré avec des étoiles phosphorescentes. Du moins, il l'était. Nous les avions collées ensemble en montant sur son lit. Nous avions dessiné les constellations que nous connaissions. Et de temps en temps, l'un de nous sautait sur le matelas, pour faire perdre son équilibre à l'autre.

Quoi qu'il en soit, c'était il y a des lustres. Nous étions mômes – assez jeunes pour que nos parents nous laissent jouer ensemble dans la même chambre sans surveillance. Il s'est sans doute débarrassé de ces étoiles, maintenant.

Mon téléphone sonne sur ma table de nuit.

– Salut, Sadie.

– J'ai des bonnes nouvelles. La grand-tante de Mike est morte cette nuit, du coup ses parents partent pour le week-end.

– Oh mon Dieu, c'est vraiment triste.

– Ouais. Enfin je suppose. Mais il fait une fête ce soir. Et le frère aîné de Kyle a proposé d'apporter à boire. Ça va être épique. Je me disais que j'allais mettre ce haut rose que j'ai acheté l'autre jour dans la galerie marchande. Et si tu veux venir plus tôt, je peux te lisser les cheveux, et je peux te prêter cette jupe super-mignonne que...

– Je te remercie, mais je ne peux pas sortir ce soir.

– Pourquoi ?

Je cherche un bobard. En général, je ne mens pas à Sadie.

Mais elle ne supporte pas qu'on puisse lui dire non et j'en ai vraiment soupé de ces fêtes de Carson. La simple idée d'y retourner me hérisse.

– Soirée en famille. Ma mère en a fait tout un plat et... c'est vraiment chiant. J'ai l'impression que tu vas bien t'amuser, pourtant.

– Ah, c'est pourri !

– Complètement, je sais.

– Bon, ben, je te raconterai. Peut-être que tu pourras t'éclipser quand ta mère sera occupée à ses jeux de société ou autres.

– Peut-être...

– Au fait, je t'ai raconté ce qui m'est arrivé au drugstore, l'autre jour ?

Je colle mon téléphone à mon oreille et j'écoute vaguement Sadie me raconter comment en toute innocence, son dernier achat de gloss s'est terminé par sa rencontre avec un type de l'école qui ne l'a plus lâchée avant qu'elle lui ait donné son numéro de téléphone. Je m'exclame et je rigole quand il faut, tout en repoussant mes couvertures et en ouvrant mon ordinateur portable. Je me mets à regarder des images, en cherchant des idées pour mon prochain exercice pratique. Je suis une véritable pro du multitâche.

Elle parle encore quand j'entends en bas la porte du garage s'ouvrir. Je ferme mon ordi et je lui coupe la parole.

– Excuse, ma mère vient de rentrer. Je te rappelle ?

– Ok. Et sérieusement, essaie de venir ce soir...

– Carrément ! Ciao.

Je réalise trop tard que je suis toujours en pyjama. Ça n'est franchement pas très classe, et normalement, ça me filerait la honte. Mais maman vient de se payer une série de chimios assez dure pour le cerveau et elle ne remarque rien quand je la rejoins à la cuisine.

Comme d'habitude, elle continue à vouloir nous faire croire que tout roule, bien que son crâne soit enveloppé dans un foulard et qu'elle passe ses doigts autour toutes les cinq secondes, sans toutefois oser toucher les quelques cheveux qui lui restent, comme si elle craignait que le moindre coup de vent ne les lui arrache. Mais tout est normal. Putain de complètement normal. Enfin, c'est le mot que maman répète en permanence.

Pourtant hier soir à dîner, elle arrivait à peine à ouvrir son yaourt et elle était totalement incapable de se souvenir de quoi on avait parlé cinq minutes plus tôt. Cette situation est franchement horrible, ça devient de plus en plus difficile de prétendre le contraire.

Elle lève les yeux de la vaisselle sale et elle me sourit.

– Comment s'est passé ton cours ?

– Comme un cours. Et comment était ta chimio ?

Elle me lance un regard de connivence.

– Marrant, comme à chaque fois. En fait, ce n'était pas si mal. Ton père m'a tenu compagnie pendant presque tout le temps, et j'ai terminé un livre pendant qu'il passait quelques coups de fil pour son travail. Il vient de partir au bureau.

– Tu sais, tu n'as pas besoin de jouer les braves devant moi. Tu as le droit d'avoir de mauvais jours, ou d'être flippée, ou de nommer les choses par leur nom.

– Comme quoi ?

– C'est... (Je déglutis.) C'est injuste.

Maman se met à rire.

– Tu sais ma chérie, rien n'est jamais juste.

Et sur ces mots, elle revient à la pile d'assiettes sales dans l'évier.

– Mais tu ne peux pas admettre, juste une fois, que tu as les jetons ?

Elle s'arrête et fronce les sourcils.

– Oui, parfois, j'ai un peu peur. Mais je ne vais pas m'arrêter de vivre pour autant. Il n'y a aucune raison de laisser cette situation ponctuelle bousiller toute ma vie, n'est-ce pas ?

Nous sommes si différentes, maman et moi. Elle accepte chaque jour comme il vient, elle ne fuit jamais la vérité et ne se raconte jamais de bobards sur ce qu'elle vit, au moment où elle le vit. Pour elle, le futur est grand ouvert parce qu'elle ne se retourne pas sur son passé. Mais pour moi, c'est devenu impossible de séparer son cancer de l'expérience de la perte de quelqu'un que j'aime. Chaque fois que je flippe pour maman, je vois Nathalie. Elle doit bien se rendre compte que je suis bouleversée, parce qu'elle s'essuie les mains sur un torchon et se tourne vers moi.

– Hé, je ne veux pas que tu te fasses du souci pour moi. Tout va bien aller, je te le promets.

Elle me fait un sourire, je serre les poings et lui retourne son sourire. Elle sort un plat en Pyrex de la machiner à laver et me le tend :

– Tu veux bien rapporter ça à Bridget ?

– Bien sûr.

J'enfile une paire de tongs et je traverse la pelouse jusqu'à la maison de Cory. Je frappe avant d'entrer.

– Bridget ?

– Je suis à la cuisine !

– Hé, je te rapporte juste...

Ils sont assis autour de la table de cuisine. Cory, Bridget et, bien sûr, Declan.

Pourquoi est-ce que je n'ai pas enlevé mon pyjama avant de venir ? Et pourquoi y a-t-il des petits canards jaunes dessus ? Mais pourquoi ?

– Oh merci ! s'écrie Bridget. Ta mère est rentrée de l'hôpital ?

– Ouais, elle vient d'arriver.

Elle hoche la tête.

– Tu as faim ? Les garçons m'aident à finir les restes.

– Non, merci.

Elle regarde sa montre tout en avalant une gorgée de café. Elle se lève et pose sa main sur la tête de Declan. Nathalie faisait toujours le même geste avec Cory et moi. Vu la façon qu'a Declan de plisser son front et de fixer son set de table, je suis certaine que je ne suis pas la seule à penser à elle en ce moment.

– C'est si bien de vous voir à nouveau réunis tous les trois. Tu nous as beaucoup manqué, Declan. N'est-ce pas, Harper ?

Bridget adore nous mettre mal à l'aise. Et c'est une vraie pro.

Je fixe le plat que j'ai entre les mains.

– Bien sûr.

Il repose sa fourchette dans son assiette.

– Bon, je vais travailler, dit Bridget après un deuxième coup d'œil à sa montre. Cory, débrouille-toi pour mettre les assiettes au lave-vaisselle, s'il te plaît.

Il baisse la tête, pousse avec son doigt le dernier morceau de macaroni dans sa fourchette et l'enfourne en relevant la tête.

Bridget s'arrête sur le pas de la porte.

– Oh Harper, ma chérie, il y a une autre casserole au frigo pour vous. Tu peux l'emporter chez toi ? Je passerai dire bonjour à ta mère ce soir.

– Merci, Bridget.

Elle fait un signe de la main et sort.

– Bon, dit Cory une fois qu'elle est partie, je vais me brosser les dents et on y va.

Declan hoche la tête pendant que Cory empile les assiettes et les dépose dans l'évier, avant de quitter la pièce.

Soudain un silence de plomb s'installe. Je fais semblant de m'occuper en rangeant le plat dans le placard de Bridget, en espérant que Cory redescende vite et mette un terme à cette attente.

Je joue avec mon collier en faisant passer le pendentif sur mes lèvres et j'examine les photos affichées sur le frigo. L'une d'elles attire mon attention, j'enlève le magnet pour pouvoir la regarder de plus près.

C'est un Instagram de Cory, Declan et moi, pris il y a quelques années. Je me rappelle que c'était le jour des quatorze ans de Cory. Nous portons tous les trois des grands chapeaux en papier et nous sourions aux anges. Je suis au milieu, un bras passé autour des épaules de chacun d'eux, je regarde l'appareil. Declan est à ma droite mais au lieu de regarder devant lui, c'est moi qu'il regarde. J'ai soudain des suées. C'est pourtant évident. Declan a toujours été un meilleur ami que moi. Et je trouvais ça normal.

Il a arrêté de m'appeler dix jours après que j'ai rompu en octobre. Et ça aussi, c'est de ma faute. Parce que je n'ai pas répondu à ses messages. Je suis restée muette. Je suis à peine sortie de la maison, à part pour aller en classe. Je n'ai pratiquement parlé à personne, ce qui allait très bien à Cory, vu que lui non plus n'avait pas grand-chose à me dire, mais qui n'a pas été aussi simple avec Sadie.

Et les vacances de Noël sont arrivées, et j'ai commencé à avoir une envie dévorante de revoir Declan. La veille de Noël, j'ai transgressé la règle que je m'étais imposée. J'ai demandé de ses nouvelles à Cory. Et mon cœur s'est brisé une nouvelle fois. Declan était passé à autre chose. C'était trop tard.

À partir de ce moment-là, tout a commencé à s'effacer. Il n'y avait plus de marche arrière possible, il était impossible d'oublier ce que j'avais fait. J'ai commencé à sortir avec Sadie et j'ai embrassé un mec. Et la liste n'a fait qu'augmenter. Avec chaque nouvelle cible, j'enterrais un peu plus des moments passés avec Declan, je consolidais ma nouvelle vie sans lui.

Une vie dans laquelle je pouvais faire ce que je voulais, avec qui je voulais, parce que ça n'avait plus aucune importance. Je ne faisais de peine à personne. Et c'est devenu de plus en plus facile. De faire semblant d'apprécier tous ces garçons, de fermer les yeux et de me laisser aller pendant une heure. Mais au plus profond de moi, ces morceaux de mon passé que j'essayais d'enterrer comptaient toujours. Parce que je n'avais pas seulement perdu le Declan dont j'étais amoureuse. J'avais aussi perdu mon meilleur ami.

Je lui ai envoyé une carte postale. Comme si c'était la seule chose que je pouvais faire, comme si ce geste insignifiant méritait une réponse. Mais Declan mérite bien mieux, et je ne veux pas le décevoir encore une fois. J'en ai marre de fuir les difficultés en permanence. J'en ai marre d'avoir peur de tout, d'être la trouillarde de service, comme dit Graham. Je veux mériter l'amitié de Declan. Je veux la regagner.

Je remets la photo sur le frigo.

– Est-ce que j'ai raté un truc en classe ?

Declan se penche en arrière en passant un bras derrière le dos de sa chaise.

– J'ai vu ta photo. Celle des roses.

Ma jambe se met à tressauter.

– Ouais ?

– Ouais.

Un silence.

– Tu ne vas pas me demander ce que j'en ai pensé ?

– Qu'est-ce que tu en as pensé ?

– Je n'en avais rien à foutre.

Je serre mon pendentif. Je suppose que je m'attendais à ce genre de réponse.

– Oh.

– Comprends-moi bien. C'était joli, et tout. Mais sans aucune prise de risque. Et du coup, complètement chiant.

– Merci pour ton retour.

– De rien.

Je tire sur mon t-shirt à deux poings.

– On peut repartir du bon pied ?

Declan se lève de table et passe devant moi pour aller à l'évier. Il ouvre le robinet et rince son assiette.

– Comment ? En se serrant la main et en faisant comme si on ne se connaissait pas ?

– Non, ce n'est pas ça. C'est juste... Les choses sont devenues super-dures, hier soir. Et j'espérais qu'on ferait un truc sympa tous ensemble cet après-midi. Un minigolf peut-être ? Ça te donnerait l'occasion de nous montrer tes dons incroyables de caddie.

Beurk. C'est nase.

Il coupe le robinet. Il se met à remplir le lave-vaisselle.

– Cory et moi on a prévu de retrouver les filles et d'aller à la fête foraine.

– Oh, cool, j'avais complètement oublié que ça commençait aujourd'hui.

Il se sèche les mains avec un torchon. Il ne me jette même pas un coup d'œil. Il ne veut pas m'inviter, c'est clair.

– Bon, de toute façon il faut que je rentre à la maison.

Il passe son pouce sur sa lèvre inférieure, ce geste qu'il fait toujours quand il réfléchit.

Cory revient en faisant de mouvements de torsion du torse.

– Les échauffements, c'est le truc pour ne pas avoir de crampes d'estomac. Tu es prête à déguster un bon vieux Twinkie[6] des familles ?

– Euh… si tu es d'accord pour que je me joigne à vous, je fais en me tournant vers Declan.

Cory fronce les sourcils.

– Qu'est-ce que tu racontes ? Bien sûr qu'on est d'accord.

Declan tapote ses clés dans sa poche.

– Tout le monde est prêt ? On y va ?

– Je dois juste passer à la maison me changer… dis-je en montrant mon pyjama.

Il ne m'écoute même pas, il est déjà sorti. Cory le regarde faire avant de me sourire.

– Ça va être sympa, tu sais.

– Il vaut peut-être mieux que je ne vienne pas.

– Tu as sans doute raison. Il vaudrait mieux que tu gardes tes distances jusqu'à son départ. Mais au fait, comment ça va pour toi ces derniers temps ?

Je fais la grimace.

– Ta gueule !

– Va d'abord te changer.

Il y a un monde fou à la fête foraine. Je suis entourée par un essaim de collégiens, et je me cogne ensuite à un couple plus âgé. Le temps de me retourner pour m'excuser et quand je les rattrape, Mackenzie a déjà saisi la main de Cory et l'a entraîné vers la grande roue. En les voyant faire la queue, je ressens un pincement au cœur. Qui n'est pas du tout justifié, puisque Cory

6. Pâtisserie de forme allongée, extrêmement grasse, sorte de génoise fourrée à la crème.

ne m'a jamais exclue et que je ne suis jamais sortie avec lui. Mais je le vois déjà moins depuis que j'ai arrêté les entraînements de natation. Et ce sont des trucs insignifiants, comme sa façon d'être toujours à côté de Mackenzie, de faire attention à elle, qui me font me demander s'il fera encore attention à moi.

Je rejette cette idée. Ça n'a aucune importance, tant que Cory est heureux. Gwen se marre.

– Vous êtes partants pour un grand tour ?

Declan et moi, on a toujours fait un tour de grande roue ensemble, chaque année.

Il hausse les épaules.

– Pas vraiment, répond-il.

Il porte à nouveau ses lunettes de soleil. Je ne peux pas voir ses yeux et, du coup, il me paraît terriblement lointain. Comme si l'été était déjà terminé et que nous étions à des kilomètres l'un de l'autre.

Nous continuons à marcher. Nous passons devant un stand de beignets de légumes. Je souris à Declan, mais il détourne le regard.

Je m'éclaircis la voix et j'essaie pour la dixième fois d'engager la conversation.

– Vous avez faim, les amis ? Moi je mangerais bien quelque chose.

Gwen se redresse.

– Je prendrais bien une banane glacée.

Je me tourne vers Declan.

– Et toi ?

– Je n'ai pas faim.

– Tu es sûr ? Je pourrais...

– Je t'ai dit que je n'ai pas faim.

Je me mords les lèvres. Je hoche la tête.

– Ok. J'ai compris.

Gwen plisse son nez en reniflant et regarde ses pieds. Je me retourne et je m'en vais.

Une odeur de pâte à beignets et de saucisses, légèrement écœurante mais assez nostalgique, flotte dans l'air. Je m'arrête devant un autre stand. Apparemment, on fait des beignets de n'importe quoi maintenant. De tarte aux noix de pécan, d'Oreo, même de chamallows.

J'hésite à en acheter pour tout le monde, mais Declan n'aime que les chamallows nature. Je devrais le savoir, parce que nous en faisions tout le temps griller dans la cabane perchée. Cory et moi on les préparait et Declan se contentait de les boulotter directement dans les paquets.

Il en avait apporté la dernière nuit que nous avons passée ensemble là-haut. Nous avions prévu d'allumer un feu, mais il s'est mis à pleuvoir, alors nous avons grimpé dans la cabane, et après ça, le dessert n'a plus eu beaucoup d'importance.

– Qu'est-ce qu'il y a de bon ?

Gwen s'arrête à ma gauche et examine la carte. Je me redresse en arrangeant mes cheveux.

– Euh, qu'est-ce que tu as dit que tu voulais, déjà ?

– Une banane glacée. Tu n'as jamais goûté ?

Je secoue la tête.

– Tu deviens tout de suite accro. Et elles sont bien moins caloriques qu'un beignet, ce qui ne gâche rien.

Elle me lance une tape sur le bras.

– Allez viens, c'est moi qui invite.

On va au stand qu'elle avait repéré, et elle en commande deux, nappées de chocolat. Elle m'en tend une et nous nous asseyons sur un banc.

Je mords dans la mienne.

– C'est intéressant !

– Un peu comme de la glace à la banane, n'est-ce pas ? (Elle s'essuie le coin de la bouche.) Alors, tu veux en parler ?

– Parler de quoi ?

– Tu n'es pas obligée. Mais j'ai remarqué que nous en sommes à un chapitre particulièrement hostile dans la saga Declan-Harper.

– Il n'existe pas de saga.

– Si. Mais on s'en fiche.

Je m'essuie la main sur mon short.

– On a été ensemble un moment. Maintenant il me déteste. Voilà tout.

– Arrête. Il ne te déteste pas.

– Humm, tu étais là pourtant, il y a juste une minute ?

– Ouais, et il a agi comme un imbécile. Mais crois-moi, Declan aimerait bien pouvoir te détester.

Je ricane un peu.

– Ça me fait un bien fou, ce que tu me dis là !

Elle sourit.

– Eh bien, ça devrait.

Je prends une cuillerée de chocolat.

– J'ai l'impression qu'il y a une telle distance entre nous à présent, et je ne sais pas comment la faire disparaître. Il est déçu que je ne sois plus celle que j'étais, tu vois ?

Gwen croise les jambes.

– Les gens changent. Ce qui implique parfois qu'ils empruntent des chemins différents. Mais d'autres fois, ça signifie juste qu'il faut se donner un peu plus de mal pour se trouver des points communs.

Je repense à tout ce que maman m'a dit plus tôt dans la cuisine.

Et j'essaie d'imaginer ma vie, l'année prochaine. J'essaie d'imaginer ce que ça impliquerait pour Declan d'en faire partie, mais j'en reviens toujours à octobre dernier et à tous ces moments horribles que nous avons vécus depuis. En fait, pour moi, c'était terriblement effrayant d'imaginer la réaction qu'aurait Declan et du coup, je ne lui ai laissé aucune chance. Parce que si fort que je désire effacer le passé et changer le présent, ma pire crainte, c'est l'avenir.

– J'ai envie d'essayer, je dis, presque pour moi-même.

Nous finissons notre en-cas et nous nous levons pour rejoindre le reste du groupe. Nous passons devant un stand de limonade. Le genre composée d'un demi-citron pressé et d'eau sucrée. Personnellement je trouve ça dégueulasse, mais Declan adore.

J'en achète une et je rejoins Gwen. Elle sort un cure-dents de sa poche et s'en sert avant de le ranger quand nous nous approchons des autres.

– Tiens, j'ai commandé ça par erreur. Tu le veux? je demande à Declan.

– Tu es sûre que tu n'en veux pas?

– Ouais, je suis sûre.

Il prend le gobelet.

– Merci.

Il me fait un petit sourire. On ne voit pas ses fossettes, je sais que c'est un simple sourire poli. Mais c'est mieux que rien. Et venant de Declan, j'accepte tout ce qui se présente.

CHAPITRE VINGT

Sadie envoie son SMS tout en marchant et manque rentrer dans un petit qui joue sur le trottoir. Je la tire par le coude pour faire dévier sa trajectoire. Elle ne lève même pas les yeux.

– Eh, qui tu trouves le plus mignon, Mike ou John, le mec de seconde ?

– Tu songes à sortir avec un élève de seconde ! Tu parles d'un progrès !

– Je ne sors ni avec l'un ni avec l'autre.

– Dans ce cas, John.

– Je savais que tu dirais ça ! Mais on sait aussi que, côté mecs, tu n'as pas vraiment bon goût.

– Je suppose que tu ne m'aurais pas posé la question si tu ne voulais pas que je te réponde, je rétorque, les bras croisés.

– Laisse tomber.

Elle accélère le pas, et tourne dans la Neuvième Rue.

On passe devant Second Helpings et je m'arrête pour voir si j'aperçois Mackenzie derrière le comptoir. Dans la vitrine, les mannequins sont vêtus de tabliers à fleurs et de jupes bouffantes agrémentées de jupons. Des lunettes vintage « œil-de-chat » et des broches en strass ont été disposées un peu partout, avec des cartes postales vieillottes qui concurrencent en ridicule celle que j'ai envoyée à Declan.

– Ne me dis pas que toi aussi, tu vas te mettre à te fringuer comme une ménagère des années 50 ?

– Je cherchais juste Mack. Elle ne doit pas bosser aujourd'hui.

Sadie avance sans faire de commentaires.

– Et si on allait manger ?

– D'accord, je crève de faim.

On pousse un peu plus loin, jusqu'à un fast-food mexicain. Je commande un burrito avec du guacamole et Sadie une salade, sauce à part. On s'assied toute les deux, et je mords dans ce délicieux mélange de haricots et de fromage. Sadie baisse la tête, mais je la surprends qui fronce les sourcils.

– Qu'est-ce qu'il y a ?

Elle me lance un regard innocent.

– Oh rien. J'aimerais bien juste pouvoir manger comme ça.

Immédiatement, j'ai une crampe au ventre et fixe mon assiette. Elle a peut-être raison. Ces deux dernières semaines, j'ai commencé à perdre le poids que j'avais pris quand j'ai arrêté la natation, alors ce n'est sans doute pas le choix le plus diététique. Je repose le burrito et m'essuie la bouche.

– Au fait, tu ne m'as pas raconté, c'était comment la soirée, l'autre jour ?

– Sympa.

Elle regarde son téléphone.

– Juste sympa ? Je croyais que c'était censé être épique !

Elle hausse les épaules en picorant sa salade sans assaisonnement, qui n'est en fait qu'un tas de feuilles de salade surmonté d'un peu de concombres en tranches et d'un soupçon de carottes râpées. Sérieusement, comment peut-on avaler ça ? Je reprends une petite bouchée de burrito en attendant la suite.

– Ça l'était. Il y avait un monde fou et ça a duré jusqu'à quatre heures du mat'. J'ai dit à mon père que je dormais chez toi, et j'ai fini la nuit là-bas. Mais depuis, Mike me colle vraiment. Je crois qu'il est temps d'en choisir un autre.

– Comme John ?

Elle soupire.

– Comme n'importe qui. Je m'en fiche.

C'est clair, elle n'a pas envie d'en dire plus. Je trifouille un peu dans mon assiette.

– Avec Declan, les choses sont devenues carrément bizarres.

Silence.

– Je crois qu'il préférerait que j'arrête de vouloir redevenir son amie. Mais je n'en ai pas du tout envie. Je veux arranger les choses avant qu'il reparte.

Sadie envoie encore un texto. Je ne suis pas sûre qu'elle m'écoute. Elle ne réagit même pas.

– Tu es en colère contre moi ? je lui demande, même si je n'ai rien fait de mal.

Elle ne lève pas les yeux de son téléphone.

– Non.

– Vraiment ? On dirait qu'il y a un truc qui te dérange.

– Non, je suis juste... fatiguée.

J'avale encore quelques bouchées, puis je me lève pour débarrasser mon plateau. Je reste debout devant la table et je ne me rassieds pas. Parce que tout d'un coup c'est *moi* qui suis un peu en colère.

– On y va ?

Elle ne répond pas avant d'avoir terminé de taper. Puis elle se lève et me suit vers la sortie. Nous sommes soudain happées par la moiteur ambiante. Sadie met ses lunettes et moi je plisse les yeux dans la direction opposée à celle de sa voiture.

– En fait, je vais rester traîner un peu dans le coin. Je demanderai à Graham de venir me chercher.

Sadie se sépare de son téléphone pour la première fois de la journée.

– Oh ! Tu es sûre ?

Elle a déjà fait un premier pas en direction de sa voiture. Et même si je lui demandais de rester, je ne supporterais pas de l'entendre raconter ses histoires tout l'après-midi. Je suppose que nous sommes toutes les deux un peu *fatiguées*.

– Ouais, je t'appelle plus tard, ok ?

Elle me fait la bise rapidement avant de me lâcher. Je me balade encore une heure, je traverse le parc où les parents tartinent consciencieusement leurs petits de crème solaire. Je passe devant Chez Franck, où une foule de gens brunche avant la messe. Je marche jusqu'à ce que la chaleur devienne insupportable et que ma chemise trempée me colle à la peau. J'appelle mon frère pour qu'il passe me prendre et retourne dans la

Neuvième Rue pour l'attendre. Je tombe sur une pièce de 50 centimes sur le trottoir.

Et soudain me revient à l'esprit ce jour où nous étions allés nous entraîner à conduire avec Declan. J'avais laissé ma monnaie dans le distributeur automatique pour quelqu'un d'autre. Mon geste était insignifiant, mais la façon dont il m'avait regardée, comme si j'étais quelqu'un de spécial... Je n'oublierai jamais ce regard.

Je ramasse la pièce. Je regarde les voitures garées le long du trottoir, jusqu'à ce que j'en trouve une dont le temps de parking ait expiré. Alors je glisse ma pièce dans son horodateur, pour lui donner un peu de temps supplémentaire. Du coup, l'ancien moi ne me semble plus si lointain.

Quand le soleil se lève, le lendemain matin, j'ai abandonné tout espoir de m'endormir. J'attrape mon appareil photo et monte dans ma voiture. Cette semaine, je vais prendre un peu d'avance sur les travaux photo que le prof nous a donnés. Nous sommes censés capturer la vie. C'est assez vague. Comme d'habitude, je ne sais pas vraiment quoi faire. Mais ça devient plus clair quand je m'arrête devant le cimetière de Carson. La tombe de Nathalie se trouve à environ cinq cents mètres de l'entrée. Je remonte lentement l'allée en prenant le temps de lire les noms et les dates sur les tombes que je rencontre. Je m'arrête prendre quelques clichés d'une rangée de pierres tombales qui se détache dans la lumière du matin. C'est un jour nouveau, un nouveau départ. Monsieur Harrison va adorer ça.

Je remets le cache sur l'objectif et je passe la lanière de l'appareil par-dessus ma tête. Elle est juste là. Je m'agenouille devant sa tombe et je pose le sac de mon appareil photo à côté de moi. J'ai toujours trouvé ça un peu dingue de parler avec quelqu'un qui n'est plus de ce monde. Je ne sais pas comment ça se passe quand Declan vient avec son père, mais chaque fois que nous sommes venus ensemble, il a passé son temps à raconter sa vie à Nathalie. Et la façon dont il lui parlait me faisait oublier ma gêne. Mais une fois qu'il est parti et que nous avons rompu, je n'ai pas trouvé le courage d'aller lui parler toute seule.

– Je suis désolée de ne pas être venue ces derniers temps, dis-je à mi-voix. Maman non plus n'a pas pu venir te rendre visite depuis un moment. Mais tu sais sans doute déjà qu'elle est malade.

Je cueille un pissenlit et je le fais tourner entre mes doigts. J'aurais dû lui apporter des fleurs.

– Bridget est super. Elle nous prépare tellement de plats que nous n'avons pas le temps de les manger. Et elle aide maman avec ses chimios et tout le reste.

Je lâche le pissenlit.

– Mais je sais que tu leur manques à toutes les deux. Tu nous manques à tous.

Je m'assieds et serrant mes jambes contre moi. Je regarde son nom, ÉPOUSE BIEN-AIMÉE ET MÈRE.

Tout se serait tellement mieux passé si elle était encore là. Declan aurait été plus heureux. Et nous serions peut-être encore ensemble, aussi.

Je me courbe et je repose ma tête sur mes genoux, en fermant les yeux et en respirant le plus profondément possible. Ça ne sert à rien d'imaginer ce qui se serait passé si Nathalie avait survécu. Je ne sais pas si le jeu stupide d'Action ou Vérité de Sadie aurait marché ou si nous serions encore ensemble.

Ce dont je suis sûre, c'est que nous n'étions pas simplement en couple. Notre histoire et notre amitié sont indissociables de ce que nous sommes devenus. Mais être amis n'a pas du tout facilité la transition. Ça n'a pas calmé les papillons dans mon ventre chaque fois qu'il me touchait à un nouvel endroit. Ça ne m'a pas empêchée de lui mordre la lèvre sans faire exprès quand nous nous sommes embrassés, une fois. Ça signifiait que nous savions lire en l'autre. Nous communiquions par le regard et par des gestes tendres autant que par la parole. Et c'est précisément ce que nous avons perdu quand il est parti. Nous ne savions pas, l'un et l'autre, communiquer par téléphone. Nous n'avions jamais eu besoin de le faire avant.

Un bruit de pas derrière moi. Je me retourne et j'essuie vite mes yeux, avant de me lever pour lui faire face.

– Qu'est-ce que tu fais là ?

Il n'a pas d'appareil photo, il porte un bouquet de pâquerettes.

– Désolée. Je prenais quelques photos, et j'ai pensé que j'allais lui dire bonjour.

Son front se plisse. Il baisse son bouquet le long de sa jambe.

– Hum... je vais te laisser tranquille.

J'attrape mon sac pour faire mine de partir.

– Attends, fait-il en s'avançant lentement vers moi, l'air soucieux.

Il hoche la tête et dépose les fleurs sur la tombe de sa mère. Il se jette à terre en se penchant en avant sur les paumes de ses mains. Sa chemise est froissée, et il est tout décoiffé, comme s'il venait de sortir du lit. Ou peut-être a-t-il eu du mal à dormir, lui aussi.

Au bout d'un moment je m'assieds à côté de lui et je serre mes genoux dans mes bras.

– C'est gentil de ta part d'être venue lui rendre visite.

Je me gratte le bras.

– Ce n'est rien.

Il se rassied, passe une main sur sa bouche.

– Ça a de l'importance pour moi.

Nous regardons tous les deux droit devant nous.

– Bridget m'a dit que ta mère avait eu une nouvelle séance de chimio hier ?

– Oh. Oui.

– Comment va-t-elle ?

– Bien. Enfin, c'est ce qu'elle dit. Mais ils l'empoisonnent deux fois par semaine, alors c'est tout relatif. Elle a beaucoup maigri...

– Ça fait partie du parcours standard, non ?

– Toi et tes métaphores de golf !

Il sourit et me donne un petit coup sur l'épaule. Je me déride un peu, moi aussi, maintenant qu'il semble accepter de me parler à nouveau.

– Oui, sans doute. Mais c'est des trucs comme ça, ses cheveux, et le fait qu'elle n'ait plus de cils. C'est vraiment bizarre.

Il hoche la tête pensivement.

– Tout cet été a été bizarre.

– C'est vrai. Et très rapide.

Trop rapide. Dans trois semaines, ce sera fini. Declan repartira.

– Tes copains de classe te manquent, je suppose.

– Quelques-uns. Dave est sympa. Mais j'aimerais mieux rester ici.

Il hausse les épaules encore une fois.

– Ton père le sait ?

– Oui, il est au courant.

– Mais peut-être que si tu lui parlais...

– Parce que tu crois que s'il en avait quelque chose à foutre de moi, il m'aurait envoyé là-bas l'an dernier ?

Declan arrache un brin d'herbe, il le fait tourner dans sa main, et les mots se mettent enfin à sortir.

– Il fait comme s'il me punissait. Parce qu'il n'a jamais voulu être un parent isolé, et que maintenant il est coincé avec moi. Et ce qui me fait vraiment chier, c'est qu'il agit comme s'il me faisait une faveur. Parce qu'il est si souvent absent pour son boulot, ou parce qu'il croit que je serais incapable de me débrouiller tout seul, ou... pour n'importe quelle autre raison. Il fait comme si ça valait mieux pour nous deux. Et quoi que je dise ou fasse, rien ne le fera changer d'avis.

– Decl, je suis vraiment désolée. Je ne savais pas que tu ressentais tout ça.

– Comment aurais-tu pu le savoir ?

Son ton est sans amertume. Comparé à notre conversation dans la cuisine de Cory, il est presque enjoué. Mais au fur et à mesure que le silence s'installe entre nous, je ressens un poids de plus en plus lourd dans la poitrine. Je réalise à présent à quel point Declan a dû se sentir seul l'année passée, surtout avec le deuil de sa mère. Après avoir parlé à son père et à Cory à l'automne, je croyais que Declan allait bien, qu'il avait trouvé un équilibre bien meilleur qu'avec moi. À présent, je ne sais plus ce que je dois en penser. Le raisonnement que j'ai tenu pendant toute cette année était basé sur un mensonge.

Tout ce que je trouve à lui répondre sonnerait comme une nouvelle excuse.

Je prends une profonde respiration.

– Je suis contente que tu m'en aies parlé.

– Ouais, désolé de m'étaler comme ça. Je suis tellement en colère.

– Il faut s'étaler ! Ce n'est pas juste que tu n'aies pas ton mot à dire...

J'hésite. Declan me regarde.

– Moi aussi, j'aimerais que tu restes.

Il m'étudie un long moment. Ses sourcils tricotent l'un avec l'autre, puis il baisse les yeux.

– Merci.

Il se penche en arrière, change de position. On ne parle pas à Nathalie. On ne dit rien du tout, en fait. Pourtant, c'est différent de tous nos autres moments de silence de cet été. C'est agréable, en quelque sorte. C'est comme si on était ensemble à nouveau.

CHAPITRE VINGT ET UN

La semaine suivante, Declan vient s'asseoir à côté de moi en cours de photo. Quand le cours tire à sa fin, il se tourne vers moi, le regard rempli d'espoir.

–Tu as un truc de prévu après ?

–Non, pas vraiment.

Il sourit.

–On va à la carrière. Tu devrais venir.

La réponse évidente serait oui, bien sûr, parce que j'irais n'importe où avec toi, Declan. Mais d'un autre côté, j'ai promis à maman de faire la lessive en rentrant. Je le lui dis.

–Juste une heure ou deux.

Il vérifie que les filles ne peuvent pas nous entendre,

– En plus, Cory a monté un plan pour que Mackenzie se retrouve à poil. Ça va être super. Je ne veux pas rater ça.

Je n'arrive pas à me décider.

– Ok, alors c'est un rencard ?

Je regrette immédiatement mes paroles, je les vois flotter dans l'air entre nous deux, j'ai trop envie de les effacer.

– Euh... je ne voulais pas dire... Tu vois ce que je veux dire. Sérieux ! Ferme-la Harper. Ferme. La.

Il essaie de dissimuler son sourire.

– On se retrouve chez Cory, alors ?

– D'accord.

Je rassemble mes affaires et pique un sprint jusqu'à ma voiture. Pourquoi ? Pourquoi est-ce que j'ai prononcé le mot rencard ?

Après m'être rasé les jambes à toute vitesse et avoir dit coucou à mes parents, qui deviennent bizarrement très permissifs quand il s'agit de sortir avec Cory et Declan, je sors en courant.

Je retrouve le groupe chez Cory qui a les marques rouges de ses lunettes sous les yeux.

–Tu t'es entraîné ce matin ?

Il hoche la tête.

– Hum, hum.

Nous n'avons plus rien à partager à ce sujet et je regrette de lui avoir posé la question. Declan s'éclaircit la voix.

– Alors, on peut y aller.

Il demande à Cory de me laisser le siège avant, ce qui visiblement lui déplaît. Nous nous garons à côté de la Datsun de Mackenzie et du 4x4 de Gwen, puis nous empruntons la piste à travers la pinède jusqu'à la carrière où les filles sont en train de bronzer sur un rocher. Je pose mon sac de plage à côté de la serviette de Mack, un truc de princesse Disney, outrageusement rose.

Elle relève ses lunettes de soleil et Cory se penche pour lui dire bonjour.

Sous mes pieds nus, le granit est chaud et accueillant. J'étale ma serviette à côté de Gwen en remarquant ses lunettes de soleil cerclées de rose. Elle lève les yeux de son livre et me lance :

– C'est un cadeau de Mack. Elle essaie tout doucement de faire évoluer ma garde-robe, accessoire après accessoire.

– Bien joué.

Elle sourit et replonge dans son roman. Declan s'est avancé au bord des rochers pour tester la température de l'eau.

Je prends ma respiration et je m'avance vers lui.

– Elle est froide ?

– Pas trop.

Il ment. Je le sais à la façon dont ses lèvres se tordent un peu sur le côté. En plus, son bras a la chair de poule.

– Après toi, me dit-il.

Je lève un sourcil et le fixe, jusqu'à ce qu'il craque. Il pince les lèvres et il avance vers moi. Sa main se pose sur mes reins. Je sursaute, mais là, il sourit franchement et je commence à comprendre.

J'essaie de reculer en repoussant sa main.

– Non Declan, t'as pas intérêt...

Et il me jette à l'eau. Quand je refais surface, il saute à son tour. Je repousse mes cheveux et je l'éclabousse.

Il rit joyeusement. De ce rire silencieux qu'il a quand il trouve que quelque chose est vraiment hilarant.

– Je vais me venger, tu sais ?

– Ah ouais, j'ai hâte de voir ça.

Nous tournons dans l'eau, en cercle, face à face. Il me refait son sourire à fossettes et je l'éclabousse à nouveau. Il m'attrape et je pousse un cri aigu en lui échappant. Et je regrette tout de suite, parce que tout ce dont j'ai envie, c'est qu'il me touche encore. Il m'attrape par la taille en tournant autour de moi. Je m'agrippe à ses épaules et... Est-ce qu'il flirte avec moi ?

C'est exactement comme ces journées que nous avons passées ici l'été dernier, où nous flirtions carrément ensemble à l'époque. Il plonge. J'attends la suite, mais quand il ressort, il garde ses distances.

– Il fait vraiment froid. On sort un peu ?

– Ok.

J'hésite un instant alors qu'il fait demi-tour, avant de le suivre lentement vers le bord. Nous nous hissons sur les rochers.

Cory est allongé à côté de Mack, ils discutent à voix basse. Gwen est à moitié assoupie, un bras sur les yeux.

Je prends ma serviette dans mon sac et je m'essuie les jambes.

– Oh ouais, c'est vrai, il te *déteste.*

Je me tourne pour la regarder. Elle sourit, les yeux toujours fermés.

Je vérifie derrière moi, mais Declan nous tourne le dos. Il ne peut pas nous entendre.

– Tu nous observais ou quoi ?

Elle se redresse.

– C'est le moment d'aller faire trempette.

Elle se tourne vers Mack et Cory :

– Vous venez vous baigner ?

Ils plongent tous les trois dans la carrière. Je m'ébroue et croise les bras. Qu'est-ce qu'elle a bien pu vouloir dire ? Est-ce qu'elle a remarqué quelque chose dans la façon d'agir de Declan ? Non, et de toute façon ça n'a pas d'importance. Je ne veux plus revivre ça. Ce qui compte aujourd'hui, c'est de regagner la confiance de Declan et de restaurer notre amitié. Ce qui ne veut pas dire le séduire.

Je cherche ma crème solaire dans mon sac. J'en étale un peu sur mes jambes et mon ventre.

– Je peux t'en prendre un peu ? demande Declan qui a relevé ses lunettes de soleil.

– Oh, bien sûr.

Je lui en verse un bon paquet dans la main et nous enduisons nos bras et nos épaules.

Il me montre le flacon.

– Tu veux que je t'en mette dans le dos ?

– Non, merci.

Il fait les gros yeux et me l'arrache des mains.

– Tu es déjà un peu rouge.

Il passe derrière moi et repousse mes cheveux sur mon épaule.

Les muscles de mon dos se tendent et ma respiration s'accélère bizarrement. J'espère qu'il ne s'en rend pas compte. Je me concentre sur la surface de la pierre entre mes pieds, sur la façon dont les paillettes dans le granit brillent à la lumière. Pas sur ses mains qui avancent sur moi.

Il me tartine avec efficacité, il ralentit juste un peu au bord de mon maillot. Et puis c'est fini.

– À toi, je dis rapidement en changeant de place avec lui.

Je le tartine à grands coups, en essayant de ne pas trop regarder devant moi. Mais quand j'atteins ses épaules, je jette un coup d'œil. Elles sont si bronzées. Et si larges. Et sans m'en rendre compte, mes pouces commencent à glisser entre ses omoplates. Declan ronronne de plaisir et j'avance vers son cou. Une zone qu'il pourrait très bien atteindre lui-même. Il tourne la tête. J'ôte mes mains et je recule.

– Et voilà...

Je baisse la tête et secoue ma serviette.

Declan ne bouge pas. Je m'assieds, je plonge mes jambes dans l'eau. La combinaison de l'air frais et de l'humidité de ma peau fait paraître l'eau moins froide. Declan finit par s'asseoir à mes côtés.

Je jette un regard à mes mains. Les traîtres.

Il trouve un caillou plat et le jette dans l'eau. Après cinq ricochets, il coule. Declan se frotte les mains l'une contre l'autre.

– Pas mal, dis-je.

– Merci.

Il se racle la gorge et se penche vers Mackenzie qui est toujours dans l'eau.

– Alors, tu en penses quoi ? Encore une semaine avant que Cory fasse trop de plaisanteries sur son physique à son goût ?

– Le truc le plus dingue, c'est qu'elle les gobe toutes. Tu avais vraiment raison à leur sujet.

– Je ne peux rien répondre à ça, c'est un don chez moi.

– Au fait, c'est quoi son plan diabolique ?

– Hé, hé, je ne te le dirai pas. Mais crois-moi. Ça vaut le coup d'attendre.

Il avait raison. Une demi-heure plus tard, nous sommes tous allongés sur les rochers. Declan et moi jouons à trouver des formes aux nuages dans le ciel, pendant que Gwen feuillette les magazines de mode de Mackenzie. Soudain, Cory se lève d'un bond.

– On devrait se baigner tout nu.

J'ouvre la bouche et me tourne vers Declan. Il hoche la tête en fermant les yeux.

Gwen commence à ramasser ses affaires.

– Sans moi.

Sans plus attendre, Cory plonge dans l'eau. L'instant d'après, il dépose son maillot de bain sur le bord à côté de moi. J'évite de le regarder. Je ne peux pas. Mackenzie se lève. Elle hésite juste une seconde avant de dénouer son haut pour libérer sa poitrine. Elle pousse alors un cri et saute dans l'eau.

Je regarde Declan avec de grands yeux.

– Il a réussi.

– Ouais.

Gwen finit d'enfourner ses affaires dans son sac de plage et nous salue.

– À plus, Gwen, lui lance Declan.

Je lui fais un signe de la main avant de continuer à secouer la tête. Je suis sidérée.

– Ouah. Ça peut paraître étrange, mais je suis assez fière de Cory.

– Je vois ce que tu veux dire. Je n'étais pas sûr qu'il aille jusqu'au bout. Et je ne pensais pas non plus que ça marcherait.

Et nous éclatons de rire. Je ferme les yeux.

– Oh, mec, je ne peux pas regarder ça.

Le sourire de Declan s'élargit encore.

– Non, je crois qu'il est temps qu'on les laisse tranquilles tous les deux.

Je suis un peu soulagée qu'il ne veuille pas participer. Pas seulement parce que faire ça à quatre me paraît un peu déplacé, mais aussi parce que je me bats comme une folle pour ce truc d'amitié platonique. Et je suis certaine que de se mettre tout nus ne faciliterait pas les choses.

Cela dit, cette situation a un véritable potentiel qu'il ne faut pas négliger.

– On va lui piquer ses fringues ?

Declan se met à rire.

– Ouais, bonne idée.

Il se lève en hâte et ramasse le short de bain de Cory au bord de la carrière. Je le suis en emportant sa serviette. Nous dépassons Gwen en courant en direction des voitures. La couche épaisse d'aiguilles de pins amortit nos pas. Le rire de Mackenzie et les cris désespérés de Cory s'évanouissent derrière nous.

Nous nous cachons derrière sa voiture, contre la roue avant. Je me concentre sur le ciel, le soleil qui brille à travers les branches des pins, et m'efforce de rester silencieuse. Mais chaque fois que je sens Declan qui glousse derrière moi, j'ai un nouveau fou rire.

Je lui envoie des coups de coude dans les côtes, et ça le fait rire encore plus fort.

Bien sûr, notre cachette est très vite découverte. Cory s'arrête de l'autre côté de la voiture, en serrant contre lui le t-shirt que nous lui avons laissé. Je regarde à travers le capot et j'en perds mon équilibre. Je tombe sur Declan qui s'écroule par terre en riant.

–Très drôle, rendez-moi mon short maintenant.

Declan le lance à la figure de Cory et je lui tends sa serviette. Cory me l'arrache des mains et recule.

–Vous êtes vraiment nases.

J'ai mal au ventre tellement je rigole. J'essaie de reprendre ma respiration, du coup je me mets à grogner. Je lève la main vers mon nez pour tenter de refréner ces bruits indélicats. Declan, qui commençait à peine à se calmer un peu, repart dans une crise de fou rire incontrôlé.

–Tu as grogné !

–Pas du tout.

Je secoue lentement la tête, mais je ne peux pas m'empêcher de sourire.

Declan prend une longue respiration. Il évite de me regarder jusqu'à ce qu'il soit calmé. On est là, tous les deux vautrés par terre. Il se soulève sur un coude et il me fait signe.

–Voilà le sourire.

Je recommence à rire bêtement.

–Quoi ?

Ses traits s'adoucissent. Il se gratte le front et secoue la tête, il a soudain l'air presque timide.

–J'ai attendu tout l'été de revoir ce sourire.

CHAPITRE VINGT-DEUX

Ça n'a jamais été aussi facile de mentir à mes parents. La plupart du temps, mon père est complètement distrait, et maman subit une chimio du cerveau tellement dure que je pourrais lui faire croire n'importe quoi.

Seulement, mentir ne m'aide plus. Quitter la maison aussi souvent que possible ne représente plus la même échappatoire. Je réussis juste à me sentir coupable. Maman est là, et aussi inutile que je me sente face à sa maladie, j'ai envie de la soutenir. Ce qui signifie me montrer, être là pour elle, même si c'est dur. Même si je préférerais être ailleurs.

En plus, en ce moment, maman me demande tout le temps des nouvelles de mes copains. Un mois plus tôt, j'aurais préféré me faire soigner une carie sans anesthésie que de passer l'après-midi à lui raconter ma vie.

Les choses sont pourtant différentes, et la semaine dernière, j'ai passé toutes mes journées en compagnie de Declan. Rien à voir avec des sorties en amoureux, mais même quand nous sommes dans un groupe, c'est comme si nous gravitions l'un autour de l'autre. Comme avant.

Comme il est parti faire le caddie, je cocoone avec maman à la maison. Je suis du doigt les motifs cachemire de son couvre-lit pendant qu'elle clique sur les photos de mon ordinateur portable. Elle s'attarde sur celle que j'ai prise de Declan lors de notre première séance de reportage.

– J'ai l'impression d'avoir dormi tout l'été.

Elle referme l'ordinateur et s'étire, en repliant ses pieds sous ses couvertures de laine, bien qu'il fasse plus de 32 degrés.

– Raconte-moi quelque chose de nouveau.

– Je sais pas. Le cours était intéressant et monsieur Harrison a dit que j'étais douée. Et Mack et Gwen sont devenues de bonnes copines.

– Et Declan ?

Je souris malgré moi.

– Tu tiens vraiment à lui, n'est-ce pas ?

Mon sourire s'efface. Je hoche la tête.

Voilà le seul problème que j'ai rencontré cette semaine. C'est super d'être avec lui, mais plus on se rapproche, plus j'ai du mal à cacher mes sentiments réels. Et parfois, comme l'autre jour à la carrière, j'ai l'impression que je ne suis pas la seule. Et puis il se referme à nouveau, et alors je me souviens de ce que j'ai ressenti après avoir essayé de l'embrasser, plus tôt dans l'été.

Maman hoche la tête.

– J'ai toujours su que ça n'était qu'une question de temps pour vous deux. Ton père, lui, pensait que tu finirais avec Cory, tu sais.

– Cory ?

Je me mets à rire, puis je repense à la façon qu'avait papa l'année dernière de ronchonner chaque fois que je disais que j'allais chez Cory. Il a confiance en lui, bien sûr, mais ça ne veut pas dire qu'il soit d'accord pour que je sorte avec lui.

– Tu sais, ça explique plein de choses. Mais ne t'emballe pas pour autant. Declan et moi, on apprend simplement à se connaître à nouveau, et il repart dans deux semaines.

– Et pourquoi est-ce que ça devrait changer quoi que ce soit ?

C'est une bonne question. Probablement la plus importante qui soit, en fait. La dernière fois que Declan est parti, je crois qu'une partie de moi s'était déjà résignée à le perdre. Mais rien ne m'oblige à recommencer. Regardez Gwen. Son petit ami vit dans un autre État, mais avec quelques sacrifices, ils gèrent bien la distance.

Declan et moi pourrions très bien faire pareil. Nous ne serions plus forcément ensemble, mais nous pourrions tout de même rester amis.

Je suis prête à faire des efforts, et si les choses tournent mal à nouveau, je ne fuirai plus les problèmes. Je le soutiendrai. Plus fort. Cette fois-ci, ce sera différent.

– Ça ne devrait pas, tu as raison. Mais j'aimerais tellement qu'il n'ait pas à repartir. Il veut rester, il me l'a dit. Je ne comprends pas pourquoi son père s'obstine à lui faire subir ça. Nathalie, elle, ne l'aurait jamais laissé partir.

Maman me serre la main.

– Je sais chérie. Moi aussi, j'aimerais que ce soit différent. Mais il fait ce qu'il pense être le mieux pour Declan.

– Il ferait peut-être mieux de l'écouter, plutôt.

Maman pousse un soupir compatissant et tapote une nouvelle fois ma main. Elle semble chercher ses mots. Je me précipite hors du lit pour attraper sa tasse.

– Ton thé est froid. Je vais aller t'en faire un autre.

Une fois la bouilloire sur le feu, je sors quelques-uns des gâteaux au gingembre préférés de maman et je survole son ordonnance sur la table, en essayant de comprendre quel comprimé elle est censée prendre lorsque le précédent n'a pas suffi à calmer ses nausées. Elle a vraiment du mal avec ça. J'hésite entre deux boîtes de comprimés différentes. Je regarde à nouveau l'ordonnance. Je n'en ai pas la moindre idée. La bouilloire siffle, je repose les boîtes de médicaments et traverse la cuisine.

En haut, j'entends quelque chose tomber dans la chambre de mes parents. Je me tétanise, la main encore sur le bouton de la cuisinière. Puis il y a un autre bruit. Je bondis de la cuisine et grimpe l'escalier quatre à quatre.

Elle est couchée par terre dans la salle de bains, coincée entre la baignoire et les toilettes. Elle se masse le ventre. Il y a du sang partout sur son pyjama rose. Pourquoi tout ce sang ?

– Maman !

Je m'agenouille à côté d'elle et je sens une douleur violente au genou. Je retire une petite écharde de verre de ma peau. Il y a du verre cassé partout. Elle a fait tomber un verre à dents du lavabo.

– Mamounette, tu vas bien ?

Elle hoche doucement la tête, mais je n'arrive pas à voir d'où elle saigne. Des mains ? Mais d'où encore ?

Elle roule sur côté et se met à vomir.

Je bondis, tâte ma poche arrière, mais mon téléphone n'y est pas. Je saisis le combiné sur la table de nuit de maman, mes doigts hésitent sur le clavier. Papa est au boulot, et je ne me rappelle pas son numéro. J'essaie donc son portable. Ça sonne, sonne, et il ne répond pas.

Graham.

Mais après la première sonnerie, je me souviens que Graham est parti rendre visite à un ami en dehors de la ville. Et Bridget était de garde aujourd'hui, elle est déjà à l'hôpital. Je regarde maman, on dirait qu'elle dort, ça n'est pas bon signe. Les doigts tremblants, je compose le 15. Je m'entends demander une ambulance.

– Je ne sais pas, je ne sais pas ce qui ne va pas. Je veux dire, elle a un cancer du sein. Elle avait des nausées et s'est coupée avec du verre, et je ne sais pas si c'est grave, je pense qu'il faut qu'elle aille à l'hôpital, mais elle ne peut pas se lever.

– Ok, dit une voix de femme trop calme à l'autre bout du fil. Je viens d'envoyer une ambulance. Reste à côté de ta mère, moi je reste en ligne jusqu'à ce qu'elle arrive.

Ça leur prend un temps fou pour arriver. Deux ambulanciers et un pompier entrent enfin. Ils installent maman sur un brancard qu'ils font rouler jusqu'à l'ambulance garée devant la maison.

Je saute dedans et tente de répondre de mon mieux à toutes les questions qu'ils me posent pendant le trajet vers l'hôpital.

– Qu'est-ce qu'elle a pris comme médicaments ? me demande l'un des deux ambulanciers, une femme menue qui prend les constantes de maman pendant que je l'observe, assise sur mes mains. Elle est à moitié dans les vapes. Elle ne peut pas garder les yeux ouverts.

Il y a vingt-cinq minutes, elle allait bien. Comment est-ce que ça a pu arriver en si peu de temps ?

– Je ne connais pas leur nom. Elle est en chimio, elle prend des pilules pour la nausée. Elle en a pris une ou deux ce matin.

Il y a un boucan d'enfer à l'intérieur de l'ambulance. Je ne sais pas comment ils peuvent travailler avec tout ce bruit.

La sirène hurle et résonne plus fort encore quand nous passons dans un tunnel. Tout autour de moi, c'est un fracas épouvantable, comme si tout l'équipement technique et les bandages prêts à l'emploi tressautaient autant que moi. Une voix sort de la radio, à l'avant, et j'entends à peine la question suivante.

– Qu'est-ce qu'elle a mangé aujourd'hui ?

C'est le deuxième ambulancier qui pose la question. Il lui met le masque à oxygène en parlant d'une voix tranquille, comme s'il faisait ça tous les jours. Ce qui doit probablement être le cas.

– La moitié d'un yaourt et du thé.

Une fois arrivés à l'hôpital, ils l'emmènent pour lui recoudre la main et je reste toute seule. Ça fait dix minutes que je suis assise dans la salle d'attente déserte, sous les néons, quand une infirmière s'approche de moi et me demande si j'ai besoin d'appeler quelqu'un. Je cherche mon téléphone, mais ma poche arrière est vide. Je l'ai laissé sur le comptoir de la cuisine.

Je suis l'infirmière jusqu'à la cabine téléphonique et je compose le numéro de papa. Cette fois, il répond à la première sonnerie. Il me coupe, me dit qu'il est en route et qu'il va prévenir Graham. Je raccroche et je reste là, à fixer le téléphone. Je suis dévorée par le besoin de voir Declan. D'entendre sa voix me dire que tout ira bien, parce qu'il est la seule personne que je connaisse qui a gagné le droit de me dire ça. J'ai besoin qu'il me dise comment il a fait pour continuer à vivre quand sa mère est morte.

Je décroche le combiné et je compose son numéro. Je m'efforce de garder mon calme, mais dès l'instant où il répond avec un ton de voix curieux parce qu'il ne reconnaît pas le numéro qui l'appelle, je craque. Je perds la tête, je perds le contrôle, et le petit peu de forces qu'il me restait.

– C'est Harper.

Je renifle, j'essaie de ne pas sangloter dans le combiné.

– Harper ? Qu'est-ce qu'il y a ?

– Je suis à l'hôpital. Ma mère ne va pas bien.

– J'arrive tout de suite.

Je hoche la tête, comme s'il pouvait me voir.

– D'accord.

Il arrive avant papa et Graham. Il court vers moi, et me serre fort contre sa poitrine sans se soucier que j'inonde sa chemise de larmes mêlées à une bonne dose de morve.

Il me caresse les cheveux, et j'essaie de calmer mes hoquets. Nous nous asseyons sur des sièges en plastique pastel et Declan me prend la main. Il ne la lâchera plus pendant des heures.

C'était la déshydratation le coupable. Les coupures étaient principalement situées sur ses mains, parce qu'elle est tombée dessus en voulant aller aux toilettes. Ils vont la garder en observation pendant la nuit pour lui faire des examens, et papa nous renvoie à la maison, Graham et moi.

Declan se dirige vers le parking avec nous.

– Je sais qu'il est tard, mais tu ne veux pas venir un petit moment ? je lui demande.

Il jette un coup d'œil à Graham, qui est quelques pas devant nous.

– Bien sûr.

En entrant dans la maison, Graham me prend dans ses bras.

– Merci de t'être occupée de ça. Tu t'es très bien débrouillée.

– Merci Graham.

– Je te laisse tranquille. Mais essaie de dormir, ok ?

– Oui, bien sûr !

Il monte dans sa chambre et j'ouvre la porte à Declan. Il me suit à la cuisine et prépare du café. Il sait très bien que je ne pourrai pas dormir avant le retour de maman. Puis il sort du pain et du beurre et me prépare du fromage grillé.

– Tu ne devrais pas te donner tout ce mal pour moi.

– Aucun problème. Il faut que tu manges.

Quelques minutes plus tard, il dépose une assiette devant moi et me jette un coup d'œil inquiet.

– Merci ! je réponds, même si je n'en ai vraiment pas envie.

Il me regarde passer le doigt sur le bord de l'assiette en verre. Il bouge un peu, la chaise en bois grince sous son poids.

– Il faut que tu manges, Harper.

Sa voix est calme, un peu nerveuse.

– Je n'ai pas faim.

– Juste quelques bouchées.

Sa main s'arrête quelques centimètres au-dessus de mon épaule. En hésitant, il trace une ligne sur mes taches de rousseur.

– S'il te plaît ?

Ses yeux cherchent les miens et je craque. Je prends une bouchée et le fromage fondu me brûle la langue.

– Tu peux aller me chercher du ketchup ?

Il me lance un sourire satisfait avant de le récupérer en bas du frigo.

– Je te ferai remarquer que le mélange ketchup et fromage grillé est tout à fait naturel et absolument délicieux.

Je secoue la bouteille et j'envoie quelques giclées sur mon assiette.

– Comme l'ananas roulé dans une tranche de bacon ?

– Ouaip.

– Et le beurre de cacahuètes sur un sandwich aux pommes de terre ?

– Exactement.

Je prends une autre bouchée et je mâche lentement, soudain inquiète qu'il parte dès que j'aurai fini.

– Declan ?

– Hum ?

– Ton père est là ce soir ?

Il secoue la tête. Je prends la croûte.

– Donc, tu n'es pas obligé de rentrer tout de suite ?

– Je resterai aussi longtemps que tu veux.

Quand j'ai terminé mon sandwich, nous passons au salon. Declan s'assied sur le canapé et j'attrape la télécommande. Je fais défiler les chaînes jusqu'à ce que je tombe sur une comédie vieille de quelques années. Le film a déjà commencé depuis presque une heure, mais nous l'avons déjà vu tous les deux.

– Ça va ?

– Ouais, super.

Je pose la télécommande sur la table et j'attrape une couverture avant de m'asseoir à côté de lui.

– Je peux éteindre la lumière ? Il y a un reflet qui gêne, demande-t-il.

– Bien sûr.

La pièce s'assombrit et je tire la couverture sur mes genoux en me calant pour être plus à mon aise. Mais je ne suis pas détendue. Parce qu'à part le stress à cause de maman, je fais une fixette sur les vingt centimètres de canapé qui séparent la jambe de Declan de la mienne.

Je sais que c'est tout à fait anormal d'avoir ce genre de pensée en ce moment, mais je n'y peux rien. Quand est-ce que nous avons été seuls dans le noir pour la dernière fois ? Je laisse passer encore dix minutes de film avant de risquer un coup d'œil vers lui. Il est vautré au bout du sofa, les yeux rivés à l'écran de télé. Je passe une main dans mes cheveux avant de me détourner.

– Harp ?

Merde. Je suis démasquée. Je garde la tête tournée vers la télé.

–Ouais ?

–Tu pensais ce que tu m'as dit l'autre jour ? Que tu aimerais que je reste ?

–Bien sûr.

Il a la voix rauque.

–Et qu'est-ce qui se passera après mon départ ?

Il tord sa mâchoire vers le côté.

–Tu penses qu'on se parlera encore ?

Je ferme les yeux et je respire profondément. Puis je lui fais face.

–Declan... Je sais que j'ai merdé. J'ai fait un tas de choix vraiment stupides cette année. Et te laisser tomber comme je l'ai fait, c'était le pire.

Il me regarde, l'air très sérieux. Puis il se met à caresser sa lèvre avec son pouce et il se redresse un peu. Il esquisse un sourire.

–Donc c'est un oui, alors ?

–C'est un oui. Jusqu'à ce que tu en aies marre que je t'appelle, en tout cas.

La scène change sur l'écran et projette une lumière plus forte sur lui. Ses yeux me dévisagent.

–Tu es fatiguée. Tu es sûre que tu ne veux pas que j'y aille ?

Je secoue ma tête.

–Je ne pourrai pas m'endormir.

–Bien.

Il repose son bras sur le dossier du canapé et s'enfonce pour être plus à son aise. Nous nous replongeons dans le film, mais si je ne l'avais pas déjà vu, je n'aurais pas la moindre idée de quoi il parle. L'ambiance entre nous se détend. Son amitié compte plus que tout pour moi, et je ne peux pas supporter l'idée de la détruire une seconde fois. Il doit tout savoir avant de décider de poursuivre une relation, quelle qu'elle soit, avec moi.

Declan a les yeux mi-clos, sa respiration se fait lourde.

– Tu n'es pas à l'aise ?

– Si, je suis bien.

Il se retourne vers l'écran.

– Viens.

Il me fait signe de m'appuyer contre lui. Je regarde l'espace entre nous et serre ma couverture contre ma poitrine. En repoussant mes cheveux d'un côté, je me colle contre lui. Je serre bien fort ma couverture.

Declan se déplace un peu pour éviter que mon coude lui rentre dans la cage thoracique.

– Oh, désolée.

Je me tourne légèrement en me serrant contre lui. J'ai maintenant un bras le long de mon corps, mais je ne sais pas quoi faire de l'autre. Je m'appuie contre sa poitrine et j'y pose la joue. Ma tête monte et descend avec sa respiration.

– C'est mieux ?

– C'est mieux, dit-il d'une voix douce.

Au bout de quelques minutes sa respiration ralentit encore. Je lève les yeux, les siens sont complètement fermés. Ses lèvres sont légèrement entrouvertes. J'écoute les battements de son cœur. J'ai de plus en plus de mal à garder les yeux ouverts.

Ses doigts caressent le dessus de ma main pour me réveiller.

– Harp ?

Je prends ma respiration et je lève la tête. Le film est terminé, il est quatre heures du matin.

– Désolée.

Nos jambes sont emmêlées et son autre main repose sur ma hanche.

–Je ne pensais pas m'endormir.

–Ça ne fait rien. Mais je crois que ton père est rentré.

Je l'entends, moi aussi. La porte du garage. Mais mon corps ne réagit pas, et je suis encore allongée contre Declan quand papa ouvre la porte de la cuisine.

Il s'immobilise en nous voyant, puis il se reprend et tousse un bon coup.

–Comment va maman ?

–Ça va aller. Ils la gardent cette nuit, elle rentrera demain, après quelques examens.

Puis il se tourne vers Declan en lissant sa moustache.

–Declan, je crois qu'il est temps que tu rentres chez toi, toi aussi.

–Oui, Monsieur.

Declan me jette un coup d'œil et se lève. Je l'accompagne jusqu'à la porte d'entrée.

–Bonne nuit, Harp.

–Bonne nuit.

Il sort et je l'attrape pour le serrer une dernière fois dans mes bras.

C'est différent de notre étreinte si violente à l'hôpital. Mon bras s'enroule autour de son cou, tout son corps est encore chaud de sommeil. Une de ses mains est posée sur l'arrière de mon crâne, l'autre fermement dans le creux de mes reins pour m'attirer vers lui plus encore.

Je chuchote.

–M'rci.

Il recule sans me quitter des yeux.

–De rien.

Je rentre. Il traverse le porche et je ne peux pas le quitter des yeux. Il se retourne et regarde dans ma direction. Nos yeux ne se lâchent plus. Et malgré tout ce qui est arrivé aujourd'hui, je me mets à sourire.

Parce que j'ai l'impression que Declan non plus n'arrive pas à me quitter.

CHAPITRE VINGT-TROIS

Papa est toujours dans la cuisine. Le micro-ondes sonne. Il en sort une assiette de restes du repas précédent et la pose sur le comptoir avant de se retourner vers moi.

– Il est vraiment très tard pour que Declan soit encore là, tu ne trouves pas ?

Je m'étire, faisant craquer mes articulations.

– Son père est encore absent. Et j'avais besoin d'un peu de compagnie.

– Mais Graham est là.

– Exactement.

Sa moustache remue, il baisse la tête et ouvre le tiroir des couverts. Ses cheveux raides sont mal coiffés et gras, comme s'il les avait tripotés toute la nuit. Sa chemise est fripée et son nœud de cravate pendouille quinze centimètres sous son col.

Il prend une bouchée et essuie sa bouche sur une serviette.

– Je vais aller faire un petit somme avant d'y retourner. Peut-être pourras-tu aller au magasin un peu plus tard dans la journée ?

– Je veux venir avec toi.

Il joue avec un morceau de pomme de terre.

– Je ne pense pas que ce soit nécessaire. Tu devrais te reposer un peu, ta mère...

– Pourquoi est-ce que tu ne veux pas que je vous aide ?

– Ça nous aide que tu t'occupes de la maison. Il faut bien que quelqu'un le fasse.

– Je veux bien aller faire les courses. Mais c'est moi qui étais avec elle cet après-midi, c'est moi qui ai appelé l'ambulance et qui suis allée avec elle à l'hôpital, et j'ai attendu des heures. Je sais que je vous ai déçus dernièrement, que je n'ai pas été aussi présente que j'aurais dû l'être, mais je suis là maintenant, et je viens avec toi.

Papa se penche sur le comptoir et croise les bras. Les yeux fermés, il respire lentement.

– Tu es sûre que c'est ce que tu veux ? On risque d'attendre un bon moment.

– Oui je suis sûre. Je veux être à ses côtés.

– Ok.

Il me lance un sourire fatigué et enlève sa cravate. Puis il pose une main sur mon épaule.

– Je crois que je ne t'ai pas encore remerciée pour la façon dont tu as géré les choses cet après-midi. Tu as gardé la tête froide, tu as agi comme quelqu'un de responsable. Je suis très fier de toi.

– Merci, je grommelle.

Une heure plus tard, nous repartons à l'hôpital, pour une autre journée d'attente sans fin.

~

Sadie arpente sa chambre, son téléphone collé à son oreille.

– ... Mais tu avais promis !

Elle fait tourner un stylo entre ses doigts. Elle raccroche et jette son portable dans son sac. Elle me regarde et sourit.

– Tu es réveillée !

– Non, pas du tout.

Je me retourne et couvre ma tête avec son oreiller.

Elle saute sur le lit et se blottit contre moi en enfouissant sa tête contre mon bras, comme un petit chiot.

– Tu t'es déjà fait combien de cannettes de Boomerang ? je marmonne à travers l'oreiller.

Par miracle, j'ai réussi à convaincre Sadie de rester à la maison hier soir, ce qui explique pourquoi elle est totalement surexcitée ce matin. Elle saute sur le matelas et m'arrache l'oreiller.

– Allez, c'est l'heure du petit déj' !

Maman n'est pas rentrée de l'hôpital avant la fin de l'après-midi, hier, et papa m'a virée pour qu'elle puisse se reposer. Et, bien sûr, j'ai appelé Sadie pour aller au cinoche, mais nous ne nous sommes pas couchées tôt pour autant. Je suis crevée.

Sadie risque de piquer une vraie crise de nerfs si je ne me bouge pas, alors je me lève en gémissant.

Le petit déj', c'est un terme tout relatif pour Sadie. Ça consiste à aller au centre commercial acheter du café et des clopes. En regagnant sa voiture, on croise son ex, Christopher. Il est en train de remplir son réservoir à la pompe numéro 3. Sa nouvelle petite copine est assise sur le siège passager.

Sadie se redresse rapidement et arbore un sourire crispé qui disparaît dès qu'ils ont le dos tourné.

– Je n'arrive pas à croire qu'il sort avec une fille de seconde, dit-elle quand nous atteignons la voiture. En plus, elle joue dans l'orchestre. Tu te rends compte ?

Je ne fais pas de remarque sur le fait qu'il y a deux jours à peine, elle envisageait de sortir avec un élève de seconde, elle aussi.

– Et qu'est-ce que ça peut faire, d'être dans l'orchestre ?

Sadie n'a pas de réponse précise à cette question, elle se contente de hausser les épaules et de s'allumer une cigarette avant de me tendre son paquet.

Je secoue la tête et avale une petite gorgée de café. J'en ai fini avec les clopes.

– Ce que je ne comprends pas, c'est que tu aies rompu avec lui.

– Tu veux dire plutôt que je sois sortie avec lui avant ? Moi non plus.

Je parie que son numéro est toujours dans son répertoire. Et ses photos aussi. Chaque fois que je la surprends en train de les regarder, elle réagit de la même façon. Elle lance une vacherie sur lui, comme si elle ne pouvait pas s'en empêcher.

– Oui, je sais. Tu n'es plus amoureuse de lui.

Je reprends une petite gorgée de café brûlant en observant la fumée qui fait des volutes au bout de sa cigarette.

– Il allait me quitter de toute façon.

C'est la première fois que Sadie dit un truc pareil. Elle met le contact et démarre immédiatement, comme si elle voulait oublier ce qu'elle vient d'admettre.

– Mais tu n'en sais rien, je lui fais gentiment.

– Si, je le sais. Il ne voulait plus jamais sortir, il n'avait plus rien à me dire. Et je n'ai pas besoin d'un petit copain pour me faire chier avec, alors...

Elle tourne à fond à gauche et passe devant notre collège à toute vitesse. Je manque renverser tout mon café sur moi quand elle passe sur un nid-de-poule.

– Tu veux bien ralentir ? Tu vas te choper une prune.

– On fait un truc plus tard ? demande-t-elle en ignorant totalement ma remarque. On pourrait aller squatter la piscine de Mike ? J'ai entendu qu'un élève de première organisait une fête.

– Je t'ai dit que je voyais Declan.

Je jette un coup œil à l'horloge du tableau de bord. Il est déjà presque midi.

– D'ailleurs, tu veux bien me déposer ?

– Très bien.

Elle tourne à droite et traverse à nouveau la ville.

– Et c'est quoi le deal entre vous ?

– Je ne sais pas. On traîne ensemble.

Elle plisse ses paupières.

– Ouaip. Je ne te vois pratiquement plus depuis que vous traînez ensemble. Tu sais, les cours reprennent dans deux semaines. Il va repartir bientôt, non ?

Je passe mon pouce sur le couvercle de mon café. J'ai essayé le plus possible d'évacuer cette idée de ma tête.

– Je me fais juste du souci pour toi, continue-t-elle. Je veux dire, combien de temps a-t-il fallu pour que tout s'écroule la dernière fois qu'il est parti ? Tu devrais y réfléchir avant de remettre ça avec lui.

Elle arrive dans mon quartier, passe devant mon école primaire, puis s'arrête devant chez Declan.

–Ça ne vaut pas la peine de souffrir, non ?

Elle ne me regarde pas en disant ça, elle examine ses ongles posés sur son volant.

Declan est perché sur une échelle, en train de peindre un mur de sa maison avec Cory, Mack et Gwen. Mackenzie envoie un peu de peinture sur Cory et Declan éclate de rire. Il a l'air heureux. Et en le voyant comme ça, moi aussi je suis heureuse.

–Declan ne me ferait jamais de mal.

–C'est ça le plus marrant avec les relations humaines, Harper.

Sadie allume une autre cigarette et fixe la couture de son volant en recrachant la fumée.

–Si tu donnes à quelqu'un la possibilité de te briser le cœur, tu peux être sûre et certaine de ne pas le voir venir quand ça arrivera... Je me fais juste du souci pour toi.

–Ouais, merci. À plus, dis-je en souriant, même si en fait, j'ai plutôt envie de la baffer.

Elle a vu combien j'étais malheureuse sans Declan l'année dernière. Et bien sûr, je me doute qu'elle ne veut pas que ça recommence, elle ne veut plus avoir à supporter mes plaintes, non plus. Mais je croyais qu'au moins, elle serait contente pour moi, à présent. Peut-être pas.

Peut-être que moi, je me fiche de ce qu'elle pense désormais.

–Harper ? dit-elle en écrasant sa cigarette à moitié consumée. Si tu n'es pas trop prise avec tes nouvelles copines, peut-être pourras-tu venir à une soirée avec moi, samedi soir ?

– Ouais, bien sûr, samedi.

Je souris et je ferme la portière derrière moi. Mack secoue son pinceau et éclabousse complètement Cory. Encore une fois.

– Salut les amis !

Declan descend de son échelle et passe les mains dans ses poches arrière.

– Hé !

Je souris en remontant mon sac sur mon épaule.

– Viens, tu peux poser tes affaires à l'intérieur.

Je le suis dans l'entrée, j'accroche mon sac au porte-manteau, hors de portée de Lula, sa chienne, et je me penche vers elle pour la caresser un peu.

– Tu veux enlever ton t-shirt ?

– Quoi ?

– Euh, je veux dire, j'ai un t-shirt de rechange pour toi, si tu veux. Comme ça, tu ne tacheras pas celui-là avec de la peinture.

– Oh, ouais, d'accord.

Il me montre les escaliers. Nous grimpons tous les deux dans sa chambre, et j'attends sur le pas de la porte pendant qu'il fouille dans son placard.

L'endroit est parfaitement bien rangé, avec des traces du passage de l'aspirateur sur le tapis et un lit tiré au cordeau. La chambre entière est nickel, à vrai dire. Sauf une trace rouge sur la moquette devant son bureau, qui est là depuis qu'à ses onze ans, je l'ai fait rire tellement fort que le punch aux fruits qu'il buvait lui est ressorti par les narines.

Une valise est posée dans un coin, à côté de son placard, et il y a une boîte cartonnée sur son bureau.

Les étoiles sont toujours collées au plafond. C'est bien sa chambre, juste un peu trop inhabitée.

Il me tend un t-shirt blanc.

– Ça te va ?

– Ouais, merci, c'est super.

Il me passe le t-shirt et s'appuie contre sa commode.

Il fait un pas de côté comme s'il allait sortir, et j'enfile son t-shirt sur mon débardeur. Et puis je l'enlève en le faisant passer par-dessous.

Declan a l'air sidéré. Comme s'il ne réalisait pas vraiment ce qui vient de se passer.

En effet, je viens de me changer devant lui. Je n'ai même pas réfléchi avant de le faire. Me changer de cette façon, c'est devenu une seconde nature chez moi après tous mes entraînements de natation.

Enfin, j'avoue, peut-être que je savais que c'était un peu aguicheur. Mais ce n'est pas comme si j'avais fait un strip-tease. C'était tout le contraire d'un strip-tease. En plus il connaît déjà la marchandise.

Je recule en direction de la porte.

– On y va ?

Il hoche la tête et me suit en bas. Declan me donne un pinceau et me pousse du coude.

– Fais gaffe à Mackenzie, dit-il, assez fort pour qu'elle l'entende.

Elle pointe son pinceau vers lui.

– À l'attaque. Tu as plutôt intérêt à faire attention à toi, Declan.

Il se cache derrière moi en passant un bras autour de mon omoplate, comme si j'étais un bouclier humain. Sans réfléchir, je me penche contre lui. Il pose son menton sur le sommet de mon crâne.

–On fait une trêve ?

Mack se marre.

–D'accord.

Il me relâche en me lançant un clin d'œil avant de remonter sur l'échelle pour aider Cory à s'attaquer au deuxième étage.

Mackenzie me fait une tape amicale.

–Waouh ! On dirait que tu lui as servi de carapace, un vrai gentleman !

Je jette un coup d'œil à Gwen. Elle a l'air aussi estomaquée que moi par la blague de Mack. Je ne suis pas sûre que j'aie envie d'être comparée à une tortue.

Mackenzie se glisse derrière Gwen, et monte sur la pointe des pieds pour que la tête de Gwen lui arrive sous le menton. Gwen roule des yeux et recule pour se protéger, mais Mackenzie continue.

–Tu sais, c'est comme ça que la tortue mâle montre qu'elle est la plus forte !

–C'est vicieux, dit Gwen.

Je cligne des yeux.

–Dis donc, qu'est-ce se passe entre vous deux ? J'ai surpris votre clin d'œil...

–Ok Nancy Drew[7] !

Je plonge mon pinceau dans le pot de peinture en haussant les épaules. Et j'essaie de ne pas sourire. Loupé.

–Je ne sais pas. Nous passons du temps ensemble. C'est chouette.

–Chouette comment ?

Je souris toujours plus.

–Je ne sais pas. Chuuut.

---

7. Nancy Drew est le personnage principal d'une célèbre série policière pour adolescents.

Elle soupire d'un air triste. Et pendant ce temps, Gwen continue à me fixer en silence.

– Quoi ? je demande.

– Il était sacrément temps, c'est tout.

Je grimace.

– On pourrait parler d'autre chose ? Vous me stressez, toutes les deux.

Je commence à donner des grands coups de pinceau. Mackenzie pose sa brosse sur le couvercle entre nous. La peinture éclabousse mon t-shirt – celui de Declan – et elle ne s'en rend même pas compte.

– Je crois que je suis prête à aller plus loin avec Cory, dit-elle.

– Changement de sujet radical.

Gwen se tord de rire à côté de moi.

– Oh, allez, fait Mackenzie, une main sur la hanche. J'ai besoin de vos conseils.

Je replonge mon pinceau dans la peinture tout en humectant mes lèvres.

– Hum, en réalité... Eh bien, je n'ai jamais...

– Sérieux ? dit Gwen en fronçant le nez.

– Tu es vierge ?

– Gwen !

Mackenzie lui donne un coup. Je jette un coup d'œil au deuxième étage, Cory et Declan ont l'air complètement absorbés dans une conversation.

– Pourquoi ça t'étonne tellement.

Mackenzie bondit pour lui prêter renfort.

– Je pense qu'elle voulait juste dire, tu sais... que tu es tellement jolie et si populaire ! Voilà tout.

En faisant de gros yeux, je me concentre à fond sur la partie de bardage que je suis en train de peindre.

– De toute façon, tu es bien plus expérimentée que moi dans ce domaine.

Cory lève son pinceau et hoche la tête.

– Ouaip, je suis prête. Je crois bien que je suis amoureuse de lui.

– C'est... rapide.

Je voulais dire « super », mais ma langue a fourché.

– Et bien, tu sais ce qu'on dit des filles qui conduisent des voitures de sport...

Gwen pouffe de rire et esquive le pinceau de Mack. Mackenzie tourne de nouveau la tête vers Cory,

–Il est tellement sexy.

Je grogne.

– Je ne sais pas trop.

– Ne me dis pas que tu n'as pas remarqué.

– Euh non. Non.

Mon pinceau repasse à l'endroit précis que je viens de peindre. Je suis trop perturbée par ce que j'entends pour peindre efficacement.

– Ben... bonne chance ! Ou amuse-toi bien ? Je ne sais pas ce qu'il faut dire dans ce genre de situation.

– Amuse-toi bien, c'est pas si mal, dit Gwen avec un grand sourire.

Declan et Cory descendent du toit et rentrent pour se désaltérer. Ils rapportent une carafe et des verres pour nous.

Declan me remplit un verre, je le prends sans le regarder parce que tout à coup, j'en suis incapable.

Faire l'amour. Je ne pense qu'à ça.

– Ça va ? Tout va bien avec ta mère ?

Une ride apparaît sur son front. C'est de ma faute. Je déteste ça.

Je réponds vivement,

–Oui. À l'hôpital, ils ont découvert qu'elle n'avait plus assez de globules blancs, du coup elle ne peut pas rentrer tout de suite à la maison. Mais de tout de façon, elle avait besoin de se reposer, et elle dit qu'elle se sent déjà mieux.

–Bien, bon et toi ? Tu as toujours l'air un peu fatiguée. Tu as bien dormi cette nuit ?

–Pas vraiment. J'ai passé la nuit chez Sadie. Mais je vais bien, j'avais juste la tête ailleurs.

Je continue à sourire, puis finis par hocher la tête et détourner le regard. Nous reposons nos verres, reprenons nos pinceaux et nous nous remettons au travail. Mais sa ride est toujours là. En me mordant la lèvre, je cherche un moyen de détendre l'atmosphère. Et tout à coup, je trouve.

Declan s'immobilise quand je me mets soudain à passer mon pinceau sur sa tempe, jusqu'à sa mâchoire. Quand j'arrête, il se tourne lentement vers moi, lèvres pincées et sourcils froncés. Il secoue la tête, comme s'il acceptait les règles d'une bagarre à la sortie de l'école. Je souris en lui touchant délicatement le nez du bout de mon pinceau.

–Bon d'accord.

Il jette son pinceau par terre et se rue sur moi.

Il m'attrape et frotte son visage plein de peinture sur le mien, dans mon cou. Je crie en me débattant, il me pousse contre le mur encore humide. Quand il s'arrête, son visage est à peine à quelques centimètres du mien. Ses cils recouverts de peinture battent, et nous ne rions plus du tout. À deux mètres de nous, nous amis nous observent.

Après un instant de silence gênant, je me glisse hors de ses bras en lui donnant une bourrade amicale.

– Félicitations. Tu as bousillé ton t-shirt, dis-je hors d'haleine.

Il rougit.

– Ouais, mais c'est toi qui as commencé.

On sait très bien tous les deux à quoi s'en tenir.

Gwen se mord les lèvres jusqu'au sang. Elle se met à m'envoyer des baisers dans le dos de Declan. Je lui jette un regard assassin en enlevant les cheveux collés sur mon visage.

Cory se frotte la joue et se tourne vers Mackenzie, qui a l'air folle de joie.

– Bon, on devrait peut-être aller se nettoyer, dit-il. Le film commence dans une heure et demie.

– Ouais, et moi j'ai rendez-vous sur Skype avec Jason.

Gwen pose son pinceau et sort ses clés.

– À plus.

Je me tourne vers Declan :

– Il faut que je repasse à la maison, moi aussi.

Il essuie la peinture sur sa tête avec le dos de sa main.

– Ouais, ok.

– Harper, je te dépose ? demande Mackenzie en ouvrant sa portière.

– Ouais, merci.

Je monte prendre mes affaires et m'arrête devant Declan en redescendant.

– Je vais laver ton t-shirt, je te le rendrai demain.

– Ne t'en fais pas pour ça.

– Ok.

Il sourit.

– Ok.

Je monte dans la voiture. Je dois reconnaître que Mackenzie attend que nous soyons sorties de l'allée de Declan avant de s'exclamer:

–Vous êtes si mignons tous les deux!

Cory secoue la tête, mais avec un semblant de sourire.

–Je tiens à rester en dehors de tout ça.

CHAPITRE VINGT-QUATRE

Je suis sur le toit quand Declan s'engage dans mon allée. Je rentre par la fenêtre et descends les escaliers le plus doucement possible. Maman se repose encore.

Il m'attend sous le porche. Je referme la porte d'entrée derrière moi.

– Salut.

– Salut, toi.

Il sourit timidement, puis se penche en avant en sortant un carnet de sa besace.

– Je me demandais si je pouvais t'emprunter tes notes du cours de photo de vendredi. Je n'ai pas vraiment suivi.

– Oh, bien sûr. Je ne sais pas ce qu'elles valent, mais tu peux regarder.

Je remonte et j'attrape mon carnet de notes sur mon bureau. Je le feuillette rapidement pour m'assurer que je n'ai pas écrit des trucs honteux dans les marges, du genre « penser à acheter des tampons » ou « Harper + Declan pour la vie ».

Ce que, pour être honnête, j'ai arrêté d'écrire dans les marges de mes cahiers depuis des années. Mais mieux vaut vérifier par deux fois. Je redescends, Declan est assis, un peu raide, sur la balancelle, les mains posées sur les cuisses. Je m'assieds à côté de lui et je lui tends mon carnet.

– Super, merci.

Il ne l'ouvre pas. Il ne le regarde même pas. Il me regarde, moi.

J'ai chaud aux mains. Je ne peux m'empêcher de penser à hier, à son visage contre mon cou, qui me couvrait de peinture.

– De rien.

– Qu'est-ce que tu fais là-haut ?

Il désigne le toit.

– Je réfléchis, c'est tout. Ou bien j'essaie de ne pas penser, ça dépend de mon humeur.

– À quoi tu penses ?

– Oh tu sais, à des trucs de mode ou de maquillage, ou je me demande si je dois relever mes cheveux ou pas. À des trucs comme ça, hyper-importants.

– Non, mais sérieusement.

Je me penche en arrière et donne un coup par terre avec la pointe de mes pieds pour faire bouger la balancelle.

– Ces derniers temps, je pense beaucoup à ma mère.

Et à la rentrée scolaire. À comment ça va être, maintenant que je n'ai plus les entraînements de natation.

Je laisse le balancement s'arrêter doucement.

– Parfois je pense à toi, aussi.

– Ouais ?

Je baisse les yeux sur le fauteuil en bois en hochant la tête. Je gratte la couche de saleté avec mes ongles.

Declan lève la main et la pose sur mes doigts, très doucement, comme s'il essayait d'attraper une bulle de savon.

–Harp ?

Je fixe nos mains.

– Ouais ?

– Pourquoi est-ce que tu portes toujours mon collier ?

J'ai le cœur qui bat. Je lèche mes lèvres. Je compte jusqu'à cinq. Et finalement je le regarde dans les yeux.

– Tu sais pourquoi.

Ses yeux se baissent sur mes lèvres, et il se penche un peu plus vers moi. Doucement, il repousse une de mes mèches derrière mon oreille en caressant ma joue. J'ai des frissons dans le ventre, il se met à gargouiller.

– Declan... il faut que je te dise quelque chose. Sur ce qui s'est passé. Quand tu es parti.

Ses yeux ne quittent pas les miens.

– Rien de ce que je peux entendre ne changera ce que tu représentes pour moi. La seule chose que j'ai besoin de savoir, c'est ce que tu ressens pour moi maintenant.

Je sens encore sa main sur ma joue. Il pousse un profond soupir, restant parfaitement immobile.

– Je porte ton collier, non ?

Un sourire apparaît et disparaît sur son visage.

– Alors, je pense qu'on peut arrêter de parler.

Il se penche à nouveau vers moi. Je ferme les yeux et j'attends.

La porte d'entrée s'ouvre violemment. Declan et moi nous nous reculons en sursautant, et je mets une main devant ma bouche tout en tirant sur mon t-shirt, j'ai l'air parfaitement coupable. Declan se frotte la nuque et fait un signe de tête à Graham, qui le regarde d'un air sévère, comme le ferait un grand frère.

– Salut, fait Graham.

Je serre les dents en souriant.

– Retourne à l'intérieur, s'il te plaît.

– Pourquoi ? C'est sympa ici. Et je prendrais bien un peu de vitamine D.

– Eh bien, va boire un verre de lait.

Il fronce le nez et s'assied sur les marches.

– Sans façon.

Declan se lève.

– Hé, il faut que j'aille bosser.

Je me lève aussi, en essayant désespérément de trouver un moyen d'appuyer sur la touche « marche arrière ».

Les mains de Declan caressaient mes cheveux et sa bouche était si proche de la mienne... On était sur le point de s'embrasser.

Et maintenant, il range son carnet de notes dans son sac et me tend le mien.

– Je pense que finalement je n'en aurai pas besoin. Mais merci quand même.

– Oh... Ok.

Il contourne mon frère. Je le suis en donnant un coup de pied discret à Graham au passage.

On s'arrête au bout de mon allée.

– Alors, hum, tu vas travailler ?

– Ouais, c'est le dernier jour.

– Oh, cool.

– Je termine vers six heures. On peut faire un truc après. Si tu es libre ce soir.

– Ok !

Mais alors je me souviens :

– Sadie me harcèle pour que j'aille à cette soirée avec elle. Mais je peux la laisser tomber.

– Nan, tu n'es pas obligée de faire ça.

Maintenant, je ne sais plus quoi penser. Il veut sortir avec moi ou pas ?

– Et bien, que dirais-tu si je t'envoyais un SMS quand on y va ? Tu pourrais nous y rejoindre...

– Je ne sais pas. Ce n'est pas vraiment mon truc...

– Ça peut être sympa, dis-je, pleine d'espoir. Et puis... j'ai vraiment envie de te voir.

Il se radoucit. Ses épaules se détendent.

– Moi aussi.

– Super. Alors, ça roule.

Dès notre arrivée, Sadie sort une bouteille d'un demi-litre de vodka de son sac et s'en enfile une gorgée. Mike Wright se précipite et lui offre un verre de bière. Il est l'envoyé spécial, le messager de tous ces types qui sont assis autour de la table dans la cour et qui crient son nom. Apparemment, Sadie s'en fout. Elle me tend la bouteille et l'oublie aussitôt. Elle m'oublie également. Je reste seule, entourée de gens qui ne sont pas mes amis. Je ferme la bouteille et je la coince sous mon bras. Je sors mon téléphone. Declan n'a toujours pas répondu au texto que je lui ai envoyé plus tôt dans la soirée. Mais je suppose qu'il a dû rentrer tard du boulot.

Et ensuite, il a dû dîner et prendre une douche, et tout ça. Non ? Je lui renvoie un texto.

Je viens d'arriver. Dis-moi quand tu bouges.

J'appuie sur le bouton « envoi » avant d'avoir le temps de réfléchir ou d'ajouter un truc nunuche et embarrassant.

Sadie est assise devant un feu de l'autre côté de la cour. Je m'avance et je m'assieds sur une chaise de jardin en face d'elle et Mike. J'essaie de penser à autre chose, mais je me rends parfaitement compte que vingt minutes, puis quarante passent sans un signe de Declan.

J'essaie de le rappeler. Après une douzaine de sonneries, je tombe sur le répondeur.

– C'est moi. Je suppose que tu as été retenu au boulot...

Je m'arrête. Peut-être qu'il n'a pas été retenu. Peut-être qu'il m'a posé un lapin.

– ... Enfin, j'espère te voir vite.

En raccrochant, je fais rouler la bouteille de vodka sur mes genoux. Sadie rit aux éclats à un truc que lui dit Mike. Je me recoiffe avec mes doigts et j'essuie un peu le gloss sur mes lèvres. Il peut arriver n'importe quand, maintenant.

Quelqu'un s'affale dans la chaise à côté de la mienne. Je jette un coup d'œil et je gémis intérieurement. C'est Kyle, tout sourires.

– Tu es toute seule, ce soir, Harper ?

– Je suis venue avec Sadie.

Je garde les yeux fixés sur le feu. Il remarque Sadie qui est assise sur les genoux de Mike et qui nous tourne le dos.

– D'accord.

Kyle sort une pipe en verre et un sachet de beuh de sa poche.

– Eh bien, vu qu'elle semble occupée pour l'instant...

Il tire un paquet de cigarettes de son autre poche et en sort un briquet.

Il incline le briquet au-dessus du fourneau de sa pipe et prend une profonde inspiration, en gardant la fumée dans ses poumons quelques secondes avant de la recracher. Cette odeur m'est devenue familière, malgré tous les efforts que fait maman pour se cacher. Il me tend la pipe.

– Non merci.

Je vérifie mon téléphone à nouveau. Declan a sûrement dû avoir mes messages. Mon ventre se noue. Dans cinq jours, c'est la rentrée des classes. Et si ce soir, c'était ma dernière chance avec lui ? Ou si ça avait été cet après-midi, et que maintenant, c'était déjà trop tard ?

Je me lève et m'éloigne un peu du groupe. Puis je compose une dernière fois son numéro.

Il répond.

– Salut ! Où es-tu ?

– Je suis encore à la maison.

– Oh... Tu penses arriver quand ?

Il hésite.

– Je ne suis pas sûr de pouvoir venir.

Mes épaules se crispent. Je flanque un coup de pied par terre.

– C'est dommage.

Je l'entends qui bouge à l'autre bout de la ligne.

– Ouais... écoute, je vais essayer de passer. J'ai des trucs à régler ici, et...

– Non, ne t'en fais pas pour ça. Tout va bien.

J'ai la voix qui tremble. Je ferme les yeux, j'ai chaud.

– De toute façon, il va falloir que je rentre.

– Ok, hé, je suis désolé. J'aimerais bien te parler, mais plus tard.

Sans rancune, n'est-ce pas ?

Je n'ai plus confiance en ma voix.

– Hum... hum, ça me va.

– D'accord. Au revoir, Harp.

– Au revoir.

Mes mains tremblent en raccrochant.

Je voudrais savoir quand les choses ont changé. Parce que je pensais qu'après l'hôpital et la bataille de peinture et le quasi – quoi que ce soit – de ce matin chez moi, je commençais vraiment à croire qu'il m'aimait.

Je voulais tellement qu'il m'aime.

Je retourne au feu, je m'assieds à côté de Kyle. Les flammes dansent devant moi, elles deviennent de plus en plus vives au fur et à mesure que le ciel s'assombrit. Je lève la bouteille de Sadie et j'observe le feu au travers.

J'ai eu un comportement exemplaire ce soir. Pendant que Sadie et moi nous nous préparions, je n'ai pas bu une seule goutte d'alcool. Je ne voulais pas être ivre quand Declan arriverait. Je ne voulais plus être la fille qui a besoin de boire pour s'amuser. Mais je ne vois pas quelle différence ça peut faire à présent.

Je n'ai pas de boisson sans alcool, alors vite, je prends une première lampée. Ça me brûle, comme si le feu coulait dans ma gorge et remontait dans mes sinus. Au bout de quelques secondes, tout rentre dans l'ordre et j'en avale une autre. Cette fois, c'est chaud et agréable, ça descend dans mon estomac, puis vers mes genoux et mes pieds.

Kyle recrache une bouffée d'herbe et me demande :

– Tu m'en donnes un peu ?

– Sers-toi.

Je lui tends la bouteille et lui me passe la pipe.

Je n'ai encore jamais fumé d'herbe. Je préfère picoler. Mais finalement, est-ce que c'est vraiment mauvais pour moi, puisque même maman en fume ? C'est peut-être mieux que de boire. C'est peut-être exactement ce dont j'ai besoin.

– Tu as changé d'avis ?

Kyle pose la bouteille sur son accoudoir et me tend son briquet.

– Peut-être bien.

Je regarde la pipe, puis les gens autour de moi. Ce n'est que de l'herbe. Les gens en fument tout le temps.

J'approche la pipe de mes lèvres, je me penche en avant et Kyle l'allume pour moi. Une fumée chaude emplit mes poumons. Je fronce mon nez pour me retenir de tousser le plus longtemps possible. Je rends la pipe à Kyle quand ma quinte de toux s'arrête enfin et je me renfonce dans mon fauteuil. Il me sourit, et c'est à nouveau mon tour. La seconde fois, c'est plus facile. La fumée me monte directement au cerveau. Après ma troisième taffe, je lui demande :

– Tu fumes souvent, Winnie l'Ourson ?

Il ne relève pas son surnom.

– Tu veux dire quoi par souvent ? Ça m'aide à dormir, c'est tout.

Il vide les cendres du fourneau et range sa pipe dans sa poche.

Je me demande ce qu'il connaît vraiment des nuits blanches. Des rêves et des cauchemars.

– Je n'arrive pas à dormir, moi non plus, je lui dis.

Il me regarde, je le regarde, nos bouches se mettent à sourire et nous éclatons de rire ensemble de façon complètement incontrôlée, à propos d'un truc qui est plutôt triste, en fait.

– Putain, mon dealer m'a vendu un truc super, cette fois-ci, finit-il par dire en se passant les mains sur le visage.

La vodka est toujours là, entre nous. Soudain, je meurs de soif. J'en prends une gorgée et je la tends sans réfléchir à Kyle. Il ne reste plus que quelques centimètres dans la bouteille, mais je ne me souviens pas d'avoir bu autant. Je me demande jusqu'où elle était remplie quand Sadie me l'a passée. En réalité, j'ai un mal de chien à garder les idées claires. Pourquoi est-ce que Kyle se penche comme ça sur moi et pose sa main sur ma cuisse ?

Je me redresse, je croise les jambes et je recule.

– Ça me manque de ne plus sortir avec toi, dit-il.

Il remet sa main, il la fait remonter lentement, lentement, à l'intérieur de mes cuisses. Je sens la chaleur de sa peau sur la mienne.

– On pourrait peut-être rentrer et rattraper notre retard ?

Je le repousse.

– J'attends Declan.

Ma voix me paraît lointaine, et je ne sais pas pourquoi j'ai dit ça. Je n'attends pas Declan, puisqu'il ne vient pas.

– Il faut que j'aille aux toilettes, dis-je à brûle-pourpoint en me relevant et en titubant.

Maintenant que je suis debout, je ressens les effets de cette dernière demi-heure. J'ai du mal à marcher. À chaque pas, j'ai l'impression que le sol se dérobe sous moi. Je me penche vers Sadie et je murmure à son oreille, assez bas pour que personne, je l'espère, ne puisse remarquer mon état,

– Sadie, on peut y aller ? Je suis fatiguée.

Elle me repousse.

– Pas question ! Cette soirée est géniale. Amuse-toi.

– Sadie, je t'en prie...

– Quoi, tu n'as pas pu choper Declan ?

– Quoi ?

Elle me regarde fixement.

– Les seuls moments où tu viens me voir, c'est quand il est trop occupé ailleurs.

Soudain, tout s'effondre en moi. Tout ce souci que je me fais pour maman, mes doutes à propos de Declan. Je réalise que ça va être comme ça tout le temps, que je vais essayer d'être comme Sadie, pour m'appuyer sur elle comme sur une amie.

Et alors, qu'est-ce que ça fait que je passe du temps avec Declan ? C'est elle qui s'intéresse plus à son dernier flirt en date qu'à sa soi-disant meilleure amie. Et si elle ne peut pas être là quand j'ai vraiment besoin d'elle, nous n'avons vraiment plus rien à nous dire.

Soudain, mes yeux s'emplissent de larmes. Je les essuie à la hâte.

– Très bien.

Je bouscule les gens regroupés devant la porte et rentre dans la maison en vacillant. Je trouve la salle de bains et je m'enferme à l'intérieur. Je sors mon téléphone et je cherche le numéro de Cory. Avec Declan, eux aussi sont meilleurs amis. Ils se racontent tout. Cory saura ce qui se passe. Je m'appuie contre le mur pour garder l'équilibre et j'écoute la sonnerie.

– Salut.

– Est-ce qu'il t'a dit quelque chose…

Quelqu'un frappe à la porte. Je passe la main sur mon front en regardant mon téléphone. Cory. Pourquoi est-ce que j'ai appelé Cory ?

– Harper ?

– Ouais.

– Ça va ?

Je me souviens. Declan. C'est ça que je veux absolument lui demander.

– Il t'a dit quelque chose sur moi ?

– Qui ?

– Declan. Je veux savoir ce qu'il t'a dit.

Silence.

– Tu es bourrée ?

J'entends la voix de Mackenzie derrière lui et je me sens stupide, j'ai probablement interrompu leur dîner en amoureux. Ou bien ils étaient sur le point de faire l'amour. Je me mets à rire.

– Harper, où es-tu ?

– Juste… (Je pose ma main sur le lavabo et je me jette au-dessus.) T'inquiète, ok !

– Attends…

– Dis-lui simplement que ça va. J'ai compris.

Je raccroche et j'agrippe le lavabo à deux mains. Je me regarde dans la glace.

Mes cheveux sont raides. Entre ça et mes yeux soulignés de noir par Sadie, je ressemble trop à la fille que je ne veux pas être. Je déteste cette fille qui me regarde.

Je te déteste.

Je suis tiraillée entre deux voies opposées. Il y a la fille que j'ai été ces derniers temps, les choses que j'ai faites. Et il y a celle que je voudrais être. La fille que Declan aimait. Et en ce moment, je ne suis ni l'une ni l'autre. Je suis coincée, j'erre entre des voies sans issue.

Quelqu'un frappe à la porte, plus fort, cette fois. Je vide le reste de la vodka et je lance la bouteille dans la poubelle, en jetant un dernier coup d'œil à la fille que je déteste avant d'ouvrir la porte et de sortir dans le couloir.

Kyle m'attend.

Il m'attrape par le bras pour me soutenir.

– Waouh, Sloan, j'ai l'impression que tu as besoin de t'asseoir.

Il me prend par la main et me guide à travers le couloir. Je me cogne aux murs derrière lui, les gens me regardent, mais je ne sais pas qui c'est, ce sont juste des visages, et ensuite, on est en haut, debout dans une pièce trop sombre.

Kyle cherche l'interrupteur à tâtons. Nous clignons des yeux tous les deux lorsque la lumière s'allume.

– Voilà, assieds-toi, dit-il.

Nous nous asseyons au pied du lit, je me penche en avant, la tête dans les mains. Ce n'est pas ce que je voulais – je ne voulais pas avoir la tête explosée comme ça.

– Tu n'as pas besoin de rester là, je lui dis.

Kyle hausse les épaules.

– De toute façon, cette soirée est pourrie.

Je me redresse en serrant mes bras fort contre mon ventre.

Kyle se glisse vers moi et me soulève les cheveux de la nuque. Puis il s'approche encore et caresse ma joue avec son nez.

Je manque perdre l'équilibre.

– Arrête, Kyle.

– C'est quoi ton problème ?

Il a posé sa main sur ma taille pour me retenir. Mon cerveau fonctionne, mais autour de moi, la pièce tourne trop vite.

– Attends.

J'essaie de réfléchir plus fort.

Kyle glisse sa main sous mon top.

– Arrête. Je suis amoureuse de Declan.

Son souffle est chaud dans mon cou.

– Tout va bien, il n'en saura rien.

Je suis encore en train de réfléchir à ce qu'il vient de dire quand sa main trouve à nouveau l'intérieur de mes cuisses. Kyle me regarde comme pendant cet été, comme s'il me désirait, et ça m'est familier, c'est vide de sens, et Declan ne m'aime plus.

Je n'arrive plus à tenir assise. Quand je tombe à la renverse, il tombe avec moi et se met à m'embrasser. Mon corps est si lourd, mes yeux sont remplis de larmes, mes lèvres répondent aux siennes.

Le monde disparaît autour de moi, je ne ressens rien, rien qui s'approche de ce que j'ai jamais ressenti avec Declan.

La main de Kyle glisse sous mon top, saute à l'intérieur de mes cuisses et remonte encore, pour glisser à l'intérieur de mon jean. Complètement à l'intérieur. C'est ça qui me fait finalement réagir.

Je repousse sa main, j'essaie de lui dire non, mais sa bouche écrasée sur la mienne m'empêche de parler. Je ne peux plus faire ça. Ça n'a pas vraiment d'importance que Declan m'aime ou pas, parce qu'être avec un autre n'effacera pas mes sentiments pour lui.

Je repousse l'épaule de Kyle. Il pèse lourd, j'ai du mal à respirer.

– Stop. Kyle, arrête !

Il lève la tête. Son haleine sent la bière éventée et l'herbe.

– Je me souviens de ce que tu aimes. Ça va te faire du bien, je te jure.

Il se penche à nouveau et je me détourne. Sa bouche atteint mon cou, il me faut de l'air.

– Tu vas me lâcher, bordel de merde !

Ça sort tout seul, d'un seul jet, hystérique.

Il se relève, l'air vexé.

– Tu étais bien plus marrante avant.

Je roule sur le côté pour me dégager. J'atterris sur mes genoux, puis je me lève. Le sol n'est pas stable, je m'effondre contre la porte avant de sortir dans le couloir. Il y a trop de bruit, mais je suis loin de Kyle.

En me tenant au mur, je commence à descendre les escaliers. Je veux sortir, j'ai besoin d'air frais. À mi-chemin, j'aperçois la porte vitrée de la cour qui s'ouvre. C'est Declan. Il est dans l'entrée, il me voit lui aussi. Il slalome entre les gens devant moi et je respire plus facilement, parce que tout va mieux maintenant. Il est venu.

Je m'accroche à la rampe des deux mains.

– Declan.

– Salut.

Il me sourit, comme si la nuit devenait plus belle quand il me voyait.

– Désolé d'être en retard. J'ai eu une grosse engueulade avec mon père. Mais j'ai de bonnes nouvelles...

Il fixe soudain la chambre à coucher derrière mon épaule, et Kyle qui vient d'en sortir. Kyle passe devant moi en coup de vent, devant nous deux, mais Declan ne le quitte pas des yeux jusqu'à ce qu'il soit en bas et qu'il sorte. Et je lis de la suspicion sur son visage. À la façon dont ses lèvres s'affaissent et dont sa mâchoire se met à bouger. Ses yeux reviennent à moi. J'espère juste ne pas être trop décoiffée, et ne pas trop puer le parfum de Kyle.

Declan me dévisage, comme s'il voulait lire en moi. Il est en train de décider quelque chose.

Je ne passe pas son test.

Il pousse un grand soupir et son sourire s'évanouit. Il déglutit, secoue la tête et fait marche arrière, en descendant les marches trop vite pour moi.

– Declan, attends ! Où vas-tu ?

Je l'attrape par la manche quand il est déjà sur le seuil de la porte d'entrée. Il se retourne. Je secoue la tête en tentant désespérément de trouver les mots pour qu'il comprenne.

Je n'y arrive pas.

Il recule encore.

– Tu n'as pas changé du tout, hein ?

– Si, je dis d'une toute petite voix.

Il passe sa main dans ses cheveux.

– Regarde-toi, Harper.

Ma tête est toujours aussi embrouillée. J'essaie de me tenir droite, d'arrêter de vaciller.

– C'est que... je pensais que tu ne viendrais pas.

C'est la pire des choses à dire. Declan serre les dents et tourne les talons.

– D'accord. Désolé d'avoir foutu en l'air tes plans, dit-il en se dirigeant vers sa voiture. Ça n'arrivera plus.

CHAPITRE VINGT-CINQ

Pendant tout trajet de retour, avec Graham, la monstrueuse culpabilité qui m'habite grandit encore et je me sens de plus en plus malade. Chaque fois qu'on s'arrête à un feu, la nausée m'envahit, et je dois coller ma main sur ma bouche pour éviter de vomir et pour taire ce qui s'est passé.

Graham se recule dans son siège et ses doigts martèlent le volant.

– Ce que j'aimerais savoir, c'est comment ça se fait que papa et maman soient si naïfs sur le fait que tu boives ? Je me suis fait choper chaque fois que j'ai fait le moindre faux pas, mais toi...

– Tu vas leur dire ?

Graham fixe le pare-brise.

– Tu ne me laisses pas vraiment le choix, Harper.

Je m'enfonce contre la portière, j'appuie mon front sur la vitre fraîche.

– Mais avec qui est-ce que tu étais ce soir ? Quels genres d'amis ne peuvent même pas te raccompagner ?

– J'y suis allée avec Sadie. Elle n'a pas voulu rentrer.

– Mais où était Declan ?

Je ferme les yeux, une larme coule sur ma joue.

– Il est parti.

– Il t'a laissée là-bas ? C'est lui qui t'a saoulée ? Je jure devant Dieu que...

– Ce n'est pas de sa faute. Il n'était même pas là quand je me suis mise à boire.

J'hésite, « ou à fumer ».

– Sérieux, Harper, à quoi tu pensais pour te défoncer comme ça ? Surtout après ce qui s'est passé au printemps ?

D'autres larmes se mettent à couler.

– Ça ne doit pas se reproduire. Si c'était papa qui était venu te chercher, il t'aurait tuée.

– Je sais.

– C'est bien le dernier truc dont ils ont besoin en ce moment...

– Alors, ne leur dis pas.

Quand nous arrivons à la maison, je suis pelotonnée, la tête appuyée contre la vitre. En entrouvrant les paupières, je distingue une lumière allumée en haut. Dans la voiture de Graham, l'horloge indique 10h37. Alors ouais, j'ai peu de chances de pouvoir m'en sortir.

Et je tombe de sommeil.

– Il faut que tu ailles te coucher, Harper. Est-ce que tu peux rentrer maintenant ?

Des sanglots emplissent ma voix.

– Je suis une mauvaise personne.

Graham soupire.

– Mais non. Tu es simplement complètement bourrée.

Il fait le tour et m'ouvre délicatement la portière. Il me guide jusqu'à la porte d'entrée. Là, il s'arrête.

– Il ne faut pas faire de bruit. Ok, Harper ?

Je pose un doigt sur mes lèvres. Graham secoue la tête, il a l'air très inquiet. Il ouvre et nous entrons. Non, il entre, moi, je plane.

Au moment où il referme la porte derrière nous, la lumière des escaliers du bas s'allume. Mon père est là, en bas des marches.

– Qu'est-ce qui se passe ? chuchote-t-il, les dents serrées.

Je perds l'équilibre et je vacille. Graham me rattrape. La nausée revient et je me dis que là, peut-être que, non sûrement, je vais vomir.

– Et merde, siffle Graham à mi-voix.

– Oh, Harper, dit mon père d'une voix profondément déçue.

Et je vomis sur mes chaussures.

Le lendemain matin arrive trop vite. Je me réveille en sueur, avec l'impression de ne pas avoir dormi. Pendant une fraction de seconde, je ne me souviens de rien. Mais ce moment d'ignorance bienheureuse ne dure pas.

Je gémis et roule sur le côté pour parvenir à me lever. Mon crâne et mon estomac ont l'air à peu près ok, avant que le sang ne reflue dans ma tête et que mes tempes se mettent à battre, et que cet horrible arrière-goût d'alcool me retourne l'estomac.

Après avoir avalé une petite gorgée d'eau pour décider que non, décidément je ne pouvais rien avoir dans le ventre, je me traîne jusqu'à la salle de bains et j'allume la douche. Je porte toujours les mêmes vêtements que la veille. Mon mascara a coulé, il se confond avec les cernes profonds que j'ai sous les yeux, et ma peau est encore plus pâle que d'habitude. Je grimpe dans la douche. Je n'ai pas le courage de me laver correctement, alors je me contente de m'asseoir dans le bac en serrant mes genoux, et je laisse couler l'eau jusqu'à ce qu'elle devienne froide.

Je ferme les robinets, puis je m'agrippe au bord du bac de douche pour m'aider à me relever. Avant de m'envelopper dans un drap de bain, je fais un examen clinique de mon corps nu devant le miroir. Je cherche une marque, un bleu sur ma peau, une preuve de ce qui s'est passé la veille. Il n'y a rien.

Il ne doit jamais savoir.

S'il te plaît, ne lui dis pas, je m'en occupe.

Ces mots chuchotés hurlent dans ma tête. Je me penche en avant quand de la bile remonte dans ma gorge, et je me tourne pour la cracher dans les toilettes. Je respire profondément à plusieurs reprises pour me remettre et je me demande, en boucle : « Qu'est-ce que j'ai fait, qu'est-ce que j'ai bien pu faire ? »

Je dois tout raconter à Declan. Lui dire que je l'aime, que j'ai fait une erreur. Je dois lui dire aujourd'hui même.

Je me brosse les dents, m'enroule dans la serviette et, pendant quelques minutes, je reste assise, en silence, sur mon lit. Mes cheveux humides collent à mon visage et mon cou. Je cherche un peu de répit avant l'inévitable. Mais je finis quand même par m'habiller et je marque une pause en haut des escaliers en prenant une profonde inspiration, avant d'affronter mes parents.

Mon père plie son journal et demande en levant les yeux :

– Bon, tu veux bien me raconter ce qui s'est passé hier soir ?

Je passe ma langue sur mes lèvres, elles sont sèches et gercées.

– J'ai bu un verre. Et c'était plus fort que ce que je pensais.

Je jette un coup d'œil à mon frère qui m'observe comme s'il tenait le compte de mes mensonges. Papa le regarde et lui fait signe de sortir. Graham se lève de table en emportant son assiette de petit déjeuner. Papa se frotte le visage.

– Harper, je ne te comprends pas.

Il ne dit rien d'autre. Une minute passe, et je ne supporte plus ce silence.

– Je n'ai pas réfléchi. Je suis vraiment désolée.

– Je ne veux pas entendre tes excuses. Je veux savoir ce qui est arrivé à ma fille intelligente et sensible.

Il froisse son journal et secoue la tête.

– Comment peux-tu faire ça à ta mère ? Est-ce que tu réalises combien on s'inquiète pour toi ? On t'a laissée libre cet été, on t'a redonné notre confiance, et tu nous fais ça ?

Ma mâchoire tressaute, je dois me pincer l'intérieur du bras pour ne pas pleureur.

– Tu peux me faire confiance.

– Eh bien, c'est ce que nous verrons. Tu ne sors plus de la maison jusqu'à nouvel ordre.

– Papa, je suis désolée.

Ça m'arrache la gorge de dire ça. J'en ai tellement marre d'avoir à répéter ce mot.

– Bon. Maintenant, monte dans ta chambre.

Je monte et m'arrête devant la chambre de mes parents. La porte est entrouverte. Je la pousse un peu plus et je jette un coup d'œil vers ma mère. Elle est allongée sur son édredon, la tête ceinte dans une écharpe en soie bleue. Elle me regarde en fronçant les sourcils.

– Comment te sens-tu ? demande-t-elle.

Je glisse le long du chambranle de la porte quand un premier sanglot jaillit hors de moi. Elle tapote son dessus-de-lit.

– Viens ici.

Je rampe jusqu'à elle, serre mes genoux dans mes bras et pleure. Elle tend la main pour écarter mes cheveux de mon visage.

J'ai du mal à respirer.

– Je ne voulais pas faire ça. Je ne voulais pas que ça arrive.

– Tu ne peux plus changer ce qui s'est déjà passé. Il faudra que ça te serve de leçon. Et tu vas avoir tout le temps d'y réfléchir, répond-elle.

Je me redresse en m'essuyant le visage.

– J'ai mon expo photo ce soir. Il faut que j'y aille.

Elle a l'air hésitant.

– Tu en as parlé à ton père ?

– Je sais que je n'ai pas le droit de sortir, mais là, c'est dans le cadre de mes cours.

Je retiens ma respiration pendant qu'elle réfléchit.

Elle finit par soupirer.

– Pas plus de deux heures.

Deux heures, ce n'est pas beaucoup. Mais ça pourrait suffire pour une dernière chance.

CHAPITRE VINGT-SIX

La galerie de monsieur Harrison est un ancien entrepôt réhabilité qui, de l'extérieur, ressemble beaucoup au Bourbon Lodge. Très peu de voitures sont garées devant, je suis une des premières arrivées. Le ciel est couvert et gris, l'air ambiant me fait frissonner quand je traverse le parking.

L'intérieur de la galerie est divisé en espaces lumineux. Sur les murs blancs sont accrochées des œuvres de styles variés. Pour l'occasion, les travaux de monsieur Harrison ont été remplacés par les nôtres. Seuls quelques camarades de classe sont déjà sur place, mais pas Gwen et Mack. Je me rends directement aux toilettes pour femmes où je m'enferme.

J'ai essayé de joindre Declan pendant le trajet. Je me suis arrêtée chez lui, aussi. Mais il n'y avait personne. Ou il ne m'a tout simplement pas répondu.

Je ventile. Il faut que je me calme avant de le voir. Je ferme les yeux et m'appuie contre le mur métallique froid, j'inspire par le nez, j'expire par la bouche.

Il comprendra. Il comprendra, parce que... il le faut.

J'y ai bien réfléchi. D'abord, je vais le faire sortir d'ici. On ira marcher un peu. Et alors, je lui raconterai tout. Je lui expliquerai sans me chercher d'excuses. En soufflant bien profondément, j'ouvre la porte des toilettes et je m'examine dans la glace. J'ai passé un temps fou sur mes cheveux. Ils sont bouclés, comme les aime Declan. Mais malgré la fraîcheur, je transpire. Ma main agrippe mon t-shirt, je tire dessus.

– Mais tu es là !

Mack pousse la porte et je rajuste rapidement mon haut. Gwen la suit de près, vêtue d'une robe noire moulante. Elle porte un bandeau rose absolument dément. Elle remarque mon sourire et le repousse un peu sur son crâne.

– C'est Mackenzie, fait-elle comme pour s'excuser.

– Je m'en doutais.

Mack s'avance et s'appuie contre le lavabo voisin.

– Tu te sens bien ? Tu es toute pâle.

– Ça doit être les néons.

Elle fronce le nez.

– Oh. Je me disais que tu n'étais peut-être pas dans ton assiette après hier soir.

– Qu'est ce qui est arrivé hier soir ? demande Gwen.

Mackenzie attend que je réponde, mais comme je ne le fais pas, elle inspecte son vernis à ongles.

– Tu sais, j'étais avec Cory quand tu as appelé. Il a essayé de te rappeler. Il disait que tu avais l'air bouleversé.

Une autre fille de notre cours entre et ferme la porte derrière elle. J'ouvre le robinet pour me laver les mains afin de faire diversion. Mais ça ne dure pas assez longtemps. Dès qu'elle est sortie, Mackenzie reprend son interrogatoire. Elle semble décidée à me tirer les vers du nez.

– Alors, le reste de la nuit s'est bien passé finalement ?

Mon ventre se serre, elle ne va pas me laisser tranquille.

– Ouais, ouais.

Gwen lève la main.

– Ok, vous êtes vraiment bizarres toutes les deux. J'ai raté quelque chose ?

En me mordant les lèvres, je recule contre l'évier.

– Vous n'avez pas parlé à Declan ?

Elle secoue la tête.

– Non...

Mack me prend la main.

– Harp, tu trembles. Sérieusement, qu'est-ce qui ne va pas ?

Je jette ma serviette en papier dans la poubelle. Mon cœur a un raté. Je me frotte le plexus.

– Hum... Il est arrivé quelque chose hier soir.

– Quel genre de chose ?

– Il y avait cette fête. Et Declan était censé m'y rejoindre, mais il m'a dit qu'il ne pourrait pas venir. Alors je me suis mise à boire et...

Il ne faut pas qu'il sache. Je pose mes doigts sur ma bouche. J'essaie de me taire. Gwen me relance.

– Et alors ?

– Kyle est arrivé. Et il avait de l'herbe...

Elle tressaille.

– Kyle ?

Je serre les dents et je ferme les yeux, pour essayer de ne plus y penser.

– J'ai demandé à Sadie de me ramener chez moi, mais elle ne m'a même pas répondu. Alors je suis retournée à l'intérieur pour m'éloigner de lui, mais il m'a suivie. Il m'a fait monter, et ensuite, avant même que je réalise ce qui se passait, nous nous sommes embrassés et il a essayé d'aller plus loin...

– Waouh, attends un peu, qu'est-ce que tu veux dire par là ? Tu étais vraiment bourrée ? me demande Mack en me fixant.

– J'avais fumé trois tafs et bu un quart de litre de vodka. J'ai ivre morte. Sans ça, il ne serait rien arrivé.

– Bon, et quand tu dis qu'il a essayé d'aller plus loin, tu veux dire quoi exactement ? me demande Gwen.

Je déglutis en tripotant nerveusement le pendentif de mon collier.

– J'en sais rien, juste qu'il en voulait plus, et que j'étais ailleurs... Mais quand j'ai réalisé ce que j'étais en train de faire... Écoute, on était vraiment défoncés tous les deux. Et je l'ai arrêté avant que ça aille trop loin. C'était idiot. Une grosse connerie.

Mack fait les cent pas. Je n'aime pas ça. J'ai envie de lui dire d'arrêter.

On entend des rires de l'autre côté du mur. Dehors, tout le monde s'amuse et vit sa vie. C'est ce que je veux. Je ne veux plus sentir le souffle de Kyle sur ma peau.

Je fais claquer l'élastique de mon poignet, encore, encore et encore.

Mack pose sa main sur la mienne. Ma jambe tremble encore. J'écrase ma paume sur ma cuisse pour essayer d'arrêter.

– Enfin, quand je suis sortie de la chambre, Declan était là. Il a vu Kyle, et l'expression sur son visage... Il ne m'a laissé aucune chance de m'expliquer. Pourtant, tout ça n'avait aucune importance.

Elles échangent un regard. Je n'y crois pas.

– Vous devez me promettre de ne rien dire. Ça ne comptait pas. Je ne suis plus comme ça.

Ma voix grimpe dans les aigus, je commence à paniquer.

Gwen lève la main.

– Calme-toi. Jamais on n'en parlera à personne.

Je regarde Mack. Elle joue avec ses mèches.

– Mackenzie ?

Elle lève la tête.

– Tu ne dois pas en parler à Cory. Promets-le-moi.

Elle lâche ses cheveux et croise les bras.

– Bien sûr que non.

Je me retourne vers la glace et je vérifie une dernière fois mon maquillage. J'ai des poches sous les yeux, et je ne crois pas avoir jamais été aussi pâle. Je rejette nerveusement mes cheveux en arrière et me passe du baume sur les lèvres. Je suis prête.

Elles me suivent à l'extérieur des toilettes. Cory est venu pour Mack, elle court immédiatement vers lui. Mais au bout de quinze minutes, Declan n'est toujours pas là. Je fais le tour de la pièce pour admirer les photos de tout le monde. Je m'arrête devant l'espace dévolu à Declan. Il n'y a pas de photo.

– Votre travail m'a beaucoup impressionné, dit monsieur Harrison derrière moi.

Je me retourne. C'est à moi qu'il s'adresse.

– Oh. Merci !

Il remet ses lunettes et se racle la gorge, en désignant ma photo un peu plus loin.

– Ok, mademoiselle Sloan, que pouvez-vous me dire sur cette photo ?

Je croise les bras en regardant l'image. C'est celle que j'ai prise au cimetière, juste avant que Declan me rejoigne.

– Hum... Et bien j'aime cette photo à cause du moment où je l'ai prise. C'était après une longue nuit, et j'avais vraiment envie qu'un nouveau jour se lève. J'aime le contraste entre ceux qui nous ont quittés, ceux qui nous manquent et l'idée qu'on ne sait jamais vraiment ce que l'avenir nous réserve. Je n'ai peut-être pas réussi à faire passer tout ça, mais voilà à quoi je pensais quand j'ai pris cette photo.

Gwen me repère de l'autre bout de la pièce et se dirige vers nous.

– Je crois que vous avez capturé bien plus que ce que vous imaginez, me dit monsieur Harrison. Vous avez fait d'énormes progrès pendant l'été. J'espère que vous continuerez.

– Merci. J'espère aussi.

Il se dirige vers la photo suivante et je me tourne vers Gwen.

– Il est là.

Je suis son regard vers le fond de la pièce.

Declan est appuyé contre une poutre et regarde fixement la photo en noir et blanc d'une mère avec son nouveau-né. Pendant que je m'approche de lui, je tente de deviner son humeur. Il a l'air absent, mais je ne capte pas vraiment à quel point. C'est cette façon qu'il a de s'appuyer contre les murs, comme s'il n'arrivait pas à tenir debout tout seul.

– Declan, il faut vraiment que je te parle.

Il se tourne vers moi. Il a une vilaine coupure sous le sourcil.

– Oh mon Dieu, qu'est-ce que tu t'es fait au visage ? (J'effleure son front, mais il se recule brusquement. Je baisse la main, déconcertée. Je m'éclaircis la voix.) Tu as eu un accident au boulot ou quoi ?

Il finit par me regarder. L'hématome qu'il a à la tempe est pire que ce que je croyais. Il a la mâchoire de travers et un sourire mauvais. Il baisse la tête.

– Un truc comme ça.

Avant que je puisse répondre, il sort de sa poche une flasque métallique et me la tend.

– Tu en veux ? dit-il en l'ouvrant et en me la fourrant sous le nez.

Une forte odeur de whisky me brûle les narines et me retourne l'estomac. Je détourne la tête.

Je jette un coup d'œil derrière nous pour m'assurer que personne n'a rien vu et je n'avance un peu plus.

– Dec, range ça.

À la place, il en prend une grande lampée. Il rit en essayant de revisser le bouchon.

– Quoi, je n'ai pas apporté la bonne marque ?

Le col de sa chemise est sens dessus dessous, j'essaie de l'arranger mais ça paraît être une très mauvaise idée de le toucher. Declan est à cran, il y a une violence dans ses yeux que je n'ai jamais vue chez lui. Je n'ai pas la moindre idée de ce qu'il va faire : m'envoyer un bon coup de poing ou s'effondrer. Il me tourne autour.

S'arrête. Claque des doigts comme s'il venait juste de se rappeler quelque chose.

– Oh, et puisque tu me le demandes, j'ai été viré de mon boulot ce matin.

Sur ce, il se dirige vers la sortie en me laissant seule avec cette info, à me demander ce que peut bien avoir à faire le fait qu'il ait été viré avec le regard qu'il vient de me lancer. Comme si j'étais quelqu'un qu'il reconnaissait sans vraiment savoir qui j'étais.

Il est déjà dehors quand je décide de lui courir après.

– Declan, attends !

Il n'écoute pas.

Mes tongs résonnent sur la chaussée, je le poursuis à travers le parking. Il se retourne en arrivant devant ma voiture et glisse sur le capot. Il lève sa flasque jusqu'à ses lèvres, me regarde droit dans les yeux et avale une gorgée. Le goût ne semble pas le surprendre.

– Écoute, tu t'es fait de fausses idées sur ce qui s'est passé la nuit dernière.

Il sourit à moitié, en me faisant signe de la main droite avec sa flasque. Je m'aperçois alors que ses articulations sont tuméfiées. Je serre ma chemise dans mes poings.

– Ouais ? Et tu faisais quoi là-haut ?

Je tire sur mon élastique et il s'en aperçoit. Les coins de sa bouche s'affaissent, il plisse les paupières.

– Je suis juste rentrée pour aller aux toilettes, dis-je calmement.

Declan tape le capot avec sa flasque.

Tap.

Tap.

Tap.

Tap.

Je suis transpercée, je tressaille à chaque coup. Il me tue.

– J'étais en colère. Je voulais quitter cette soirée, mais j'ai rencontré des gens.

– Comme qui ?

Il arrête de taper. Je n'arrive pas à parler.

– Qui ?

Il crache ce mot comme s'il lui laissait un mauvais goût dans la bouche.

Le nom de Kyle sort dans un chuchotement et Declan hoche la tête. Son visage reste de marbre. C'est un masque qui n'a plus de fossettes, plus le moindre sourire. Ses yeux sont aussi vides et gris que le ciel au-dessus de nous. Et il me manque. Mon Declan me manque terriblement.

Il descend de la voiture.

– Tu n'as même pas pu attendre que je quitte la ville cette fois-ci, hein ?

– Non, ce n'est pas... tu ne comprends pas.

Il regarde fixement par terre.

– J'ai été viré parce que j'ai entendu Kyle raconter à ses potes de golf, avec une foule de détails, comment il s'était tapé Harper Sloan pendant une fête, la veille. Il disait des trucs sur toi... Je ne l'ai pas laissé continuer. Je lui ai hurlé qu'il ferait bien de la fermer. Je l'ai traité de menteur.

J'examine sa main, et tout à coup, je comprends tout. Il fait un pas vers moi. La douleur de la trahison que je lis dans ses yeux m'ôte la dernière parcelle de respect pour moi-même qui me restait. Il remue à peine la bouche en disant :

–Mais je ne suis pas le meilleur juge pour savoir quand on me ment, n'est-ce pas ?

–Il faut que tu me laisses t'expliquer.

–Expliquer quoi ?

Je tremble de tout mon corps. Je serre mon ventre et j'enfonce mes ongles dans mes côtes.

–Qu'est-ce que tu veux me dire, encore ?

Il arbore un horrible sourire carnassier. De mon côté, impossible d'ouvrir la bouche, elle est comme aimantée. Tous les mots que j'avais préparés pour lui restent bloqués au fond ma gorge. Je n'arrive pas à les faire sortir. Au lieu de ça, je m'avance vers lui, et je m'arrête net quand il rajoute :

–Parce que vraiment, Kyle ne nous a pas laissé grand-chose à imaginer.

–Ce n'est pas ce que tu crois.

–Non ? demande-t-il d'une voix tendue.

La panique me gagne. Je secoue la tête.

–Est-ce qu'il s'est passé quelque chose avec lui ou pas, Harper ?

Ma vision se trouble, j'enfonce mes ongles plus profondément encore, mais je les sens à peine. Mes côtes se brisent en mille morceaux.

–Oui, je fais dans un soupir, si bas que je ne sais s'il peut m'entendre.

Mais il m'entend. Sa respiration devient plus lourde, il cligne des yeux trop rapidement. Ça me fait mal de le regarder. Il faut que j'arrête ça. Je continue sur ma lancée :

–Tu ne comprends pas !

Mon sac tombe de mon épaule et s'écrase par terre pendant que j'essaie de l'agripper. Il me repousse et fait demi-tour.

– J'étais complètement défoncée. C'était une erreur.

Il balance la flasque à travers le parking et s'avance vers moi, les cheveux en bataille.

– Alors, je comprends tout !

Son grognement résonne dans tout le parking pendant que je continue de répéter mes excuses, tout en tentant de m'approcher, mais Declan refuse que je le touche.

Quand il a assez de me repousser, il se retourne et me colle contre la voiture. Je sens l'odeur du whisky, et je n'aime pas du tout voir Declan ivre.

Il déglutit. Je vois sa pomme d'Adam faire des mouvements de bas en haut dans sa gorge.

– Alors, il t'a baisée ?

Je pousse un gémissement et je détourne le regard. Il baisse la tête pour être à nouveau dans mon champ de vision. Il a un regard sauvage.

– Tu voulais en parler ! Parlons-en ! C'était bon ?

J'ai les mains sur la tête, je ne peux pas faire ça.

J'étouffe un sanglot et Declan recule.

– Tout ce qu'il a pu te raconter, c'était des mensonges ! Il m'a emmenée en haut, et nous nous sommes assis sur le lit, et je lui ai dit...

Il recule encore.

– Arrête. Je ne veux pas en entendre plus. Tu crois que je vais te tenir par la main quand ça ne va pas et attendre pendant que tu baises avec d'autres mecs ? Et que tu me mens ? Je ne ferai pas le bouche-trou jusqu'à ce que tu en trouves un autre que tu préfères.

– Non ! J'ai juste...

Chaque fois que je veux lui dire la vérité, je revis tout à nouveau : l'alcool qui me brûle le ventre, la tête qui me tourne, le corps de Kyle sur moi, qui m'écrase, qui m'étouffe. Je peux le sentir.

– J'ai perdu le contrôle. Et nous nous sommes embrassés, mais ça n'était pas réel. Je ne voulais pas.

Il fait les cent pas autour de la voiture. Je le suis en trébuchant, j'essaie désespérément de m'agripper à lui, mais il me glisse entre les doigts.

– Je ne comprends pas comment c'est arrivé... Je t'aime tellement...

– Conneries !

Le peu d'espoir qui me restait vient de s'évanouir. C'est de ma faute, mais je ne sais plus jusqu'à quel point, et comment expliquer les choses autrement ?

Il rit, sa main devant la bouche.

– Je n'arrive pas à y croire. Après tout ce que j'ai fait cet été, j'ai bossé comme un fou pour pouvoir rester ici avec toi...

– Quoi ? Tu vas... tu restes ?

Il ne répond pas.

Je tente d'attraper sa main.

– Declan, tu es mon meilleur ami. Tu es tout pour moi.

Il essaie de se dégager, mais je l'en empêche.

– Ça ne veut rien dire !

Il repousse ma main et passe la sienne dans ses cheveux tout emmêlés, en se frottant le crâne.

– Arrête. Arrête de te foutre de moi, Harper. Je n'en peux plus de tes mensonges.

– Je ne mens pas. J'essaie de te faire comprendre que ce qui est arrivé avec Kyle... je ne le voulais pas. Je n'étais pas dans mon état normal, j'ai pensé... Ça n'aurait pas dû arriver.

Il me regarde fixement. Il est fou de rage.

– Ça ne compte même pas. Si ça n'avait pas été Kyle, ça aurait été quelqu'un d'autre, n'est-ce pas Harper ?

– Quoi ?

– Je dis simplement que ce n'est pas la première fois.

Il soutient mon regard en inclinant légèrement la tête vers moi.

– Qu'est-ce qui s'est passé en octobre ?

Je plisse le front.

– Tu m'as dit que ça ne comptait pas.

– J'ai changé d'avis.

Je recule.

– Tu es déjà au courant, n'est-ce pas ?

– Je veux l'entendre de ta bouche.

Ma gorge se serre et j'arrive tout juste à murmurer :

– Je t'en prie, ne fais pas ça.

Il se rapproche, assez pour pouvoir m'embrasser, et la violence de sa haine me fait me sentir plus petite, plus minable que jamais.

– Tu l'as fait, Harper, et j'en ai terminé avec toi.

J'ai un goût de métal dans la bouche. Je me mords la lèvre trop fort, mais je ne vais pas fuir cette fois-ci. Il faut que je répare mes erreurs.

– Ce n'était pas... je ne voulais pas...

– Continue. Éclaire-moi. J'aimerais beaucoup savoir ce que tu voulais.

Sa voix devient plus dure. Plus cruelle.

– Parce que d'une certaine façon, comme un pauvre idiot que je suis, j'avais commencé à me dire que tu voulais qu'on soit ensemble. Alors qu'en fait, il suffit qu'un mec t'offre un shot de vodka pour que tu finisses au lit avec lui.

Dans un silence assourdissant, ses paroles hurlent dans ma tête et planent dans l'espace autour de nous. Elles m'attaquent, encore et encore, jusqu'à ce que je devienne insensible. L'air explose, et l'inspiration que j'arrive enfin à prendre est comme remplie de poignards. Ils me déchirent l'intérieur des poumons.

– Je crois que c'est le truc le plus méchant qu'on m'ait jamais dit, je chuchote.

Et je me plie en deux en me tenant le ventre.

Il ferme ses yeux et presse ses poings contre ses tempes.

– Dis-moi juste pourquoi.

Il n'est même plus là, le Declan qui m'aimait. Je l'ai perdu. C'est fini. Il ne me pardonnera jamais. Et l'homme en face de moi ne veut plus qu'une chose, c'est se justifier.

Et je n'ai plus rien à sauver.

Alors, je lui dis ce qu'il veut entendre.

– Tu sais quoi ?

Il me regarde comme si je lui tendais un piège. Mais non.

– Je suis un monstre. Une sale égoïste. Une salope.

– Non.

– Dis-le.

J'ai besoin de l'entendre le dire. J'ai besoin qu'il me blesse assez pour qu'il ait une part de responsabilité dans notre rupture. Ça m'écrase, le poids de notre relation gâchée. Je ne peux plus le porter toute seule.

S'il doit me détester, si c'est comme ça que ça doit se terminer, il va falloir qu'il fasse mieux que ça. Il faut qu'il me haïsse assez pour que je le laisse partir.

On y est presque.

Je pousse son épaule, il recule.

– Allez, Dec. C'est ce que tu penses ? Dis-le !

Sa tête dodeline, il la lève vers le ciel au-dessus de nous, puis la baisse de nouveau. Ses yeux tombent sur mon collier et il a un rire muet qui ressemble plus à une grimace qu'à autre chose.

– C'est comme ça que tu veux que je te traite ?

Je ne réponds pas. Je ne bouge pas. Je retiens ma respiration, les morceaux de mon cœur brisé me font mal.

Alors il se jette sur moi, ses lèvres écrasent violemment les miennes comme s'il voulait rejeter en moi toute la peine que je lui ai causée. Sa main derrière mon cou m'empêche de reculer, alors que je voudrais le faire, parce que ce n'est pas comme ça que Declan m'embrasse, ce n'est pas comme ça qu'il me traite, et parce que ses baisers au parfum de menthe poivrée me manquent, et que j'ai eu tort.

Mes avant-bras sont coincés entre nous, et c'est seulement quand j'arrête de me débattre et que je me mets à pleurer que les lèvres de Declan se radoucissent. Sa main glisse sous ma clavicule. Son front repose contre le mien.

Mes bras sont libérés, et j'entends la claque avant même de réaliser que je la lui ai donnée.

J'éclate en sanglots. Une main sur la bouche, j'essaie de tout effacer. Mais je sens toujours la pression de ses lèvres sur les miennes, et le goût amer du whisky qui ne part pas.

Nous nous regardons dans les yeux, fixement, et je comprends que j'ai ce que je souhaitais, parce que nous regards sont remplis d'un immense regret. Une douleur intense passe entre nous. Il tend la main vers moi.

–Ne me touche pas ! (Il fait encore un pas et je le repousse aussi fort que je peux.) Je te déteste. Tu avais juré que quoi que tu entendes, ça ne changerait rien à tes sentiments pour moi. Tu es aussi menteur que moi.

Il baisse la tête et murmure qu'il est désolé.

Ma tête tombe entre mes mains et je m'effondre sur la chaussée.

Il est désolé.

Moi aussi, je suis désolée.

Et ça ne suffit pas à réparer quoi que ce soit.

CHAPITRE VINGT-SEPT

Je suis perdue dans cette bataille muette que nous menons. Je n'entends pas les pas de Cory jusqu'à ce qu'il pousse violemment Declan loin de moi.

Pendant que Cory m'examine, j'aperçois du coin de l'œil Mackenzie qui arrive.

Elle a parlé.

– Dis-moi ce qui est arrivé. Dis-moi ce que t'a dit ce fils de pute.

Declan s'avance un peu.

– Je ne voulais pas lui faire de mal.

Cory l'ignore, il veut que ce soit moi qui réponde. Et moi je regarde Gwen, je la supplie du regard de m'aider à m'en sortir.

Elle avance et ordonne fermement :

– Cory, recule. Ce n'est pas comme ça que tu vas l'aider.

Cory se calme.

– Tu m'as appelé. Je savais que tu étais dans le pétrin, mais je ne me rendais pas compte...

Il passe sa main le long de son cou. Il secoue la tête, et moi la mienne, parce qu'il n'a aucune raison de se sentir responsable.

– Tu vas bien ?

Je regarde mes paumes, comme si la réponse y était inscrite.

De façon absurde, Declan se met à rire.

– C'est vraiment parfait, dit-il en jetant un regard de feu à Cory. Hé, Mackenzie, ça fait quoi d'être avec un type qui court au secours d'une autre en permanence ?

Le rouge monte aux joues de Cory. Il serre les poings, et pour la première fois de notre vie, j'ai l'impression qu'il va frapper Declan.

Une fois encore, Gwen intervient.

– Ta gueule, Declan. Tu ne sais pas ce que tu dis.

Il vacille et nous regarde tous, l'un après l'autre. Il semble très inquiet, un peu comme s'il venait de découvrir une conspiration contre lui.

– Dis-moi ce qui se passe, alors. Pourquoi est-ce que vous la défendez tous ?

Je passe devant Declan pour récupérer mon sac par terre.

– Comment est-ce que tu fais ? Tu mens et tu traites les gens comme de la merde, mais tu t'arranges pour que nos copains soient toujours de ton côté.

Derrière lui, Mack pleure et Gwen hoche la tête, et je suis totalement vide.

– Tu ne comprends toujours pas.

– Si, je comprends. Je ne voulais pas le croire, mais je pige maintenant. Tout ce qu'ils ont dit sur toi est vrai.

Cory se jette sur lui, mais il réussit quand même à rester debout.

– Bon, je crois que tu sais déjà ce que tu penses de moi.

J'avance vers ma voiture, Mackenzie est là. Elle me prend les clés et m'entraîne vers le siège passager.

– Pour ton information, je n'ai pas baisé avec Kyle.

Il fait quelques pas en avant, le doigt pointé sur moi.

– Non, tu... Tu mens. Tu viens d'avouer.

– J'ai dit qu'il s'était passé un truc.

Declan me fixe, puis fixe Cory, puis Gwen. Mais il ne dit rien pour autant.

~

Nous sommes assises en silence sous mon porche d'entrée. Mackenzie me masse le dos. Elle attend. Que j'aille mieux. Que Cory arrive. Que Declan comprenne qu'il s'est trompé. Elle attend.

C'est facile de faire semblant. Je me lève quand Cory entre dans son allée. Je prends ma respiration et je remercie Mackenzie de m'avoir raccompagnée en voiture. J'essuie mes joues et je souris. Je les rassure.

Ils ne me croient pas.

Mais Declan non plus ne m'a pas crue, et maintenant, plus rien n'a d'importance.

Une fois seule dans ma chambre, j'ouvre le tiroir du haut de ma commode. Je passe la main derrière mon cou et je détache mon collier. Je serre le pendentif dans ma main. Et puis je le lâche.

CHAPITRE VINGT-HUIT

Pendant les deux jours qui suivent, je reste au lit, en pyjama, jusqu'à en avoir mal au dos. Maman me crie de descendre pour manger quelque chose. Je m'assieds à table et je triture la nourriture dans mon assiette, incapable d'avaler quoi que ce soit. Mon estomac a rétréci, tout comme mon cœur. Il n'y a plus de place dedans. Le troisième jour, mon téléphone s'éteint. Je ne le recharge pas. Mes parents peuvent me forcer à rester dans ma chambre jusqu'au bac, s'ils veulent. Ça m'est complètement égal maintenant.

Mais maman n'a jamais aimé qu'on se laisse aller trop longtemps. Alors que je suis face à mon petit déjeuner, c'est-à-dire une tasse de café et quatre bretzels, elle descend.

– Bonjour ma puce !

Je grogne en enfournant un autre bretzel dans ma bouche et je laisse le sel se dissoudre sur ma langue.

– On doit partir dans vingt minutes, tu as intérêt à te dépêcher si tu veux te laver les cheveux.

Je m'arrête de mâcher. Hormis le fait qu'elle remette en cause mon sens de l'hygiène, je n'ai pas la moindre idée de quoi elle parle.

– On va quelque part ?

– On va faire des courses ! Tu as besoin de quelques vêtements pour la rentrée, non ?

C'est quoi ce plan ? Elle a oublié que je suis punie ?

– Tu veux m'acheter des vêtements ?

Elle sourit.

– Je crois que ça nous fera du bien de sortir un peu.

– Tu es sûre que tu t'en sens capable ?

– Absolument, c'est un de mes bons jours.

J'ouvre la bouche pour protester, mais maman me coupe la parole.

– Tu sais ma chérie, parfois être heureux, c'est un choix. Le cancer et les chimios, je ne peux rien y changer, mais je peux décider d'avoir une vie en dehors de mon traitement. Je sais que tu penses que je joue la comédie et que je veux paraître forte pour toi, ton frère et ton père, mais en vérité, j'ai juste envie de sortir un peu de cette maison. (Elle sourit en me serrant dans ses bras.) Allez, le centre commercial ouvre dans dix minutes.

Je suis peut-être loin d'être une fille parfaite, mais je ne vais pas refuser quand ma mère me demande de sortir avec moi pour m'offrir des fringues.

– Ok... je vais prendre une douche, alors.

– Bonne idée.

Vingt-cinq minutes plus tard, nous sommes en route, et maman chante en écoutant la radio. Puis elle baisse le volume et me jette un coup d'œil.

– J'ai remarqué que tu ne portes plus ton collier.

Mes doigts se posent sur le col de ma chemise. Ça fait trois jours que je m'efforce de ne plus penser à lui. J'essaie d'oublier la façon dont il m'a regardée et les trucs atroces qu'il m'a dits.

Mais le pire de tout, c'est que je ne sais pas s'il reste ou s'il part.

Non. Le pire, c'est que même sa cruauté, l'autre soir, n'a pas suffi. Je l'aime encore.

– Il s'est passé quelque chose avec Declan ? demande-t-elle.

Je me mords l'intérieur de la joue.

– Ça ne marche plus entre nous.

Elle entre dans le parking du centre et trouve une place. Elle se tourne vers moi en desserrant sa ceinture.

– Eh bien, ce sont des choses qui arrivent.

– On y va ?

Je sors de la voiture avant qu'elle ait le temps de me poser une autre question.

Maman me conduit directement au rayon Sports.

– Regarde. Les maillots de bain sont à moins quarante pour cent. Pourquoi n'en essayes-tu pas quelques-uns ? Ton vieux maillot d'entraînement est un peu miteux, non ?

Elle baisse la tête sur le portant pour choisir des maillots une pièce, j'ai une vue sur le sommet de son crâne. Il y a environ une semaine, elle en avait tellement assez de voir les pauvres touffes de cheveux qui lui restaient qu'elle a décidé de se raser la tête. Elle n'aime pas porter de perruque quand il fait chaud, et l'écharpe lavande qu'elle a autour de la tête est bien plus pratique.

Je suis presque habituée à la voir chauve. Et ça me fait peur. Qu'est ce qui se passera si elle reste comme ça pour toujours ? Si elle n'a pas la chance de les voir repousser ?

Pourtant, le traitement se passe bien. Enfin, comme prévu en tout cas. Et son opération est prévue pour dans quelques mois. Elle va gagner. Si maman peut y croire, moi aussi je peux.

– Voilà.

Elle me tend quelques cintres.

Je les emporte dans la cabine d'essayage. Assise sur le banc en contreplaqué, dans le coin de cet espace réduit, je passe mes mains sur le lycra. Ils ne sont pas d'aussi bonne qualité que mes plus beaux maillots, mais pour pouvoir en acheter, il faudrait aller jusqu'à Raleigh ou les commander sur Internet. Et je n'ai pas vraiment besoin d'un nouveau maillot. Maman n'a pas encore compris que la natation, c'est fini pour moi. Parfois pourtant, je me demande si je pourrais quand même recommencer. Je veux dire, maman a raison, je pourrais quand même essayer cet automne. Bien sûr, je ne pourrai plus être capitaine de l'équipe. Mais ce n'était pas le plus important. Le principal, c'est que j'adorais ça.

Je pense à ce que maman m'a dit au sujet du bonheur.

Laisser tomber les choses que je n'arrive pas à contrôler n'est pas aussi facile que ce qu'elle prétend, mais elle a peut-être raison. Je veux dire, si elle arrive à apprécier la vie malgré cette saleté de cancer, je n'ai vraiment aucune raison de me vautrer dans mes erreurs passées ou de les laisser me dicter mon avenir.

Je me déshabille et j'enfile un des maillots, puis je jette un coup d'œil à l'extérieur.

– Maman ?

– J'arrive.

Elle me regarde de haut en bas. Elle approuve en hochant la tête.

– C'est adorable. Tu te sens comment ?

Je me retourne vers le miroir. En me regardant dans ce maillot, je sais que j'ai déjà pris ma décision.

– Je me sens bien.

Je sens quelque chose changer en moi. Pour une fois, c'est exactement le genre de changement dont j'ai besoin.

~

Le lendemain est un vendredi, le dernier avant la rentrée des classes. Et il y a cette énergie dans l'air. Comme si tout allait être différent. En commençant par Graham.

– Bon, il est temps d'y aller, dit-il en enfournant un dernier sac dans le coffre de sa voiture.

Il se penche pour faire un petit câlin à maman. Elle l'embrasse sur la joue et lui prend la tête entre ses mains.

– Pas d'excès de vitesse, tu m'entends ?

– Promis.

Papa lui donne une claque dans le dos.

– Tu appelles ta mère de temps en temps, d'accord ? Je veux avoir de tes nouvelles avant Thanksgiving.

– D'accord. Je reviendrai peut-être pour un week-end avant. On verra selon mon emploi du temps.

Je l'accompagne de l'autre côté de la voiture.

– Alors, je vais enfin avoir la salle de bains pour moi toute seule !

Il me fait un grand sourire.

– Toi aussi, tu vas me manquer.

Il me serre dans ses bras et monte dans sa voiture. Il met le moteur en marche et baisse sa vitre.

– Chaque fois que tu auras besoin d'aide, avec maman ou autre chose… je suis juste au bout du fil, d'accord ?

– Je sais. Merci, Graham.

Il met ses lunettes de soleil, hoche la tête comme le parfait étudiant super-cool et sourit.

– Assure.

– Je ferai de mon mieux.

Il descend l'allée et je le regarde s'éloigner dans la rue. Quand je rentre, la maison me paraît plus vide. D'autant que papa et maman sortent, eux aussi. Maman est à la cuisine, elle prépare son sac. Elle a une autre séance de chimio aujourd'hui.

– Chéri, tu sais où est ce livre de jardinage ? Une des infirmières voulait que je lui prête.

C'est dingue, même à l'hôpital, les gens savent que maman adore jardiner et cuisiner. Elle n'est pas seulement une patiente. Parce qu'elle ne se laisse jamais définir uniquement par sa maladie.

Elle finit par trouver le bouquin, le fourre dans son sac.

– On rentrera vers l'heure du dîner, me dit-elle. Et il y a de quoi grignoter pour le déjeuner au frigo, d'accord ma chérie ?

Papa attrape ses clés sur le comptoir.

– Tu n'hésites pas à m'appeler si tu as besoin.

– Bien sûr. À tout à l'heure.

Et ils sortent, et la maison devient beaucoup trop silencieuse. Je monte dans ma chambre et branche mon téléphone. Il se met à vibrer, une douzaine de messages de Gwen et Mackenzie apparaissent. Et quelques-uns de Cory, aussi.

Aucun de Declan.

J'arpente ma chambre pendant quelques minutes, comme une folle dingue. Mais mon téléphone retrouve comme par magie sa place entre mes mains, et je commence à taper un message.

Pouvons-nous...

J'appuie sur le bouton « effacer » et je jette le téléphone sur mon lit. Je commence à ranger mes vêtements propres et à enlever les étiquettes des nouveaux. Le maillot de bain neuf est au fond du sac.

Mes pensées passent du maillot à Jenny, et à ce jour-là, dans les vestiaires. Nous n'avons jamais parlé ensemble de ce qui s'était passé avec Jake. Je ne me suis jamais excusée auprès d'elle. Et je ne peux m'empêcher de me demander si ces derniers mois auraient été différents si je l'avais fait. Si j'avais eu le courage de lui raconter la vérité, au lieu qu'elle l'entende racontée par d'autres, complètement déformée. J'en ai marre de fuir les gens. Marre d'endosser toute la responsabilité. Je ne veux pas passer mon année de terminale à me cacher en bibliothèque à l'heure du déjeuner, ou à baisser la tête chaque fois que je croiserai Jenny. Je suis déjà malade à l'idée de tomber sur Kyle, et la liste des gens que je dois éviter devient sacrément longue pour un bled comme Carson.

Mais il n'est peut-être pas trop tard. Chacune de mes tentatives d'explication en face à face s'est soldée par un échec, ça ne va pas être facile de retourner en cours lundi. Il faut que je trouve un autre moyen de l'atteindre. Je laisse le maillot de bain là où il est et je regarde ma chambre. Mes yeux balayent mon bureau et tombent sur mon carnet de notes de photographie. Une lettre. J'ouvre le carnet sur une page blanche. Je la remplis entièrement, ainsi que deux autres pages. Je déchire soigneusement les pages le long des spirales, et je cherche l'adresse de Jenny dans mon ancien répertoire de l'équipe de natation. Je l'écris soigneusement sur une enveloppe que je ferme, et je vais chercher un timbre sur le bureau de la chambre de mes parents.

Le facteur est déjà passé ce matin, et cette lettre ne peut pas traîner dans ma boîte aux lettres jusqu'à demain. Je dois m'en débarrasser immédiatement. J'attrape mes clés, mais je m'arrête en haut des escaliers. Je retourne dans ma chambre. Je fixe le sac de courses sur mon lit.

C'est vrai, je suis toujours interdite de sortie. Mais papa et maman ne rentreront pas de l'hosto avant trois heures. Et c'est maman qui me pousse à réintégrer l'équipe de natation. C'est elle qui m'a dit que je devais m'entraîner. J'attrape le maillot et je sors.

À l'instant même où je jette ma lettre dans la boîte devant le centre municipal, je suis libérée d'un poids énorme. Je ne m'attends pas à ce que Jenny me pardonne ou comprenne mes erreurs. Mais les assumer, reconnaître que je l'ai blessée, que j'ai laissé tomber l'équipe et que je suis désolée, c'est déjà bien suffisant pour l'instant.

Une odeur familière de chlore me saisit quand je rentre dans le vestiaire, et j'inhale profondément. Je me change, range mes affaires, et soudain je ne peux plus attendre. J'ai besoin de me retrouver dans l'eau.

Quand je plonge dans un des couloirs, malgré le fait que je n'aie pas nagé depuis des mois, je me sens bien. Dans l'eau, je me concentre uniquement sur ma respiration. Un battement de pieds, trois mouvements des bras, une respiration. Tout le reste disparaît.

Une heure plus tard, les bras douloureux et les jambes flageolantes, je termine mes longueurs et je retourne au vestiaire. Encore enveloppée dans une serviette, je sors mon téléphone de mon sac.

On peut parler ?

Declan a fait exprès de me balancer les choses qui me blesseraient le plus. Mais c'est moi qui lui ai fait du mal en premier, et je ne peux pas laisser l'histoire se répéter. Je veux arranger les choses, lui dire toute la vérité, une bonne fois pour toutes.

J'appuie sur « envoyer », puis je finis de me sécher. Je suis en train d'enfiler mon t-shirt quand le signal « nouveau message » se met à sonner. J'ai le cœur qui bat avant de pouvoir voir qui m'appelle. Mais c'est juste Gwen qui prend de mes nouvelles.

J'essaie de ne pas prendre un ton trop déçu en la rappelant.

Elle décroche tout de suite,

– Eh bien, ça fait un bail !

– Je suis interdite de sortie.

– Comment ça, interdite de sortie ?

Je cale mon téléphone contre ma joue, pour pouvoir extraire le reste de mes affaires de mon casier. En réalité, je crève de peur de me faire attraper en train de transgresser cet interdit. Je ne veux pas décevoir mes parents, et je veux encore moins subir la colère de papa s'il se rend compte que j'ai désobéi. Ça risque d'être long pour regagner leur confiance.

Je ne peux pas me permettre de me créer d'autres problèmes. Et je risque de ne plus avoir l'occasion de voir mes copines pendant un bon bout de temps.

– J'ai un peu de marche de manœuvre.

Je retrouve Gwen Chez Frank, autour de quelques pancakes et d'un café frappé. Elle fait de son mieux pour lancer la conversation, mais tous les sujets semblent être délicats.

– Alors... Mack m'a dit que Declan restait ?

Je hausse les épaules et j'allume l'écran de mon téléphone. Pour la dix-millième fois.

– Je n'en suis pas sûre. Il paraît que oui.

Elle meurt d'envie de me demander ce que ça me fait, je le sais. Mais à la place, elle continue :

– Elle m'a également dit que tu lui avais flanqué une sacrée baffe avant qu'on arrive.

– J'étais en colère... je n'aurais pas dû faire ça.

– Moi je trouve qu'il l'a bien mérité, répond-elle tranquillement.

– Ce n'est pas une raison.

Un groupe bruyant entre et s'installe à la table derrière nous. Je jette un rapide coup d'œil. Et j'enfonce ma paille dans la glace. Je me concentre sur mon gobelet.

– Quoi ? Qu'est-ce qui se passe ? demande Gwen en regardant par-dessus mon épaule.

J'ai soudain un trou dans le ventre. C'est juste un creux, là, à la place de l'estomac.

Elle l'aperçoit.

– Oh mon Dieu, c'est Kyle ?

Elle le fixe en commençant à rassembler ses affaires. Elle hésite, à moitié debout, entre l'envie de me faire parler et de me sortir de ce traquenard.

– Ça va, je t'assure.

Elle garde son sac dans sa main.

– Tu es sûre ?

Je plante à nouveau ma paille dans la glace.

– Nous sommes dans le même lycée. Je ne peux pas passer ma vie à l'éviter.

Aussi discrètement que possible, je jette à nouveau un regard. Il est salement amoché. Un œil au beurre noir, une lèvre éclatée. Une coupure à la base du nez. Quand j'imagine Declan en train de se battre avec lui, je ne me sens pas mieux pour autant. Et penser à ce que Kyle a pu inventer pour faire sortir Declan de ses gonds ne m'aide pas non plus.

Gwen s'essuie la bouche.

– Eh bien, je suppose que ton honneur a été assez défendu comme ça...

Mon téléphone se met à vibrer sur la table.

En retenant ma respiration, j'incline l'écran vers moi.

J'aimerais bien. On peut se voir ? Je suis à la carrière.

Il veut me voir.

Elle se penche vers moi,

– C'est super, non ?

Mon cœur bat la chamade,

– Ouais, c'est juste que… je ne sais pas quoi lui dire.

Elle sourit :

– Tout.

– Tu as raison. Bon, il faut que j'y aille.

Je jette quelques billets sur la table.

Gwen se lève et se tourne pour sortir par la porte de côté.

– Non, par là.

Kyle me lance un regard haineux quand je passe devant lui. Mais je garde la tête haute. Et je m'en tiens à ma vérité. De toutes mes forces, je m'y accroche.

CHAPITRE VINGT-NEUF

Il attend au bord de la carrière, assis en tailleur, les coudes posés sur ses cuisses. En m'entendant arriver, il lève les yeux. Lentement, je fais les deux derniers pas qui me séparent de lui et je m'assieds à ses côtés. Nous fixons l'eau tous les deux.

Il laisse échapper un soupir et me demande :

– Ça va ?

– J'étais bourrée. Kyle en a profité. Et je sais que je n'aurais pas dû me mettre dans cet état, mais je n'ai jamais voulu sortir avec lui. Il faut que tu comprennes ça.

– Je sais.

Il lève la tête, et ma douleur est sa douleur, et sa douleur est ma douleur.

– Mais est-ce que ça va ?

Je m'entoure de mes bras et baisse la tête.

– Ça va.

Il se lève et tend la main.

– Viens. On va faire une balade.

– Une balade ? je demande, l'air sceptique.

– Pas loin. Je voudrais te montrer un truc.

Je glisse ma main dans la sienne et il m'aide à me lever. Il me tient un peu plus longtemps que nécessaire, puis me lâche. Je le suis le long de la carrière. Il bifurque vers la forêt, mais j'hésite. J'ai compris où il veut m'emmener.

Il me regarde par-dessus son épaule.

– Ok ?

L'angoisse que j'éprouve de retourner à notre cabane après tout ce temps est éclipsée par la peur panique qu'elle n'existe plus. Mais je hoche la tête et je continue à avancer. Nous restons silencieux pendant tout le chemin. Finalement, nous arrivons devant l'arbre. Je m'arrête devant le tronc, résistant à l'envie de l'étreindre. En regardant en l'air, je me souviens de la dernière fois où nous sommes venus ici. Moi dans ma robe verte et Declan avec sa chemise boutonnée. Nous avions grimpé à toute allure pour échapper à la pluie.

– Pourquoi est-ce que tu m'as amenée ici ?

Il respire profondément.

– Tu te souviens de ce que tu m'as dit, la veille de mon départ ?

Je cherche mon collier des doigts, mais il n'est plus là.

– Tu m'as dit que ça n'était pas grave qu'on soit séparés. Parce qu'on avait tout l'avenir devant nous. Et six semaines plus tard, tu ne m'attendais plus.

Il fait une pause.

– Je me suis repassé nos conversations, encore et encore, pour essayer de comprendre ce que j'avais fait de mal.

– Tu n'avais rien fait de mal.

– Mais je ne te suffisais pas.

Mes yeux me brûlent.

– Ne dis pas ça.

Il se retourne et c'est une torture de lire dans son regard tous les dégâts que j'ai causés.

– J'ai été tellement en colère contre toi, Harper, pendant si longtemps. Quand je suis rentré, cet été, j'ai voulu jouer les grands seigneurs, être là pour toi, même si tu ne l'étais pas pour moi. Je voulais me prouver que tu ne pouvais plus me faire du mal.

Les premières larmes jaillissent de mes yeux. J'essuie mes joues et je mets ma main devant ma bouche.

– Mais tu m'as embrassé à cette fête. Et tout s'est effondré.

Il se gratte le front, puis croise les bras.

– J'ai eu envie de te rendre ton baiser. Et ça m'a mis en colère, à nouveau. Mais quand j'ai réussi à me calmer et que j'ai essayé de te parler, tu étais déjà ailleurs.

Je me balance d'avant en arrière.

– J'ai été tellement stupide. Et je croyais que tu draguais Mackenzie. Mais Kyle n'a jamais compté pour moi, tu dois le savoir.

– Comment je pouvais le savoir ? Je veux dire, si c'est vrai...

J'ai l'impression de recevoir un coup de poing dans le ventre.

– Tu ne me crois toujours pas à propos de l'autre nuit, c'est ça ?

Il se passe la main sur le visage.

– Je…

Je trébuche sur une branche en reculant.

– Harper, attends.

Il me rattrape en prenant mes deux mains dans la sienne.

– Bien sûr que si. Je te crois. Et quand je pense qu'il a posé ses mains sur toi…

Il serre les dents et souffle un bon coup.

– C'était tellement facile de me dire que tout ça recommençait. Que tu choisissais encore quelqu'un d'autre, que tu me rejetais à nouveau. J'étais atrocement jaloux et blessé.

– Mais c'est pourtant ce que j'ai essayé de te dire ! Je me fiche de lui et de n'importe qui d'autre. Il n'y a que toi qui comptes, depuis toujours.

Il serre les lèvres.

– C'est pour ça que tu as gardé mon collier ?

Enfin, je suis soulagée.

– Oui !

– Mais tu ne le portes plus maintenant.

Je tourne mon regard vers la forêt.

– L'autre soir, tu étais tellement… Je me suis sentie tellement mal. Je n'aurais jamais cru que tu puisses me faire ça.

Il ferme les yeux. Puis les rouvre et me serre fort la main.

– Je suis impardonnable de t'avoir balancé ça… Je suis tellement désolé. Tu n'as pas idée comme je m'en veux de t'avoir blessée.

Mais si, je le sais. Je sais parfaitement ce que ça fait d'affronter quelqu'un après lui avoir dévoilé la part la plus sombre de mon être.

Il faut que je dise quelque chose.

– Moi aussi, je suis désolée. Tu méritais mieux que ça. Tu méritais la vérité.

– Tu as essayé de m'expliquer...

– Je ne parle pas de l'autre soir.

Il a subitement l'air surpris.

Je serre mes bras croisés contre moi.

– Mais ce qui s'est passé en octobre... J'étais terrifiée à l'idée de te le dire. Je savais ce que tu pensais du fait que je boive trop, et je n'avais encore jamais été aussi bourrée. Ça a été un vrai trou noir. Et le jour suivant, quand j'ai réalisé ce que j'avais fait, j'ai... paniqué. Je ne voulais pas te faire encore plus de mal, et j'étais certaine que de toute façon, je t'avais perdu, alors... j'ai pris ma décision toute seule. Et ça, je n'en avais pas le droit.

On reste silencieux un moment, et je prie de toutes mes forces pour qu'on fasse marche arrière. Qu'on change un truc, ou qu'on change tout, mais que je n'aie pas à faire ça. Que je n'aie pas à faire face la semaine prochaine, le mois prochain, au fait que nous nous faisons mutuellement du mal.

Mais je ne peux plus m'arrêter. La seule façon de changer le passé, c'est de passer à autre chose.

– Voilà, dit-il, le truc que je voulais te montrer...

Il lâche ma main pour passer devant moi et me fait faire le tour de l'arbre. Je tâtonne, je ne sais pas où je dois chercher. Et tout à coup, je découvre la marque.

Le symbole de l'infini, avec nos initiales gravées à l'intérieur.

– Quand est-ce que tu...

– L'hiver dernier. Quand je suis rentré pour les vacances. Je me suis dit que peut-être tu le verrais. Que ça te ferait peut-être changer d'avis.

Je ferme les yeux, un flot ruisselle sur mes joues. J'essaie de regarder à travers mes larmes et je me retourne.

– Je dois repartir. Mon père était d'accord pour que je reste, mais ensuite, je me suis battu, alors... Ça ne lui a pas vraiment plu.

Il secoue la tête en souriant timidement.

– Qu'est-ce que ça signifie ?

Je retiens mon souffle pendant qu'il s'approche plus près de moi.

– Peu importe ce que j'ai pu dire ou faire, je n'ai jamais trahi notre promesse. Je veux que tu le saches, je peux t'attendre. Je t'attendrai aussi longtemps qu'il faudra. Je rentrerai plus souvent, pendant les week-ends et les vacances, mais après la façon dont je t'ai traitée, si tu ne peux...

Je regarde mes mains.

– Je t'ai attendu, moi aussi, tu sais. Malgré les apparences, j'ai tenu ma promesse.

Il cherche mon visage. Il me caresse la joue.

– Harper... Je comprendrais, si c'est vraiment terminé. Mais j'ai besoin de le savoir.

Je vacille sous sa caresse, je la désire, même après tout ce qui s'est passé. Ses yeux papillonnent. Le pli sur son front ne disparaît pas, mais il a l'air plus tendre. Lentement, comme une vague, sa bouche touche le coin de la mienne. Il est à quelques millimètres de distance, puis il repose doucement ses lèvres sur les miennes. Un reste de crainte m'envahit, je recule. Declan tressaille. Mais ce n'est plus le même garçon que celui qui m'a fait pleurer sur ce parking désert. C'est mon meilleur ami. C'est Declan.

J'attrape sa main et je la couvre de baisers. Ensuite, je me redresse et nos lèvres se rencontrent, et c'est plus doux que tout ce que j'ai connu jusqu'à présent, c'est notre nouveau plus beau baiser.

Du pouce, Declan me caresse le menton pendant que ma main entoure son cou, et je sens qu'il sourit et que son sourire est contagieux. Il sourit encore plus, et alors nous ne nous embrassons même plus, nous nous contentons de rayonner l'un contre l'autre. J'essaie de tout pardonner. De pardonner à Declan d'avoir perdu confiance en moi, quand j'en avais le plus besoin. De m'avoir fait mal. Et j'essaie de me pardonner aussi à moi-même. Pour chaque terrible erreur que j'ai faite et pour m'être perdue. Ça ne sera pas facile, mais j'y arriverai.

Et finalement, nous laisserons tout ça derrière nous, comme une toute petite partie de nous. Nous ne serons peut-être jamais complètement libérés, sans aucun regret, nous n'oublierons pas complètement nos erreurs. Mais on peut continuer à avancer. Alors je m'approche de lui. Je l'attrape par la taille et je pose mon front contre le sien.

– Entre toi est moi, Declan… ça ne s'arrêtera jamais.

FIN

REMERCIEMENTS

J'ai eu la chance incroyable de croiser sur mon chemin une flopée d'acteurs du monde de l'édition, tous plus sympathiques et bourrés de talent les uns que les autres. Je leur serai toujours reconnaissante pour toute l'aide qu'ils m'ont apportée.

Ma gratitude la plus profonde va à mon agent, Lara Perkins, pour tous ses conseils et pour son amour pour Harper et Declan, qui vaut bien le mien. Merci d'avoir cru en moi et pour votre démarche professionnelle toujours si pleine d'attentions. J'ai tellement de chance de vous avoir à mes côtés.

Merci du fond du cœur à mon incomparable éditrice, Sara Sargent. Merci d'avoir craqué pour Declan et, plus important encore, de m'avoir poussée à faire toujours mieux, de m'avoir stimulée et de m'avoir permis de grandir. Et également de m'avoir offert ma première Butterbeer.

À l'équipe de Simon Pulse, avec qui ça a été incroyable de travailler. Vous avez réussi à transformer mes rêves les plus secrets en quelque chose de merveilleux. Mille mercis pour tout ce que vous avez fait pour que ce livre voie le jour.

À ma chère amie Olivia, pour avoir supporté mes incessants coups de fil/mails/textos totalement décousus sur les moindres détails des personnages et pour avoir persisté à m'assurer que l'histoire de Harper valait la peine d'être racontée, même après avoir lu ma désastreuse première version. Je t'aime encore plus que les pancakes de patates douces, et je n'aurais jamais pu accomplir ça sans toi.

Cette histoire a vraiment pris forme lors d'un concours, les Pich Wars. À Evelyn Skye, pour avoir choisi mon manuscrit et pour avoir tué tant de mes enfants chéris. Declan et moi vous serons toujours redevables. Et à Brenda Blake, pour avoir créé une communauté tellement encourageante et chaleureuse, et pour donner tant de temps et d'énergie à aider les autres écrivains. Merci, vous êtes tellement géniale.

À ma brillante attachée de presse, Laurie Elizabeth Flynn, merci pour votre enthousiasme inébranlable et pour vos encouragements pendant toute cette folle aventure. Je suis heureuse que nous ayons partagé tant de premières fois ensemble. (Vous voyez ce que je veux dire ?)

À mes premières lectrices, spécialement à ceux qui ont lu toutes mes différentes versions : Jenna, Katie, Emily, et Lindsay, vous êtes mes héroïnes à moi.

Merci à ma famille, et plus particulièrement à mes parents, qui m'ont appris à suivre mes rêves, et pour leur patience, leur amour, leur soutien pendant toutes les années qu'il m'a fallu pour comprendre de quoi étaient faits ces rêves.

Et enfin *last but not least*, merci, infiniment à Jim, merci de m'avoir donné la force de continuer, même les jours où j'étais persuadée que je perdais mon temps. Merci de m'avoir nourrie quand, possédée par l'inspiration, je ne pouvais plus lâcher cette histoire, et d'avoir assumé le ménage quand j'étais trop charrette. Je t'aime depuis toujours et pour toujours.